Peter Henisch
Nichts als Himmel

Peter Henisch

Nichts als Himmel

Roman

Peter Henisch
am
10. 11. '23

Residenz Verlag

Der Verlag dankt für die Unterstützung

Bibliografische Information der Deutschen Nationalbibliothek
Die Deutsche Nationalbibliothek verzeichnet diese Publikation in der Deutschen Nationalbibliografie; detaillierte bibliografische Daten sind im Internet über http://dnb.dnb.de abrufbar.

www.residenzverlag.com

Umschlaggestaltung: Boutiquebrutal.com
Typografische Gestaltung, Satz: Lanz, Wien
Lektorat: Jessica Beer
Gesamtherstellung: GGP Media GmbH, Pößneck

ISBN 978 3 7017 1776 7

Für Eva. In Liebe.

1

Wie lang ist das nun schon her, dass ich hier bin.

Via Boccaccio 33, *ultimo piano.*

Als ich hier angekommen bin, auf dem Parkplatz vor der Stadtmauer, hat die Luft über dem Asphalt gezittert.

Jetzt fallen dort schon die Blätter von den Platanen.

Als ich hier angekommen bin … *Wie* ich hier angekommen bin …

Ich hatte den Koffer vom Rücksitz genommen, ich hatte die Autotür zugeschlagen.

Ich hatte die Straße überquert, die mich, wäre ich weitergefahren, nach Rom geführt hätte.

Und da waren die paar Stufen zwischen Kakteen und Agaven, von denen Julia gesprochen hatte.

Und dann gehst du zirka hundert Meter an der Mauer entlang und dann kommst du an die Porta Nuova.

Dieser Weg war nicht weit und der Koffer, den ich hinter mir herzog, nicht schwer. Ich war überstürzt aufgebrochen und hatte nur wenig eingepackt. Aber als ich an die Porta Nuova kam, spürte ich, wie mir der Schweiß in zwei Bächen den Rücken hinunterrann.

Und dann kommst du auf die Piazza mit der Bar Centrale.

Dort sah ich mich schon ein großes Glas Acqua Minerale auf einen Zug austrinken.

Aber um diese Stunde war das Lokal natürlich geschlossen. Um diese Stunde sind die Piazza und die Straßen von San Vito immer leer.

Ich war am späten Abend aus Wien losgefahren, ich hatte gehofft, am frühen Vormittag hier zu sein. Aber ich hatte die Distanz unterschätzt und mein Durchhaltevermögen hinter dem Lenkrad *über*schätzt. Wiederholt hatte ich an eine der Ausweichstellen am Straßenrand fahren und pausieren müssen, um meine Augen fünf Minuten auszuruhen. Meist waren es mehr als fünf Minuten geworden.

Und nun war schon hoher Nachmittag. Gegen drei.

Nein, daran erinnere ich mich genauer: Es war *Punkt* drei.

Als ich über die Piazza ging, läuteten die Glocken im Kirchturm drei Mal.

Ein Schwarm Tauben flatterte auf.

Es war ein Tag Ende Mai.

Und dann biegst du rechts von der Piazza ab und da bist du gleich am Ziel. Dann hast du auf der linken Straßenseite ein Lokal (Osteria Osenna) *und auf der rechten eine Antiquitätenhandlung* (Otium). *Und gleich daneben stehst du vor unserer Haustür.* Genau. So hatte es Julia beschrieben. Und so war es.

Dann aber das Problem mit den Schlüsseln. Der mit dem grünen Band ist der Wohnungsschlüssel, hatte Marco gesagt, und der mit dem roten Band ist der Hausschlüssel. Ich steckte also den Schlüssel, den ich für den Hausschlüssel hielt, ins Schloss, aber das Schloss leistete Widerstand. In diesem Schloss ließ sich der Schlüssel mit dem roten Band nicht umdrehen.

Doch vielleicht hatte sich die Erinnerung in meinem schwindligen Kopf verdreht und es verhielt sich gerade umgekehrt. Dann wäre der Schlüssel mit dem roten Band der zur Wohnung gewesen und der mit dem grünen Band der fürs Haustor. Ich probierte es also mit *diesem* Schlüssel, aber je heftiger ich ihn umzudrehen versuchte, desto weniger gab er nach. Schließlich steckte er fest und ließ sich nicht mehr aus dem Schloss ziehen.

Konnte es sein, dass mir Marco die falschen Schlüssel gegeben hatte? Nicht mit Absicht natürlich, aber aus Versehen? War er mir nicht gleich etwas zerstreut vorgekommen, am vorangegangenen Abend? Gar nicht recht da (also dort), im Café Wortner, in dem wir uns verabredet hatten – in Gedanken noch immer in seiner Ordination.

Das war wieder einmal ein harter Tag, hatte er gesagt … Die vielen Patienten, und die Vorsichtsmaßnahmen, die wir nach wie vor treffen müssen … Von früh bis spät diese Maske vor dem Gesicht … Meine Ordinationshilfe ist auch schon ganz fertig – ich kann nur hoffen, dass sie mir nicht ausfällt.

Marco. Ich hatte ihn schon eine Zeitlang nicht mehr gesehen. Der Tennisplatz, auf dem wir uns für gewöhnlich samstagvormittags getroffen hatten, war bis auf weiteres nicht zugänglich. Marco sah nicht gut aus. Die Haut unter seinem Dreitagebart war fahl. An dem Glas Wein, das er bestellt hatte, nippte er nur.

Die Präsentation deiner neuen CD, sagte er, haben wir leider versäumt, Julia und ich. Sie ist ja jetzt auch am Limit. Zu viele Klientinnen und Klienten, die ihre Depressionen bei ihr abladen wollen. Ihr habt nichts versäumt, sagte ich, die Präsentation hat nicht stattgefunden.

Aber das überhörte Marco anscheinend. Dein Comeback als Liedermacher nach all den Jahren … Das ist schon beachtlich, das soll dir erst mal einer nachmachen … Herzlichen Glückwunsch, mein Lieber, *tanti auguri.*

Er hob sein Glas und stellte es wieder hin, ohne getrunken zu haben.

Und jetzt willst du also ein bisschen weg von all dem Rummel.

Da war kein Rummel, sagte ich. Aber das überhörte Marco wieder.

Also grüß mir San Vito. Und fühl dich wohl in unserem Nest.

Es ist wahrscheinlich nicht perfekt aufgeräumt. Die Signora, die das einmal im Monat gemacht hat – Graziella heißt sie –, hat Wasser in den Beinen und schafft es, mailt uns ihr Mann – Romano heißt er –, immer seltener hinauf ins Dachgeschoss. Wir werden uns nach jemand anderem umsehen müssen, stimmt, aber dafür haben wir in den vergangenen Monaten einfach keinen Kopf gehabt. Es ist ein Jammer, wie lang wir nun schon nicht dort waren, Julia und ich.

Aber *du* fährst jetzt los und bist zu beneiden … Und recht hast du, dass du akkurat jetzt aufbrechen willst … Jetzt ist fast die schönste Zeit: Der Ginster und die Mohnblumen blühen … Und es ist klug, die Gunst der Stunde zu nutzen …

Die Zahl der Coronafälle in Italien ist stark zurückgegangen … Die Siebentages-Inzidenz dort ist nun deutlich geringer als hierzulande … Wer hätte das noch vor ein paar Monaten gedacht? … Also nichts wie los, du Glücklicher, das schöne Licht in der Toskana wird dir guttun.

Was wollte ich noch sagen – ach ja – für den Fall, dass der Strom ausfällt … Kerzen und Streichhölzer sind, glaube ich, in der Küchentischlade … Der Sicherungskasten für alle Wohnungen ist im Erdgeschoss … Der Abschnitt mit unseren Sicherungen ist grün markiert.

Aber du wirst dich schon zurechtfinden, nicht wahr? Wenn irgendetwas nicht funktioniert, ruf uns an … Und schon rief Marco den Kellner und bezahlte den Wein für uns beide. Tut mir leid, sagte er, dass ich nicht mehr Zeit zum Plaudern habe, aber ich muss jetzt noch einmal in die Ordination. Bürokratisches Zeug erledigen, als hätte man als niedergelassener Arzt nicht genug mit seinen Patienten zu tun! Und schon hatte er sich die Maske vors Gesicht gezogen. Man bekommt ohnehin kaum Luft zum Atmen. Und dann schütten sie einen noch zu mit diesem Papierkram!

Und war schon im Aufbruch, Marco. Also *ciao*, machs gut! …

Aber die Schlüssel, sagte ich.

Ach ja, natürlich! Die Schlüssel …

Mit diesen Worten zog er einen Schlüsselbund aus der ausgebeulten Sakkotasche. Also der hier, das ist der Wohnungsschlüssel. Und der da, das ist der Haustorschlüssel.

Die Schlüssel, mit denen ich nun dastand wie ein Idiot.

Schwitzend. Durstig. Und wütend. So wütend, dass ich dem Schlüssel, der jetzt feststeckte, womöglich noch den Bart abgebrochen hätte.

Doch da stand plötzlich diese Frau neben mir.

Non per forza, sagte sie. *Per sensibilità!*

Und zeigte mir, wie leicht sich der Schlüssel im Schloss drehen ließ.

Sehen Sie, so! … Aber wer sind Sie eigentlich?

Ich bin Paul, sagte ich. Ein Freund von Marco und Julia.

Sono Valeria, sagte sie. Und war schon verschwunden.

Dann war ich im Hausflur: Ich atmete auf … Angenehm kühl … Die Versuchung, mich gleich auf den ersten

Stufen der Treppe hinzusetzen … Es roch nach irgendeinem Putzmittel mit Essig, aber auch nach den Reifen der zwei Fahrräder, die am Treppenabsatz lehnten … Daneben ein zusammengeklappter Kinderwagen – vielleicht war es auch ein Rollstuhl … Plastikkisten mit leeren Colaflaschen … Ein Einkaufskorb, an einem Strick befestigt … Wie praktisch, dachte ich, damit kann man Lebensmittel nach oben ziehen … Nach *irgendwo* oben … Wie viele Stockwerke hat dieses Haus eigentlich?

Nicht mehr als drei, wie ich inzwischen sehr gut weiß … Ich bin ja oft genug hinaufgestiegen … Aber damals, beim ersten Mal, kam es mir vor, als wären es mindestens vier … Und von Stockwerk zu Stockwerk schien die Schwerkraft zuzunehmen …

Die Temperatur nahm tatsächlich zu … Ganz oben heizte die Sonne durch ein Glasdach mit verzweigtem Sprung … Und nun konnte ich nur hoffen, dass ich mit dem Wohnungsschlüssel nicht ähnliche Probleme haben würde wie zuvor mit dem Hausschlüssel … Die Frau, die mir unten behilflich gewesen war, hatte mich nicht nach oben begleitet – also musste ich mir selbst helfen.

Aber vielleicht nützte es ja, an sie und ihren guten Rat zu denken:

Non per forza, ma per sensibilità: nicht mit Gewalt, sondern mit Gefühl.

Und wirklich, das nützte auch hier – das Schloss leistete nur geringfügigen Widerstand. Der Schlüssel ließ sich umdrehen und die Tür ging auf.

Die Tür zu der Wohnung, in der ich vielleicht einige Zeit bleiben würde … Oder auch nicht – das würde ich noch sehen … Vorerst sah ich allerdings nur wenig – die

Fenster in dem Raum, den ich halbblind betrat, waren geschlossen … Lichteinfall gab es bloß durch die Fugen in den Läden.

Die Luft stand gestockt, ich roch zuerst einmal nur Staub … Doch da war auch ein Geruch nach warmem, wie von der Sonne aufgeheiztem Holz … Vielleicht sogar die Spur eines Dufts nach Harz … Das musste von den Balken kommen, die das Dach trugen.

Ich stellte den Koffer ab und öffnete ein Fenster. Der Innenhof war grau, aber auf einer Leine trocknete bunte Wäsche. An einem Fenster einen Stock tiefer hing klingelnd ein Mobile aus feinen Metallplättchen. Aus einem anderen Fenster lärmte ein Fernseher.

Der kleine Vorraum (Kleiderablage mit einer Wirrnis von Jacken, Hüten und Kappen an den Haken, unten Paare abgenützt wirkender Turnschuhe und Sandalen), dieser kleine Vorraum war nur durch ein niedriges Mäuerchen von der Küche getrennt. Und stimmt schon – das ist eine Küche mit einer gewissen Atmosphäre. Ein massiver Tisch mit einer Vase voll zart vertrockneter Gräser und an der Wand Poster und Bilder. Aber die nahm ich vorerst nur flüchtig wahr – mein Blick suchte etwas anderes.

Nämlich den Kühlschrank. Und tatsächlich: Da war er. Grün mit Nickelbeschlägen – erinnerte ein wenig an die Karosserie eines Oldtimers. Wie schön! Ich öffnete ihn. Aber ich hatte mir falsche Hoffnungen gemacht. Natürlich war dieser Kühlschrank seit langer Zeit abgesteckt.

Abgetaut.

Ich steckte ihn wieder an. Er bebte.

Das Lämpchen im Inneren wachte zwinkernd auf. Und nun sah und roch ich ein paar Stückchen Käse und eine

Packung Butter, die ich demnächst wegwerfen musste. Aber auch ein paar Flaschen Birra Moretti und – Gott sei Dank! – eine Flasche Mineralwasser.

Das schmeckte allerdings brackig – ich spuckte den Schluck, den ich probiert hatte, gleich ins Spülbecken. Trank lieber ein paar Schluck Leitungswasser aus dem darüber angebrachten Hahn. Wahrscheinlich enthielt das ein paar Bakterien, die mein Darm noch nicht kannte. Da traf es sich, dass eine immerhin noch halbvolle Flasche Grappa auf der Anrichte stand.

Und ich setzte mich mit der Flasche an den großen Tisch, in dessen dunkel gebeizter Platte Spuren von alten Holzwurmbewegungen nicht nur zu sehen, sondern auch zu ertasten waren. Und saß den Bildern und Postern an der Wand gegenüber. Da war die Kopie eines Freskos, das mir bekannt vorkam – eine Madonna mit tiefhängenden Augenlidern … Und ein Aquarell, das den amputierten Flügel eines großen Vogels zeigte – oder war das der Flügel eines Engels?

Die Wohnung ist um den Hof herum angeordnet, hatte Julia gesagt. *Biegst du aus der Küche nach rechts ab, so kommst du in den Raum, den wir scherzhaft Bibliothek nennen. Das ist ein kleines Zimmerchen mit Büchern, nicht nur im Regal, sondern eigentlich überall, mein Mann Marco neigt zur Bildung von Bücherhaufen. Du musst also keine Bücher mitnehmen, dort wirst du genug zum Lesen finden. Da steht auch ein Piano, das wird sicher verstimmt sein. Aber vielleicht kannst du trotzdem darauf spielen. Obenauf ein paar Gläser mit Stachelschweinstacheln, die wir im Lauf der Jahre beim Spazierengehen gefunden haben. Darüber ein Foto mit grünen Fischen, die von links nach rechts schwimmen, und einem roten Fisch, der schwimmt von rechts nach links.*

Julia, meine ehemalige Therapeutin – ich hatte ihr viel von mir erzählt. Aber sie hatte mir auch von sich erzählt. Das hatte sich so ergeben, doch so geht das nicht weiter, hatte sie gesagt. So ein Verhältnis zwischen einer Therapeutin und ihrem Klienten darf nicht sein.

Das ist aber schade, hatte ich gesagt, unsere Gespräche werden mir abgehen.

Wir können uns ja privat treffen, hatte sie gesagt.

So hatte sich das entwickelt. Und wir hatten uns öfter getroffen. Auf einen Kaffee oder einen Prosecco in einem der Lokale am Spittelberg, wo sie ihre Praxis hatte, auf einen Spaziergang durch Volks- und Burggarten, die nicht weit von dort entfernt waren, schließlich in der Laube eines kleinen Heurigenlokals in Sievering.

Und dann kommst du in den schmalen Gang, in dem linker Hand mein Schreibtisch steht, mit ein paar Erinnerungsfotos und Nippes, die mir Marco geschenkt hat. Und mit diversen Papieren, die du mir bitte nicht anrührst. Lass meinen Schreibtisch am besten links liegen. Übrigens Achtung! Du musst dich bücken wegen der Dachschräge!

Ich hatte Julias Stimme im Ohr. Aber ich schlug mir trotzdem den Kopf an.

Mach dir nichts draus, sagte sie, *du bist nicht der Erste.*

Und dann öffnest du die Glastür zur Terrasse und schiebst den Vorhang zur Seite. Und da wirst du verstehen, warum wir diese Wohnung gekauft haben.

Tatsächlich? – Nach den ersten zwei Schritten auf die Terrasse verstand ich das noch nicht. Die Fliesen stellenweise von Flechten überwachsen, die Balustrade vermoost, die Pflanzen in den Blumengeschirren verdorrt … Ein zerfetzter Sonnenschirm, wie ein geknicktes Segel … Und die Ecke unter der verrosteten Antenne, deren Arme vom Dach des Nebenhauses herüberreichten, voll Taubendreck.

Doch dann die Aussicht! Der Blick auf den Garten da unten … Die raffinierte Geometrie der Beete … Von niedrigen Buchsbaumhecken eingefriedete Felder … Dreieckige Felder außen, trapezförmige Felder innen … Dahinter ein schmales, hohes Haus in der Mauer … (Anscheinend war die Parkmauer dort identisch mit der Stadtmauer.) Ein Haus, das aussah, als wüchse es aus dieser Mauer heraus … Und ein dunkelgrüner Strauch oder Baum mit blauen Blüten, der sich an die sienabraunen Ziegel schmiegte …

Und dahinter die Hügellandschaft – wie hingemalt in zartesten Farben, Schicht um Schicht … Bis meine Augen nicht mehr sicher waren, ob das, was sie dort sahen, noch Hügel waren oder schon Wolken … Oder war das ein Streifen Meer? – Konnte das sein? – Wie weit war die Küste von hier entfernt? … Ich musste mir das auf einer Landkarte ansehen.

Und ich wandte den Blick nach rechts und sah die ziegelrote Dachlandschaft … Und begriff erst jetzt, dass ich mittendrin war … Ein Dach grenzte ans nächste, Schornsteine, Antennen, auf denen Vögel saßen, als hätte man diese Antennen just für sie gepflanzt. Spontan der Gedanke, dass man auf den Dächern über den ganzen Ort gehen könnte, allerdings vorsichtig, mit langen Beinen, auf Zehenspitzen, um möglichst wenige Dachziegel zu beschädigen.

Und ich wandte den Blick nach links und sah die Reihe hoher, schlanker Bäume, die dort den Garten zu begrenzen schienen. Steineichen, *lecce*, die ich damals noch nicht bei diesem Namen zu nennen wusste. Wie sie mich ansprachen, die Gebärden dieser Bäume … Wie sich ihre Zweige sanft bewegten, obwohl kaum Wind wehte …

Was dahinter war, zeigte sich mir noch nicht … Aber von dort her kam ein großes Vibrieren … Manchmal setzte es abrupt aus, kurz darauf setzte es wieder ein – die Intervalle waren nicht berechenbar … Das war das Gerassel der Zikaden, die, von der Hitze aufgeladen, dieses Geräusch verursachten, dieses Geräusch, das dem Tinnitus ähnelte, der mir manchmal zu schaffen machte, obwohl ich ihn eigentlich mochte.

Und ich fühlte mich wieder ein bisschen schwindlig. Es war wohl besser, wenn ich nicht wie hypnotisiert an der Balustrade stehen blieb. Ich musste dringend duschen, am besten kalt. Als ich aus der grellen Sonne der Terrasse wieder ins Dunkel unter dem Dach tauchte, schlug ich mir zum zweiten Mal den Kopf an.

Und ich suchte das Bad und fand es und zog mich aus … Und suchte den Lichtschalter, fand ihn aber nicht … Okay, so würde ich eben im Halbdunkel duschen … Ein bisschen Licht fiel durch ein kleines Fensterchen, durch das auch etwas Luft hereinkam.

Aber als ich einen Fuß in die Duschnische setzte, sah ich etwas auf den Fliesen liegen.

Und ich erschrak. Was ist das? – etwas Ekliges? – etwas Gefährliches?

Aber nein, dachte ich – vielleicht ist das bloß ein etwas seltsam geformtes Shampoofläschchen, das da auf den Fliesen liegengeblieben ist … Ich bückte mich, um es aufzuheben – aber das fühlte sich nicht an wie Kunststoff oder Glas.

Es fühlte sich weich an und glatt, es fühlte sich an wie Gefieder! – Und meine Hand erschrak – ein toter Vogel? – Wie traurig! Aber auch wie unangenehm! – Ich lief in die Küche, streifte ein Paar von den Gummihandschuhen über, die da auf dem Bord neben dem Herd hingen, griff nach einer Tragtasche mit der Werbeaufschrift einer Supermarktkette, die, so viel ich verstand, zum Respekt vor der Natur aufforderte, und lief ins Badezimmer zurück.

Und kniete nieder vor dem Vogelkadaver … Aber jetzt spürte ich: Was ich da anfassen wollte, war gar nicht tot … Es regte sich, es rührte sich … Und nun merkte ich, dass es einen Flügel zu bewegen versuchte … Und da konnte ich es natürlich nicht in die Tragtasche stecken, in der ich es beinah entsorgt hätte …

Was tun? – Ich musste etwas finden, um den Vogel aus der Duschwanne herauszubekommen – Und da fiel mein Blick durch die Tür, die hinter mir offengeblieben war, auf die Kleiderablage im Vorraum – diese Kleiderablage mit den vielen Kappen und Hüten – Und schon war ich dort und griff nach einem gelben Strohhut mit blauem Band …

Und schon war ich zurück und stülpte den Hut über den Vogel – Den Vogel, der nun mit beiden Flügeln schlug – Und nun brauchte ich nur noch etwas, um es unter den Hut zu schieben – Und, schau! Da lag ja ein Stapel alter Zeitungen neben dem Bidet …

Leicht ist es nicht, mit dem linken Arm dort hinzulangen, während die rechte Hand auf dem Hut liegenbleiben muss, unter dem der Vogel flattert … Aber ich schaffe es und schiebe die Hochglanzhülle einer bunten Wochenendbeilage unter die Krempe … Behutsam, behutsam, um den ja höchstwahrscheinlich verwundeten Vogel nicht noch zusätzlich zu verletzen … Ich glaube, ich höre seine Krallen auf dem Papier kratzen.

Es gelingt mir, ihn auf die Terrasse zu tragen … Doch wohin jetzt mit ihm? … Hier zittert ja nach wie vor alles unter der Sonnenglut … Nur ganz links, wo ein starker Oleanderbusch trotzigen Widerstand gegen das Verdorren leistet, wirft die Feuermauer des Nebenhauses einen Streifen Schatten … Dort setze ich meine fragile Last auf der Balustrade ab und hebe den Hut weg.

Und da liegt er, der Vogel: eine schöne, große Rauchschwalbe … Aber matt liegt sie da, grau auf dem bunten Zeitungsblatt … Sie liegt auf der Seite, die Schwalbe – ist sie *schwer* verletzt? … Jetzt öffnet und schließt sie den Schnabel – Ach ja klar, sie hat Durst – Und schon laufe ich wieder in die Küche.

Und komme mit Wasser zurück … Ein wenig Wasser in einer Untertasse … Stelle die Untertasse neben die Schwalbe auf die Balustrade … Und warte … Bemerkt sie das Wasser überhaupt? … Ich weiß es nicht … Sie richtet sich nicht auf, sie hebt nicht einmal das Köpfchen.

Wird sie es schaffen? – Eher nicht. – Ich will ihr nicht beim Sterben zusehen.

Jetzt kommt ein kühler Wind auf, und da wird mir bewusst, dass ich nackt bin.

Und ich gehe zurück zur Dusche und werfe einen Bademantel über. Er riecht gut. Nach Mandelöl. Bestimmt gehört er Julia.

Als ich wieder auf die Terrasse komme, sitzt die

Schwalbe vor der Untertasse und trinkt … Bedächtig trinkt sie, berührt mit dem Schnabel das Wasser, hebt den Kopf, lässt den Tropfen durch ihre Kehle rinnen, wartet ein paar Sekunden … Und dann trinkt sie wieder … Und wieder … Und noch einmal … Und jetzt breitet sie die Flügel aus – und fliegt.

Ich war geneigt, das als gutes Omen aufzufassen. Aber jetzt spürte ich wieder, wie müde ich war. Unter der Dusche wäre ich fast im Stehen eingeschlafen. Das Wasser war nicht kalt, sondern warm, auf dem Weg hier herauf verliefen die Leitungsrohre wahrscheinlich in der prallen Sonne.

Gleich neben dem Bad war das Zimmer, in dem offenbar Marco und Julia schliefen, wenn sie hier waren. Das letzte Mal musste schon eine Weile her sein, aber es sah aus, als hätten sie diesen Raum erst gestern verlassen. Das Bett nicht gemacht, sondern nur rasch mit einem Überwurf bedeckt. Ein relativ schmales Doppelbett – ein Lager für Liebende.

An den Wänden Fotos, auf denen die beiden um einiges jünger waren, als ich sie kannte. Marcos Augen noch nicht so verkniffen, sondern lebens- und unternehmungslustig, Julia mit offenem, langem Haar, in schöner Halbkreisbewegung, ein wenig wie im Tanz. Auf einem etwas abseits hängenden Foto waren sie irgendwo am Strand, Julia im Badeanzug in der Mitte, rechts Marco, links ein Mann mit graumeliertem Bart und Pfeife. Auf diesem Foto stand etwas mit Kugelschreiber geschrieben, aber ich konnte es nicht entziffern.

Irgendwo musste doch das Gästezimmerchen sein, von dem Julia gesprochen hatte. Aber ich war jetzt zu müde, um es zu suchen. Hier war ein Bett. Hier konnte ich mich fallen lassen. Auf dem Dach über meinem Kopf Getrippel – waren das Vögel oder kleine Nagetiere? – Egal. Ich schlief schon.

Als ich erwachte, wusste ich eine Weile nicht, wo ich war. Ein kleiner Raum unter der Dachschräge, ein winziges Fensterchen, durch das nur wenig Licht hereinkam, ein Geräusch in meinen Ohren, das mir im Halbschlaf eine Bootsfahrt vorgegaukelt hatte. Auf einem alten Ruderboot, am ehesten war es ein Fischerboot. Und was ich gehört hatte, war das Reiben der Ruderzapfen in den Dollen.

Ich erhob mich, ein wenig wankend, tastete mich die Wand entlang. Und da war die Glastür und da war der Vorhang und dann stand ich wieder auf der Terrasse. Unter dem großen, immer noch blauen Himmel. Auf Augenhöhe mit einem Engel, der, flach aus Blech geschnitten wie ein Wetterhahn, an der Spitze des Kirchturms montiert war und dessen Bewegung im Wind ein rostiges Quietschen verursachte.

Genau, das war es, was ich im Traum gehört hatte. Oder hatte ich auch die Schwalben gehört? Schwärme von Schwalben über dem Garten, zwischen den roten Dächern hüben und der grauen Stadtmauer drüben. Mit welcher Gewandtheit, mit welchem Tempo sie sich drehten und wendeten, wie sie schrill jauchzten vor Jagd- und Lebenslust!

Ob die Schwalbe, die ich schon für tot gehalten hatte, da mitflog? Jetzt kurvte eine ganz knapp an meinem Kopf vorbei … Ein heftiger Luftzug … Optisch nahm ich sie kaum wahr, allenfalls als blauschwarzen Streifen … Aber akustisch: als schrie sie mir etwas ins Ohr.

Doch dann sind auf einmal diese zwei Tauben da. Sie sitzen auf der Balustrade und schauen mich an.

Wer bist / DU?, fragen sie mich, wer bist / DU? Wer bist / DU?

Graues Gefieder, gelbe Schnäbel, rote Augen.

Wer bist / DU?, wiederholen sie, wer bist / DU? Wer bist / DU?

Ich bin Paul, sage ich, aber sie scheinen mir nicht zu glauben.

Ich glaube, ich bin Paul, sage ich und klatsche in die Hände.

Da flattern sie weg.

Was glauben diese Tauben?

Ich hatte Hunger. Wie spät war es eigentlich? Gegen sieben vielleicht. Wo hatte ich meine Uhr abgelegt? Ich hätte längst, fiel mir jetzt ein, meine Medikamente nehmen sollen. War es dazu schon zu spät? Besser spät, dachte ich, als gar nicht. Ich würde sie eben *jetzt* nehmen. Aber nicht auf leeren Magen. Ich ging in die Küche und suchte nach etwas Essbarem. Ich fand eine Packung *Grissini*, anscheinend noch nicht verschimmelt. Ich füllte ein Glas mit Wasser aus dem Hahn über dem Spülstein und schluckte die Pillen.

Dann schlüpfte ich in Hose und T-Shirt. Ob es draußen im Lauf des Abends etwas frischer werden würde? Ich war sicher, einen Pullover in den Koffer gepackt zu haben, aber ich fand ihn nicht. Also nahm ich eine der Jacken von der Kleiderablage, warf sie mir über die Schulter und ging.

Unter dem Glasdach im Stiegenhaus war es immer noch heiß, aber die Temperatur nahm von Stockwerk zu Stockwerk ab. Unten im Flur war es wieder angenehm kühl. Da blieb ich stehen und sah mich ein wenig um. Im Halbdunkel, das hier herrschte, war die Frau, die mir vor ein paar Stunden beim Aufsperren des Haustors geholfen hatte, verschwunden.

Aber wohin? Da war ein kleiner Raum unter der Treppe, in dem grindige Koffer und Körbe standen. Da war der Verschlag mit den Sicherungen, von dem Marco gesprochen hatte. Dann war da eine Wand, von der, als ich mich an ihr entlangtastete, der Verputz abbröckelte. Und – ja – dann war da eine Tür, die ich vorerst für verschlossen hielt, doch sie war nur verzogen und gab schließlich nach.

Unter meinen Füßen Kopfsteinpflaster, in den Fugen zwischen den Steinen Gras. Über meinem Kopf ein quadratischer Ausschnitt des Himmels. Und dazwischen die Leine mit der Wäsche. Bunte Fähnchen, die ich nun von unten sah.

Auf der anderen Seite war der Hof nicht abgeschlossen, sondern mündete in einen schmalen Gang … An der Ziegelwand gab es zwar einen Schalter, den ich mit etwas Überwindung berührte, aber die Glühbirne, die nackt vom Plafond hing, reagierte nicht … Ich ging trotzdem ein paar Schritte weiter, aber da lag ein Berg Sand im Weg … Umringt von ein paar großen, rauen Papiersäcken, vermutlich voller Kalk oder Zement … Da raschelte es … Waren das Mäuse? … Oder gar Ratten? … Dann wurde es immer dunkler … Da ging ich nicht weiter … Denn was sollte denn das? Was wollte ich denn? … Dass die Frau, die mir mit dem Schlüssel geholfen hatte, hier verschwunden war, schien mir doch sehr unwahrscheinlich.

Sono Valeria, hatte sie gesagt – und weg war sie gewesen.

Ich versuchte mich an ihr Aussehen zu erinnern.

Haare: dunkelblond oder brünett? … Gesicht: rund. Oder oval? … Augen: braun. Oder grau?

Hatte ich ihr überhaupt ins Gesicht geschaut? … Allenfalls erinnerte ich mich an ihre Hände …

Schmale, aber kräftige Hände, starke Adern und Sehnen … Also eine Person, die mit ihren Händen arbeitete … Doch vielleicht war es bloß mein Kopf, der solche Details konstruierte und in Versuchung kam, sich Geschichten dazu auszudenken … Wahrscheinlich würde ich diese Frau nicht einmal wiedererkennen, wenn sie mir noch einmal über den Weg liefe.

Und erst recht nicht, wenn sie eine Maske trug. Draußen trugen nämlich die meisten Masken. Das überraschte und befremdete mich. Nach dem Gespräch mit Marco im Café Wortner hatte ich das nicht erwartet.

Darüber hinaus irritierte mich die Menge. Als ich am Nachmittag angekommen war und meinen Koffer vom Parkplatz hierher in die Via Boccaccio gerollt hatte, war doch kaum ein Mensch zu sehen gewesen. Jetzt aber so viele. Und fast alle maskiert. Mit meinem nackten Gesicht fühlte ich mich hier als Fremdkörper.

Ein Glück, dass da gleich eine Apotheke war. Geduckt schlüpfte ich durch die Tür, hielt mir ein Papiertaschentuch vor Nase und Mund. *C'e l'avete mascherine*? Selbstverständlich gab es hier Masken. Zwei Minuten später, eine garantiert sterile FFP2-Maske, *Made in China*, vor Nase und Mund, reihte ich mich ein in den Korso der Maskierten.

Auf der Piazza wurde alles noch dichter. Ein absurdes Gewimmel von Menschen mit Masken. Die mit den weißen sahen aus wie Ärzte, die mit den schwarzen wie Räuber. Das wogte und summte wie ein makabrer Karneval.

Oft hatte mir Julia vom abendlichen Treiben auf der Piazza erzählt. Auf der Piazza della Libertà mit der alten *Bar Centrale*. Ein bisschen abgenutzt sei die gewesen, nicht auf Hochglanz geputzt, aber sympathisch. Drinnen eine Theke im Stil der Fifties, dunkles Holz mit Messingbeschlägen, draußen ein Vorgarten mit einer grün-weiß-rot gestreiften Markise.

Habe man weder drinnen noch draußen einen freien Sessel gefunden, so habe man einfach sein Glas Bier, Wein oder Cola genommen und sich damit auf die Stufen der gegenüberliegenden Kirche gesetzt. Der Padrone, Gianfranco habe der geheißen, sei nicht auf die Idee gekommen, Einsatz für die Gläser zu verlangen – er habe doch die meisten seiner Gäste beim Vornamen gekannt. Schon bald auch sie beide, das junge Paar Julia und Marco. Und wenn ab und zu ein Glas zerbrochen oder verschwunden sei – *non importa*, na wenn schon!

Wie schön, auf den Stufen der Kirche zu sitzen und dem Treiben auf der Piazza zuzusehen. Vor allem dem Treiben der Kinder, die sich hier, von angeregt plaudernden Eltern nur nebenbei und meist sorglos beaufsichtigt, herumtummeln durften bis in den späten Abend. Mit einer Unbefangenheit, die Kindern jenseits der Alpen meist nicht gegönnt war. Diese schöne Bewegungsfreiheit der Kinder auf dem Freiheitsplatz!

Davon hatte Julia besonders gern erzählt. Julia, eine überbehütete Kindheit lang von einer überängstlichen

Mutter an fast jeder Aktivität gehindert, bei der sie sich schmutzig machen oder gar wehtun konnte, Julia wäre gern so ein Kind gewesen. Die Bewegungsfreiheit der Kinder von San Vito war ihr beneidenswert erschienen. Aber wie lang war das her? Und was war davon übriggeblieben?

So viel traf ja zu: Kinder tummelten sich hier nach wie vor viele. Auf beneidenswert flinken Füßen flitzten sie hin und her, kurvten auf Laufrädern, Dreirädern, Fahrrädern, Rollschuhen, Skateboards … Doch bei der Dichte, in der überall Erwachsene im Weg standen, in immer der gleichen dummen Pose ihre Handys vor sich hinhaltend, und bei der Rücksichtslosigkeit, mit der immer neue Scharen den Platz kreuzten und querten, sodass auch die geschicktesten Slalomfahrer unter den *ragazzi* und *ragazze* kaum ausweichen konnten – bei dieser Bevölkerungsdichte war die Bewegungsfreiheit, von der Julia geschwärmt hatte, sehr eingeschränkt.

War das wirklich der Ort, von dem sie mir erzählt hatte? Das war vielleicht einmal dieser Ort *gewesen*. Hätte ich noch etwas von jenem Flair mitbekommen wollen, so hätte ich früher kommen müssen. Und das hätte ich ja können – Julia und Marco hatten mir ja schon eher angeboten, mich für ein paar Wochen in ihr toskanisches Refugium zurückziehen.

Warum war ich damals nicht auf dieses Angebot eingegangen? Vielleicht, weil ich das Gefühl gehabt hatte, dass sie mich, der ich nach und nach zu einer Art Hausfreund bei ihnen geworden war, damit auf elegante Weise wenigstens für eine Weile loswerden wollten. Dann hatte ich mich zusammengenommen und mich selbst für einige Zeit von ihnen ferngehalten. Erst jetzt, nach der Absage meines Comebacks als Musiker, nach dieser Enttäuschung, von der ich Abstand gewinnen wollte, musste, war ich darauf zurückgekommen.

Aber nun war ich eben zu spät dran. San Vito war nicht mehr das, was es einmal gewesen war. Die *Bar Centrale*, in der ich jetzt trotzdem gern einen Aperitivo getrunken hätte, zum Trost, hatte offenbar längst einen neuen Besitzer, der ihr ein Lifting verordnet hatte. Girlanden von LED-Lämpchen blinkten in wechselnden Farben, Düfte rieselten aus glitzernden Röhrchen, Musik aus bebenden Boxen erstickte allfällige Gespräche.

Der Vorgarten war adrett – aber wie hatte ich bloß glauben können, ich dürfe ihn einfach betreten? Da prangte ein Schild mit der Aufschrift WAIT TO BE SEATED. Und daneben stand ein Kellner wie ein Wachsoldat in einer metallisch schillernden Jacke. Mit vor der breiten Brust verschränkten Armen.

Ich entkam in eine Seitengasse. Da wurde es nach und nach immer stiller. Aber auch dunkler. Nur ab und zu eine mit gedämpft gelbem Licht leuchtende Laterne. Diese Folge von Laternen erinnerte mich an Bilder, die ich einmal in einer Ausstellung gesehen hatte.

Wo war das gewesen? Bilder aus einer kühleren Weltgegend. Amsterdam, Brügge, Brest oder Le Havre? In einem Roman von Georges Simenon? In einem Chanson von Jacques Prévert? Manchmal habe ich diese Bilder geträumt.

Hier war das Abendblau aber um einiges wärmer. Am Ende der Gasse etwas Himmelrot. Ich versuchte mich zu orientieren. Links von mir, das war offenbar die Stadtmauer. Rechts eine Zeile einstöckiger, alter Häuser.

Blumengeschirre flankierten die Hauseingänge. Begonien, Fuchsien, die hier viel üppiger wuchsen als im

Norden. Ich atmete durch, ich atmete laue Luft ein. Es roch nach Jasmin und *Pasta pomodoro.*

Ja, hier gefiel es mir schon besser als draußen auf der überfüllten Piazza. Vielleicht würde ich mich doch noch mit diesem Ort befreunden. Alte Frauen saßen auf Klappstühlen und strickten. *Buona sera*, sagte ich. Sie strickten und nickten.

Ein Mann auf einem Fahrrad fuhr, Pfeife im Mund, an mir vorbei – er winkte und ließ eine Fahne mandelsüßen Rauchs hinter sich.

Eine schwarze Katze lief mir über den Weg – aber vielleicht war sie gar nicht schwarz.

Ein Hund bellte hinter mir her – doch vielleicht meinte er jemand anderen.

Ein Kanarienvogel zwitscherte. Dann war er plötzlich still. Wahrscheinlich hatte jemand eine Decke über seinen Käfig gebreitet.

Irgendwo spielte jemand auf einer Blockflöte. Da war eine Bank. Ich setzte mich hin und lauschte … Tonleitern. Brav! Aber manchmal kam ein falscher Ton … Ein Fis statt einem F. Ein Gis statt einem G. Ein H statt einem B …

Dann allerdings ein Lied, das ich zu erkennen glaubte. Aber ich erinnerte mich nicht, wie es hieß. Spontan der Gedanke, Julia anzurufen, aber ich erreichte nur ihre Mailbox. Womöglich war sie noch mit einer Klientin oder einem Klienten beschäftigt.

Manchmal setzte sie ihre Therapiestunden recht spät an.

Es gibt Menschen, sagte sie, die erst am Abend so richtig auftauen.

Genau! … Das war auch bei mir der Fall gewesen …

Damals … nach meiner Scheidung von Karin … und meinem abrupten Abschied aus dem Schuldienst.

Dieses Gefühl der Leere, die vor mir lag … Ich wachte um sechs auf, das war die Zeit, zu der ich zwei Jahrzehnte lang aufgestanden war … Ich schaute aus einem Fenster der kleinen Wohnung, die ich nach meinem Auszug aus der ehelichen Wohnung gemietet hatte … Ich sah, dass es draußen grau war, und legte mich wieder hin …

Dann schlief ich bis Mittag, dann ging ich in die Küche, um mir Kaffee zu kochen. Jetzt begann in der Schule bald die letzte Stunde. Die Stunde, in der ich hatte Musik unterrichten dürfen, ein Fach, das man meist ans Ende des Vormittagsunterrichts setzte. Mit Mathematik (ein Fach, das man für wichtiger hielt) war ich meist schon in der ersten oder zweiten Stunde im Einsatz gewesen.

Aber das war jetzt vorbei. Du bist doch verrückt, hatten Kolleginnen und Kollegen gesagt. Die fixe Stelle als Lehrer mit fünfundfünfzig zu kündigen! Du verlierst doch ein Drittel der Pension, die dir mit fünfundsechzig zustünde! Ja, hatte ich gesagt, kann schon sein, aber ich mag nicht mehr.

Merkwürdigerweise hatte der Kaffee bei mir das Gegenteil der Wirkung, die man ihm zuschrieb. Statt mich munter zu machen, machte er mich müde. Also brauchte ich noch ein Stündchen Schlaf. Und daraus wurden dann zwei oder gar drei Stunden.

So war das damals. Ich kam kaum vor vier an die Luft. Es war November. Meistens wurde es, wenn ich auf die Straße trat, schon finster. So konnte es nicht weitergehen oder doch? So *durfte* es nicht weitergehen. Anfang Dezember entschloss ich mich, professionelle Hilfe zu suchen.

Es lag an ihrem Namen, dass ich ihre Nummer gewählt hatte. Ihr Name gefiel mir am besten unter all den Namen, die mir die Suchmaschine lieferte. Von diesem Namen fühlte ich mich angesprochen. Julia Bellavita, Gesprächstherapeutin.

Ich rief an. Zu meiner Überraschung gab es unter dieser Nummer keine Warteschleife.

Da hob auch keine Ordinationshilfe ab, sondern gleich sie selbst.

Bellavita, sagte sie. Die angenehme Wärme ihrer Stimme.

Mein Name ist Spielmann, sagte ich. Ich hätte gerne einen Termin bei Ihnen.

Augenblick, sagte sie. Ich muss sehen, was sich machen lässt ... Kommenden Donnerstag, 17 Uhr 30, passt Ihnen das?

Geht es auch etwas später?

Okay, sagte sie. 19 Uhr 30.

So einfach war das. Anfangs war alles zwischen uns sehr einfach.

Am nächsten Donnerstag saß ich ihr gegenüber.

Die Stehlampe warf ein schönes Licht auf sie.

Ihr Haar. Ihr Teint ... Sind Sie Italienerin?, fragte ich.

Nein, sagte sie. Aber mein Mann ist Italiener.

Den sollte ich erst später kennenlernen.

Marco Bellavita. Facharzt für physikalische Therapie.

Osteopathie. Akupunktur. Schmerztherapie.

Im Großen und Ganzen Spezialist für Phantomschmerzen.

Was fehlt Ihnen? – Ist es nicht komisch, dass man das so sagt? ... Es stimmt ja: Den meisten Menschen von heute fehlt etwas … Da war doch einmal etwas. Aber das ist abhandengekommen … Man weiß gar nicht mehr recht, was es war … Es ist abwesend, aber es tut weh.

Die Blockflöte war jetzt nicht mehr zu hören. Schade. Wie hatte das Lied bloß geheißen, das mir bekannt vorgekommen war? Ich hatte gehofft, dass es die Person, die da spielte – vielleicht ein Kind –, noch einmal anstimmen würde. Aber da war nur das Geräusch, das die Autos verursachten, die auf der Schnellstraße vorbeifuhren.

Es hörte sich an, als ob die Straße nass wäre. Hier war es trocken. Konnte es sein, dass es dort regnete? Jetzt wehte auch ein kühler Hauch herüber. Ich stand von der Bank auf und schlüpfte in die Jacke, die ich bisher nur über der Schulter getragen hatte.

Und spürte auf einmal wieder, wie hungrig ich war. Vor meiner Ankunft hier hatte ich an einer Autobahnstation einen Cappuccino getrunken und einen Toast mit Schinken und Käse gegessen, aber das war am Vormittag gewesen. Jetzt hörte ich das Läuten von Kirchenglocken. Es war neun Uhr Abend. Höchste Zeit, ein Lokal zu finden.

Ich bin dann wohl einige Male im Kreis gegangen. Zumindest kam es mir wiederholt so vor, als wäre ich an der oder jener Ecke schon vorbeigekommen. Diese Ecken mit den gelb leuchtenden Laternen, um die Insekten kreisten, weißgetünchte Mauern, auf denen Geckos saßen wie angeklebt … Und den alten Frauen, die vor den Haustüren saßen und strickten und nickten, als würden sie sich an mich erinnern.

Ich ging und ich ging. In Zimmern, in die ich durch

offene Fenster sah, waren die Fernseher eingeschaltet. Bläuliche Licht- und Schattenreflexe an den Wänden. Stimmen von Schauspielerinnen und Schauspielern, die Liebe mimten. Stimmen von anderen, die Krieg spielten.

An einer Hauswand klebten Plakate mit schwarzen Rändern und den Namen kürzlich Verstorbener. Schöne Namen – Philomena, Eusebio, Cristoforo, Graziella … Graziella Romanini, verstorben im 79. Lebensjahr … Ich fragte mich, ob das die Signora gewesen sein mochte, die Marco erwähnt hatte, die Haushaltshilfe, die es nicht mehr hinauf ins Dachgeschoss geschafft hatte.

Aber da war auch der Hinweis auf ein Lokal. *Vecchia Capanna, Osteria autentica.* Da war ein roter Pfeil, der die Richtung wies. Licht, Stimmen, Musik und der Geruch nach Gebratenem und Gegrilltem.

Und ich sah schon den Eingang, einen mit Jasmin umrankten Torbogen. Davor stand allerdings eine Schlange von Maskierten. In den fast menschenleeren Gassen hatte ich die Maske abgelegt und in die Jackentasche gesteckt. Jetzt legte ich sie wieder an. Aber in diesem Moment berührte mich jemand an der Schulter.

Ma chi si vede? Wen sieht man denn hier? … *Che bella sorpresa*! … Marco! … Was für eine schöne Überraschung!

Ich wandte mich halb um und nahm die Maske wieder vom Gesicht. Und da zog der Mann, der schräg hinter mir stand, seine Hand von meiner Schulter zurück …

Scusi, sagte er. *Mi sono sbagliato.*

Ein Mann ohne Maske. Mit grauem Vollbart und hoher Stirn. In seinen Augen erlosch der Rest eines Lächelns.

Entschuldigung. Er habe sich geirrt. Er habe mich mit einem alten Freund verwechselt …

Nämlich … Es liege an der Jacke, die ich trage …

Die sehe so aus wie die Jacke, die sein Freund getragen habe … Mit dieser gestickten Borte am Kragen … Stilisierte Vögel … Seien das Schwalben oder Möwen? –

Ich hatte mir die Jacke, in die ich geschlüpft war, gar nicht näher angesehen.

Ma come?, sagte er. Wieso? – Ein Funke Misstrauen in seinen Augen.

Wie kam ich zu dieser Jacke? War es bloß die gleiche oder war es die selbe?

Nun fiel ihm auch mein Akzent auf. *Da dove viene?* Woher kommen Sie?

Höchste Zeit also, dass ich ihn aufklärte.

Vengo da Vienna, sagte ich. Ich bin ein Freund von Marco und Julia. Ich darf eine Weile in ihrer Wohnung hier wohnen. Via Boccaccio Nr. 33.

Accidenti!, sagte er. Warum hast du das nicht gleich gesagt?

Sono Guido, sagte er.

Ich bin Paul, sagte ich.

Lass dich umarmen, sagte er.

Lieber nicht, sagte ich.

Was hast du jetzt vor?, fragte er.

Ich wollte essen gehen, sagte ich.

Hast du reserviert? Nein? Na, dann wirst du nicht viel Glück haben.

Du glaubst, du kannst einfach daherkommen und irgendwo einkehren, wie anno dazumal. Weil dir der Eingang des Lokals gefällt, weil es von drinnen heraus appetitlich riecht, weil die Donna, die an der Tür steht, freundlich lächelt? – Irrtum! – *Ha prenotato, Signore?*, wird sie dich fragen. – *No? Allora ci dispiace.* Wenn Sie nicht reserviert haben, tut es uns leid.

Vielleicht kann ich Sie für morgen vormerken?, wird sie sagen. Oder nein, morgen ist Sonntag, da sind wir auch schon total ausgebucht. Aber übermorgen – und mit diesen Worten wird sie in ihr Notebook blicken … Also für übermorgen hätten wir vielleicht noch ein Plätzchen für Sie frei.

Laut lachte mein neuer Bekannter. Was glaubst du denn, wo du bist? – Das hier ist nicht irgendein Schafdorf! Das ist San Vito! – Siehst du nie Fernsehmagazine? Schaust du nicht ins Internet? – Seit neuestem sind wir ein sogenannter Hotspot!

Und du willst essen gehen – da hast du Glück, dass du mich getroffen hast. Ich führ dich in ein Lokal, in dem wir keine Reservierung brauchen.

Und schon hatte er mich am Ellbogen gefasst und lotste mich. Hier wird es in meiner Erinnerung dunkel. Ich glaube, wir tauchten in ein Durchhaus.

Etwa zehn Minuten später saßen wir in einem Lokal in einem Betonklotz von Gebäude. Auf einer in eine Plastikhülle verpackten Veranda. Aussicht auf eine Baustelle mit beleuchtetem Kran. Auf einem Transparent über der Veranda stand der Name des Lokals: *Il Refugio.*

Die Zuflucht also. Wir saßen an einem kleinen, runden Tisch, mit einer Platte aus weißem, abgeschundenem Eisenblech. Aber vor uns stand eine Karaffe mit Wasser und eine Flasche mit tiefrotem Wein. Und daneben standen zwei handfeste, grüne Gläser. *Salute*, sagte der Mann, der mich hierhergelotst hatte, mir nun einschenkte und sein Glas erhob.

Und jetzt erkannte ich ihn: Das war doch der, den ich auf dem Foto oben in Marcos und Julias Schlafzimmer gesehen hatte. Mit nacktem Oberkörper. In Bermudashorts. Er *links* neben Julia, und Marco *rechts* – oder war es umgekehrt? … Damals war sein Bart noch nicht ganz so grau gewesen.

Durch die offene Tür sahen wir ins Innere der Osteria. Ein Raum im kalten Licht einer Neonröhre. Männer an der Theke, die tranken und sich für mein Empfinden zu laut unterhielten. Andere an den Tischen, kartenspielend, hinter ihrem Rücken gestikulierend die Kiebitze. Es gab auch Tische, an denen die Frauen saßen. Stimmen um mindestens eine Oktave zu hoch. Und erst ihr Gelächter! Etwas musste sehr lustig sein, trotz allem. An der Wand klebte ein Fernsehschirm, auf dem eine Show zappelte.

Von einer schönen, alten Jukebox, grün leuchtend, kamen Fetzen von Musik. *Azzurro* sang der unverwüstliche Adriano Celentano. Zwei ältere Frauen standen von ihrem Tisch auf und begannen zu tanzen. Sie hatten nicht viel Platz, diese beiden, aber sie tanzten.

Siehst du, diese Osteria, sagte Guido, ist eins der hässlichsten Lokale, die wir hier haben. Aber es ist das Lokal, in dem die *nostrani* sitzen, die Unsrigen. Die unter sich sein wollen und nicht unter den Figuren, die jetzt unsere Piazza okkupieren. Hierher hat sich das alte San Vito zurückgezogen.

So viel ist ja wahr, San Vito ist schon seit etlichen Jahren ein Ort, der eine gewisse Popularität genossen oder ertragen hat. Man hat viel Werbung für uns gemacht, vor allem im Internet hat es sich herumgesprochen, dass es hier schön ist, die Umgebung malerisch und das *Centro Storico* authentisch – ja, das war das Wort, mit dem man uns gern charakterisiert hat – *authentisch.* Und es sind viele *stranieri*, viele Ausländer gekommen, Deutsche, Japaner, Chinesen, Amerikaner, *tutti quanti* – manche haben uns, ehrlich gesagt, schon ein bisschen genervt, mit ihrer unglaublichen Unbedarftheit, ihrem schlechten Benehmen und ihrer bodenlosen Arroganz. Sie waren manchmal schon zu viele, aber wir haben ungefähr gewusst, wann sie auftauchen und wann sie wieder wegbleiben. Diese Situation war noch einigermaßen überschaubar. Aber dann –

Hier wurde Guido vom Kellner unterbrochen. Oder war dieser etwas zerknitterte Ragazzo der Wirt? *Ciao Guido,* sagte er. Guido stand auf und umarmte ihn. *Ciao Fulvio.* In der Umarmung klopften sie einander auf den Rücken.

Jetzt, da ich mir diese Szene mit all ihren Details zu vergegenwärtigen versuche, frage ich mich, *wie* sie einander auf den Rücken klopften. – Einander bestätigend? Einander beruhigend? Tröstlich? – Ich fand es schön, wie die zwei einander umarmten. Obwohl ich selbst nicht so umarmt werden wollte.

Siehst du, sagte Guido zu mir, Fulvio ist auch so ein alter Indianer. War ein paar Jahre Kellner im *Casanova*, das ist ein feines Haus. Aber nach und nach ist ihm der Betrieb dort zu blöd geworden, die Hektik, die Pantomime für die Schnösel, die da mit Aussicht auf den englisch gestutzten Rasen und die französisch verschnittenen Bäume *speisen*. Und er hat kapiert, dass er dort nicht hinpasst, und ist zu seinem Stamm zurückgekehrt.

Nicht wahr, Fulvio?

Più o meno, sagte Fulvio, mehr oder weniger.

Mein Gast Paolo – und mit einer generösen Geste wies Guido auf mich – ist übrigens ein Freund von Marco und Julia – du erinnerst dich doch an die beiden.

Dunkel, sagte Fulvio.

Aber ich bitte dich!, ereiferte sich Guido. An die zwei musst du dich doch erinnern!

Marco, dieser interessante Mann, der in den ersten Jahren, in denen sie hier waren, immer mit der Super-8-Kamera umhergelaufen ist … Und Julia, diese charmante Frau, die meist ein *quaderno* dabeigehabt hat, ein Heft, in dem sie ab und zu was notiert hat …

Ach so die, sagte Fulvio. Die haben sich aber schon lang nicht mehr anschauen lassen. *Sie* war mir lieber als *er*. Sie hat gut ausgesehen.

D'appunto, genau, nickte Guido. *Sempre più bella*, habe ich immer gesagt. Von Jahr zu Jahr schöner. Und das war fast die Wahrheit.

Schön für die Schöne, sagte Fulvio. Aber jetzt lasst uns zur Sache kommen. Die in der Küche warten. Was darf ich euch Gutes zu essen bringen?

Als *primo* auf jeden Fall *Pici*, sagte Guido. Die solltest du zum Einstand kosten, sagte er zu mir. *Pasta fatta a mano*. Ehrliche Nudeln. Mit Liebe und Meisterschaft handgemacht von der Mama.

Die Mama liegt im Ospedale in Montepulciano, sagte Fulvio.

Porca miseria, sagte Guido. Es ist doch hoffentlich nicht kritisch.

Immerhin liegt sie nicht mehr auf der Intensivstation, sagte Fulvio, sondern draußen auf dem Gang. Wollt ihr die *Pici al pomodoro* oder *al ragù*?

Diese *Epidemia di merda*, diese Scheißseuche … Siehst du, bei uns in der Toskana hat sie nicht ganz so arg gewütet wie in der Lombardei, im Veneto, ganz zu schweigen von Bergamo … Die zahllosen Särge, die wir in den Fernsehnachrichten gesehen haben, *Madonna*! … Der Schock ist dem ganzen Land in die Knochen gefahren … Wir haben ein bisschen Glück im Unglück gehabt, das Virus ist bei uns erst etwas später angekommen … Als es da war, waren gewisse Abwehrmaßnahmen schon in Kraft … Aber die waren brutal. Wochenlang waren wir in unseren Wohnungen eingesperrt … Das waren finstere Zeiten, auch wenn draußen die Sonne geschienen hat … Nicht mehr als 200 Meter durften wir uns vom Haus entfernen … Ein paar Schritte im Kreis für den Blutkreislauf …

Darüber hinaus bloß in den nächstgelegenen Supermarkt, in die Apotheke oder zum Arzt … Auch das nur mit Bestätigung eines Termins, der von den *carabinieri* kontrolliert wurde.

Und – ja – auch wir haben unsere Toten gehabt … Die hat man rasch abgeholt und auf den Friedhof gekarrt … Entsorgt hat man sie, ohne Blumen und ohne Musik … Auch die besten Freunde durften sie nicht begleiten …

Grausame Zeiten seien das gewesen. Das Leben so eingeengt, dass man das Gefühl gehabt habe, immer weniger Luft zu bekommen. Seine Frau Laura, sagte Guido, sei jede Nacht ein paar Mal röchelnd aufgewacht. Aus Träumen, in denen sie Angst gehabt habe, lebendig begraben zu werden.

Hier war Guidos Stimme heiser geworden. Er räusperte sich mehrere Male und trank einen großen Schluck Wasser. Zwei Jahre lang hat uns das Virus okkupiert. Aber dann, in den ersten Monaten des heurigen Jahres …

Da haben wir endlich ein bisschen aufatmen können. Da sprach der Gesundheitsminister im Telegiornale. Das Virus sei zwar nicht weggeblasen, sagte er. Aber die Infektionszahlen seien deutlich gesunken und wenn diese Tendenz anhalte, dann bestehe Hoffnung.

Ein sympathischer Mensch, der Gesundheitsminister … Mit einem sympathischen Namen – er heiße *Speranza* … *Speranza*, Hoffnung … Es bestehe Hoffnung, habe der Herr Hoffnung also gesagt … Hoffnung, dass bis zum Sommer alles wieder fast normal werde …

Jetzt war allerdings zunächst einmal Frühling, sagte Guido. Ein Frühling, in dem wir uns wieder halbwegs frei bewegen durften. Was für ein Gefühl! Was für ein Geschenk! Fast wie ein neues Leben! Zwar blieb die Vorschrift, in geschlossenen Räumen, in Bussen und Zügen Masken zu tragen, nach wie vor aufrecht, und auch im Freien – das war keine Verpflichtung, sondern eine Empfehlung –, auch im Freien sollte man lieber weiterhin maskiert herumlaufen, vor allem aber dort, wo es zu eng werde, zu dicht, wo man keinen Abstand halten könne, wo Gedränge drohe. Aber davon konnte in San Vito vorläufig keine Rede sein.

San Vito fing diesen Frühling behutsam an. Man öffnete die Läden und schaute hinaus, man trat vors Haus, Schrittchen für Schrittchen, man witterte, man horchte, man schaute. Man war erstaunt und erleichtert, dass alles noch da war. *Il paese è suo ambiente*, der Ort und seine Umgebung.

Tutti e quattro quartieri. Alle vier Viertel.

Die vier Viertel hießen *Castello*, *Borgo*, *Caneti* und *Prato*.

Prato, das heißt ganz schlicht und einfach Wiese.

Das war das Viertel, in dem Guido mit seiner Frau wohnte. Sie seien ein Stückchen hinaus in die grünen Felder gezogen. Rund um sie hätten Blumen geblüht, über ihnen hätten Vögel gezwitschert. Und auf den Äckern seien Hasen gehoppelt. Da habe Laura nach all den traurigen Tagen und schrecklichen Nächten zum ersten Mal wieder gelacht.

Allmählich sei auch das Leben im Zentrum wiedererwacht … Er, Guido, habe sich ein wenig auf der Piazza herumgetrieben, um einmal zu sehen, wer von den alten Freunden noch oder wieder da war, und es waren Gott sei Dank fast alle … Und dann habe er sich ins Café *Tartaruga* gesetzt, unter der sanften Sonne einen Espresso oder einen *Caffè corretto* getrunken, und in der *Gazetta dello Sport* geblättert, denn die Fußballmeisterschaft wurde ja jetzt auch wieder gespielt … Beschaulich war das … Ein San Vito wie früher … Die *stranieri* würden erst später kommen.

Aber da ist etwas über uns hereingebrochen, sagte Guido, mit dem wir nicht gerechnet haben. Schon an den Wochenenden Ende März haben uns immer größere Menschenmassen heimgesucht. Das seien aber keine *stranieri* gewesen, die da auf einmal alle Straße verstopft, alle Plätze besetzt haben. Das waren im Großen und Ganzen *connazionali*, Landsleute, *gitanti*, Ausflügler aus Rom Florenz Milano Turin, Leute, über die man sich anfangs gefreut habe – *benvenuti*, willkommen, mit euch kann man wenigstens Italienisch reden!

Aber es seien ganz einfach zu viele gewesen. Und mit jedem Wochenende mehr geworden. Zu Ostern waren es schon drei- oder viertausend. Wie viele es jetzt seien, wisse man nicht, man habe den Überblick verloren.

Er könne sie ja verstehen, die *cittadini*, in den Städten hätte man sich vielleicht noch eingesperrter gefühlt als hier … Jetzt wolle man dort auch und erst recht endlich hinaus aus dieser Traurigkeit … Wenigstens zum Weekend, hinaus ins Freie, an die frische Luft, in die neue Sonne … Irgendwohin, wo es noch ein bisschen so ist, wie es angeblich einmal war, *authentisch*, genau.

Und was empfiehlt sich für so einen Ausflug besser als das *Valle di San Vito* … Das lange Zeit ein Geheimtipp war, aber jetzt hat Italien endlich kapiert, was es an uns hat … Da gab es zwei oder drei Reportagen im Fernsehen, die hatte man schon vor Corona gedreht, aber jetzt wurden sie ausgestrahlt … San Vito ist schön, San Vito ist *in* – also nichts wie hin.

Und jetzt haben wir hier diese Invasion … Paare, Familien, Gruppen, Schulklassen, Seniorenclubs … Aber das Schlimmste sind die Radfahrer, diese Horden von Radfahrern … Unerzogene Menschen, rücksichtslose Barbaren.

Siehst du, Paolo, ich habe nichts gegen Radfahrer an sich, im Gegenteil. Früher bin ich selbst gern Rad gefahren. Als Bub ohnehin. Später noch manchmal mit meiner Frau, dann mit meinen beiden Töchtern. Schließlich mit meinem Enkel, einem bildschönen und in jeder Hinsicht vielversprechenden jungen Mann, der mich schon mit seinen zwölf oder dreizehn in den Kurven hinauf nach Montalcino überholt hat wie nichts – der wird vielleicht einmal den *Giro* fahren, haben wir gedacht, oder gar die *Tour de France*, aber dann …

Hier machte Guido den Eindruck, als hätte er den Faden verloren. Schaute dem Ventilator zu, der ein paar Meter weiter vorne auf der Veranda montiert war und bei jeder Drehung, wenn sein Propeller an einer bestimmten Stelle angelangt war, quietschte … Und das Moskitovertilgungsgerät, ein Instrument, an dessen glitzernden Metallsaiten ständig auch größere Insektenkörper verzischten … Was wollte ich sagen, sagte er endlich – ach ja, diese Radfahrerhorden …

Lehnen die Räder an die Hauswände, vor die Haustüren oder lassen sie einfach dort liegen, wo sie absteigen aus ihren Sätteln … Figuren, fast Karikaturen, wie aus irgendwelchen *fumetti*, Comic-Strips, in diesen zu engen, schockfarben glänzenden Reptilienhäuten … Steigen ab vor den Imbissbuden, setzen sich hin mit nur einer

Klemmarschbacke auf idiotisch hohe Hocker, um irgendeinen Fraß aus der Mikrowelle zu essen … Und derweil liegen ihre Räder wie Barrikaden mitten auf der Straße oder auf der Piazza …

Und ein Mensch, der hier geboren ist und sein Leben lang trittsicher einen Fuß vor den anderen gesetzt hat in seinem Heimatort, muss jetzt im Slalom zwischen diesen Hindernissen durch balancieren … Und muss achtgeben, dass er nicht umkippt oder sich sogar den Knöchel verletzt … Und wenn dir dann noch irgend so ein *Arlecchino* oder so eine *Pulcinella* mitten im Weg steht, das *telefonino*, das Smartphone, am Ohr – Mama, *figurati*, stell dir vor, wo wir jetzt sind, in San Vito, ja, echt, hier ist es super, hier kann man gut shoppen, hier isst man gut, hier trinkt man gut … Also wenn man, als *Indigener*, als alter Eingeborener wie ich, das alles sieht und hört und spürt … Dann könnte einen manchmal schon der Furor überwältigen … Und gleichzeitig die Nostalgie und man könnte heulen vor Trauer um die *anima persa*, die verlorene Seele des Ortes … Und man würde diese ganze Bande am liebsten mit einer Rakete auf den Mond schießen.

Ma scusa, sagte er, entschuldige, ich rede und rede … Aber womit das Herz voll ist, davon geht der Mund über, heißt es … Ich weiß gar nicht, ob dich das alles so detailliert interessiert … Aber wenn du etwas länger hier bei uns bleiben willst, ist es vielleicht gut zu wissen, was sich hier tut.

Ich weiß noch nicht, sagte ich, wie lang ich bleiben will.

Aber wenn dir Julia und Marco ihre Wohnung in der Via Boccaccio zur Verfügung stellen, sagte er … Das ist eine schöne Wohnung, nicht wahr, und die Terrasse … Ich an deiner Stelle, sagte er, würde eine Weile bleiben.

Er würde sich jedenfalls darüber freuen, wenn ich bliebe. Komm, sagte er, jetzt sollten wir noch einmal anstoßen. *Al tuo soggiorno*, auf deinen Aufenthalt hier bei uns! Du bist ein Freund von Julia und Marco, also bist du auch mein Freund.

Dass du Marcos Jacke anhast, ist übrigens lustig. Sie passt dir gut … Und du siehst ihm sogar ein bisschen ähnlich.

Nein!, sagte ich.

Doch, doch, sagte er. Ein ähnlicher Ausdruck … eine gewisse Melancholie, eine gewisse Ironie – auch Selbstironie, oder?

Das konnte er gar nicht sehen bei dieser Beleuchtung.

Aber ich kann es mir vorstellen, sagte er.

Erzähl mir was von dir, sagte er. Wer bist du? Was machst du?

Das waren Fragen, die mir nicht angenehm waren.

Ich weiß nicht, sagte ich, ob ich das kann – mein Italienisch …

Dein Italienisch ist *abbastanza bene*, sagte Guido.

Grazie, sagte ich. Sieben Semester lang habe ich Kurse am Italienischen Kulturinstitut in Wien besucht, aber das sei lang her und inzwischen sei mein Italienisch wohl ein bisschen eingeschlafen.

Dann hast du jetzt Gelegenheit, es aufzuwecken, sagte er.

Ich wollte mich trotzdem möglichst kurz halten.

Sono insegnante, sagte ich. Lehrer an einer höheren Schule … Das heißt, das *war* ich. Verheiratet war ich auch. Aber inzwischen bin ich beides nicht mehr.

In einem früheren Leben habe ich Lieder geschrieben … Ein bisschen auf dem Piano geklimpert und ein bisschen Gitarre gespielt, sogar ein bisschen gesungen.

Du warst also *Cantautore*?, fragte Marco.

Auf Deutsch, sagte ich, heißt das Liedermacher, *una brutta parola*, ein hässliches Wort.

Ma guarda!, sagte Marco, sieh mal an! … *Cantautore*! … Gibt es CDs von dir?

Nein, sagte ich … Das heißt doch … Es hat einmal eine LP gegeben … Aber das ist inzwischen schon nicht mehr wahr.

Ich war froh, dass nun die Pasta kam. Nicht von Fulvios Mutter gemacht, aber trotzdem sehr gut. Das Ragout ist vom *cinghiale*, sagte Guido, vom Wildschwein. Es gibt viele in der Gegend. Sie verwüsten die Äcker und die Weingärten.

Aber jetzt sag: Wie geht es Marco und Julia? Die haben ja lang nichts von sich hören lassen … Oder doch – zu Weihnachten oder zu Silvester haben sie ein SMS geschickt … Aber war das heuer oder war das voriges Jahr?

Er pochte sich mit der Faust gegen die hohe Stirn … Corona hat alles durcheinandergebracht … Auch in unseren Köpfen, siehst du … Man verliert die Orientierung … Manchmal weiß man schon gar nicht mehr, was wann war.

Gewiss hätten auch wir uns bei Marco und Julia rühren können, Laura und ich … Aber weißt du: Wir waren so – wie betäubt … Bei euch war es ja, dem Vernehmen nach, halb so schlimm … Also wie geht es Julia und Marco? *Sono sani? Vanno sempre bene insieme*?

Ob sie gesund seien? Ja, Gott sei Dank, sagte ich. Aber die zweite Frage irritierte mich ein wenig. Auf Italienisch kam sie mir vielschichtiger vor, als wenn sie jemand auf

Deutsch gestellt hätte. Geht es ihnen nach wie vor gut miteinander? Gehen sie immer noch gut miteinander? – Aber vielleicht, ja, wahrscheinlich, projizierte ich da etwas.

Sie sind gesund und sie sind okay, sagte ich also. Nur sind sie letzthin ein bisschen überlastet.

Haben sie dir nicht aufgetragen, mich von ihnen grüßen zu lassen?

Das hatten sie nicht. Oder ich hatte es in der Hast meines Aufbruchs überhört.

Entschuldige, sagte ich. Das habe ich ganz vergessen … Klar soll ich dich von ihnen grüßen … Natürlich! Guido! … Bestimmt läuft dir Guido über den Weg, haben sie gesagt … Wenn dir Guido über den Weg läuft, grüß ihn ganz herzlich.

Wir kennen uns ja schon so lang, die beiden und ich, sagte Guido. Zwischen den beiden und ihm, das sei eine wahre Freundschaft. Eine Freundschaft, die jahrelang gehalten habe. *Un'amicizia persistente.* Eine *nachhaltige* Freundschaft.

Wann sie begonnen habe? – *All'epoca* – also vor langer Zeit … Als das Leben noch leichter und schöner war … Weil man noch in Lire bezahlt hat, weil man für das Geld, das man verdiente, noch etwas mehr als das Notwendigste bekam, weil man sich ein Sonntagmittagessen mit einer mehrköpfigen Familie noch ohne weiteres leisten konnte … Weil man noch überall rauchen durfte, ohne beanstandet zu werden, weil man es auf der Post, auf der Bank und an der Tankstelle nicht mit Automaten zu tun hatte, sondern mit lebendigen Menschen, weil gewisse tragische Ereignisse in seinem und Lauras Leben noch nicht eingetreten waren.

Wie sie hier aufgetaucht seien, Julia und Marco … Wie sie über die Piazza gingen – sie fielen auf – damals kamen ja noch kaum *stranieri* nach San Vito … Und nun diese zwei – er mit bis an die Schultern reichendem Haar und dem Poncho, den er fast immer trug, auch wenn andere im T-Shirt herumliefen … Sie in einem langen, leichten, gebatikten Kleid, das pittoresk im Wind wehte.

Permesso, erlauben Sie, habe Guido gesagt, dass ich mich ein wenig zu Ihnen setze? Das war der in Bar *Tartaruga*, die ich auch noch kennenlernen würde. In der Bar, in deren kleinem Hofgarten die beiden meist gefrühstückt hätten. Ich bin nämlich, habe er gesagt, ein neugieriger Mensch, es interessiert mich, woher Sie kommen, wohin Sie gehen und was Sie so treiben.

Siete artisti?, habe er sie gefragt, sind Sie Künstler? Marco habe ja ausgesehen wie der Maler, den er einmal im Kino in Pienza gesehen hatte, das es nun längst nicht mehr gab (war dieser Maler Manet gewesen oder Renoir?), und sie wie seine Muse. Diese Einschätzung, die Guido als Kompliment meinte, habe sie allerdings schroff abgelehnt. Wenn sie ihren Freund inspiriere, dann solle ihr das recht sein; aber *er* inspiriere *sie* ebenso. Die Inspiration zwischen ihnen verlaufe nicht auf einer Einbahn, *senso unico*, sondern *via-vai*, hin und her. Ihr Italienisch sei originell gewesen, aber charmant.

Seine Freundin sei aus Wien, habe Marco gesagt, er hingegen sei aus Turin. Aber kennengelernt hätten sie sich in Pisa. Dort habe sie einen Italienischkurs begonnen und er an einem Seminar über französischen Film teilgenommen. Aber nachdem sie einander drei Mal begegnet seien, erst in einem der Korridore der Uni, dann in der Cafeteria unter den Arkaden und schließlich draußen, auf der Piazza unter dem schiefen Turm, an einem sehr lauen Abend, bei zunehmendem Mond, hätten sie das als Wink des Schicksals aufgefasst, *sie* habe ihren Italienischkurs sein lassen, *er* habe auf die sein Filmseminar abschließenden Diskussionen verzichtet, und sie hätten beschlossen, miteinander ins Blaue zu fahren – so seien sie nach San Vito gekommen.

Diese Geschichte kannte ich allerdings schon. Die hatte mir Julia auf einem unserer Spaziergänge erzählt. Nur dass die Stadt, in der Marco und sie einander kennengelernt hatten, in ihrer Fassung (und das war wohl die Originalfassung) nicht Pisa gewesen war, sondern Siena. Und der vom zunehmenden Mond beschienene Ort nicht der Platz unter dem schiefen Turm, sondern die Piazza del Campo.

Aber wüsste ich, so Guido, dass Marco fast zwei Jahre lang durch Südamerika getrampt war (Bolivien, Peru, Argentinien?), bevor er, nach Turin zurückgekehrt, sein Medizinstudium fortgesetzt habe, der Mama zuliebe, die sonst vor Gram gestorben wäre? Und dass Julia aus einem sehr katholischen Elternhaus in einer Kleinstadt, deren Namen Guido nicht behalten hatte, weil er ihn nicht aussprechen konnte (aber es müsse *un posto molto triste* gewesen sein, ein sehr trauriger Ort), gleich nach der Matura nach Wien entwischt sei, wo es lustiger war, zum Entsetzen ihrer Eltern in einer Wohngemeinschaft gelebt, Design oder so etwas Ähnliches zu studieren begonnen und gemeinsam mit einer Freundin eine Boutique aufgemacht hatte, die sie allerdings bald wieder zusperrten, weil sie sich als Geschäftspartnerinnen nicht vertrugen? – Dass Marco, der dann sein Probejahr in einem Krankenhaus vor sich hatte, eigentlich gar nicht Arzt werden wollte, sondern lieber Filmregisseur, doch, darauf war er einmal, beim Bier nach dem Tennis, zu sprechen gekommen – allerdings nur kurz, beiläufig, gleich wieder auf der Flucht vor diesem Thema. Aber dass Julia damals, als sie zum ersten Mal in San Vito gelandet und vorerst zwei oder drei Wochen geblieben waren, Gedichte oder Kurzgeschichten geschrieben hatte, das hatte sie mir verschwiegen.

Die zwei seien Guido enorm sympathisch gewesen. Und die Sympathie habe offenbar auf Gegenseitigkeit beruht. Sie hätten gar nicht bemerkt, wie lang sie beisammengesessen seien, an jenem schönen Vormittag, an dem sie einander kennengelernt hatten. *Einander*, gewiss, denn natürlich habe auch er von sich berichtet.

Dass er mit seiner Frau Laura seit Jahren hier im Ort lebe, habe er ihnen erzählt, aber beruflich viel in Florenz zu tun habe. Er sei nämlich in der Möbelbranche tätig, plane und organisiere *arredamenti*, Inneneinrichtungen. Auch kaufe und verkaufe er gelegentlich Stilmöbel, bei irgendwelchen Trödlern schöne Stücke zu finden, mache ihm Freude. Gelegentlich fahre er zu Messen, nach Rom, nach Milano, nach Zürich, nach München – einmal sei er auch nach Wien gefahren, um zwei Dutzend Thonet-Sessel zu kaufen, die damals, gleich nachdem die Manufaktur zugesperrt habe, für kurze Zeit günstig zu haben gewesen seien, Wien sei angeblich eine schöne Stadt, aber damals habe es dort dauernd geregnet.

Dass er sich früher politisch engagiert habe, aber dass ihm die Lust dazu vergangen sei. Zwar habe ihn erst vor kurzem ein alter Genosse gedrängt, sich bei Gemeinderatswahlen auf die Kandidatenliste für die neue Linkspartei setzen zu lassen, aber das habe er, bei aller Freundschaft, abgelehnt. Im Fußball sei er ein *tifoso* des FC Fiorentina, obwohl auch der seit geraumer Zeit nicht mehr berauschend erfolgreich sei. Im Sternzeichen sei er *leone*, Löwe, und das mache ihm immer, wenn er sein Horoskop in der Zeitung lese, Mut.

Ja, das sieht man, dass Sie ein Löwe sind, habe Julia gesagt. Sie habe wahrscheinlich nicht alles verstanden, was er vorher von sich erzählt habe, das jedoch schon. Glauben Sie an die Astrologie?, hatte er gefragt. Nein, habe sie geantwortet. Aber sie interessiere sich für Psychologie.

Ja eben, das war also damals schon da bei ihr, dachte ich. Sie interessierte sich für Psychologie und sie hatte einen Sinn für Ironie. *Era una furba matricolata*, sagte Guido, als habe er mich denken gehört. Und das hieß wohl so viel wie: Sie hatte es faustdick hinter den Ohren.

Die Bekanntschaft mit den beiden habe etwas sehr Anregendes für ihn gehabt. *Eccitante* sei sie gewesen, *stimulante*. Es ergab sich, dass er oft zur selben Zeit wie sie im Café war, oder ihnen durch Zufall begegnete. Da war eine gewisse Anziehungskraft im Spiel, *un certo magnetismo*.

Dass Marco und Julia oft und vergnügt miteinander *amore* gemacht haben ... Nicht nur in ihrem Bett dort oben im zweiten Stock des alten Hotels, in dem sie anfangs gewohnt hatten, sondern auch draußen, in der Natur, unter freiem Himmel ... Das habe er einfach gespürt, wenn er in ihrer Nähe war ... Manchmal habe er ihnen auch angesehen: diese schön durchbluteten Wangen, diese glänzenden Augen, diese Grashalme im Haar ...

Anfangs habe er den Fremdenführer für sie gespielt, ihnen die Schönheiten und Kuriositäten von San Vito und Umgebung gezeigt. Die Skulpturen an den beiden Toren der alten Kollegienkirche – am Westportal romanisch, am Südportal gotisch – und den Arkadenhof des *Ospedale*, das kein Spital gewesen war, sondern eine Art Karawanserei, eine Herberge für die Pilger, die nach Rom wollten oder von dort zurückkamen. Aber auch die Werkstätte des alten Mechanikers Garibaldi habe er ihnen gezeigt – ja, wirklich, so habe der geheißen – Garibaldi, dessen Stolz ein Fiat-Sportwagen gewesen sei, der in den Dreißigerjahren an der *Mille Miglia* teilgenommen habe, dem Tausend-Meilen-Rennen, das damals noch ein richtiges Rennen gewesen war, kein Oldtimerspektakel wie heute – dieses Auto, das damals gegen einen Meilenstein gefahren und dann vergessen worden sei, habe Garibaldi in liebevoller Kleinarbeit renoviert und schließlich knallrot lackiert, und auch das sei eine Sehenswürdigkeit gewesen.

Er habe die beiden seiner Frau Laura vorgestellt und sie zum Familienessen am Sonntag eingeladen. Die Kinder, der Sohn und die ältere Tochter, seien zwar schon aus dem Haus gewesen, und die Jüngere wäre auch schon gern ausgeflogen, aber zum Mittagessen am Sonntag seien sie alle um den langen Tisch gesessen, samt ihren jeweiligen Freunden. Da seien Marco und Julia eben noch dazu gekommen. Man sei ein bisschen zusammengerückt und habe zwei weitere Gedecke aufgelegt.

Und er sei in den Weinkeller hinuntergestiegen, auf den er sehr stolz war. Und mit zwei Flaschen *Brunello* zurückgekehrt, auf deren edel verstaubten Jahrgangsetiketten just die Geburtsjahre Marcos und Julias standen. Der mit Marcos Geburtsjahr habe ein bisschen gestoppelt. Aber der mit Julias Geburtsjahr sei die reine Freude gewesen.

Ausflüge habe er mit ihnen unternommen – etwa auf den Monte Amiata, diesen schönen, fast 2000 Meter hohen Berg, wo man unter Edelkastanienbäumen spazieren und unter Föhren schon im Juni *funghi porcini*, Steinpilze, finden konnte … Oder in die Maremma, wo er ihnen die weißen, halbwild lebenden Rinder zeigte und Geschichten von Räubern erzählte, die diese Gegend früher unsicher gemacht hatten … Und an den Bolsenasee, wo sie in einem *gommone*, einem Schlauchboot, gerudert seien, dem die Luft ausgegangen sei … Aber das sei gottlob nicht weit entfernt vom Ufer gewesen.

Und einmal seien sie miteinander auf die Isola del Giglio gefahren. Zu viert, da sei auch Laura mitgekommen, die schon damals nicht ganz leicht aus dem Haus zu locken war. Aber dieser Tag wäre fast zu schön gewesen, um wahr zu sein. Das Meer und der Himmel von einem unglaublichen Blau, die Gassen mit den weiß gestrichenen Häusern voll von blühendem Oleander und Jasmin.

Doch als sie dann essen gegangen und in einem kleinen, aber feinen Ristorante auf der Terrasse gesessen seien, mit Blick bis zur Isola Monte Cristo ... Da habe er sich bei der Auswahl der Speisen vom Chef persönlich beraten und dazu überreden lassen, eine Languste zu bestellen ... Eine ganze Languste, stell dir vor, ein prächtiges Meerungeheuer, das auf einem Wägelchen aus der Küche kam, einem Wägelchen, das zwei Kellner an den Tisch auf der Veranda rollten ... Eine Languste, deren Preis er allerdings stark unterschätzt habe, sodass er sich dann schwitzend auf die Suche nach einem Geldautomaten machen musste, denn in dem Ristorante, so fein es sich gab, nahmen sie nur Bargeld, die Ausbeuter, aber er wehrte sich strikt dagegen, dass Marco und Julia etwas zur Bezahlung beitrugen oder gar seine Frau, nein, das kam gar nicht in Frage.

Und einmal habe er die beiden nach Florenz mitgenommen, wo er einem *custode*, der mit ihm zur Schule gegangen sei, ein paar Wörter ins Ohr geflüstert und ein paar Scheine in die Hand gedrückt habe. Und – *ecco*, schau: Schon seien sie durch einen verborgenen Hintereingang in die Säle der Uffizien gewinkt worden. Was für ein Eindruck, diese großen, kühlen und ohne die üblichen Besuchermassen in den ersten Momenten beinahe erschreckend stillen Säle! Diese hohen Räume, in denen sie vorerst nur die Schritte des *custode*, Sergio hieß er, und ihre eigenen Schritte gehört hatten, bevor sie sich vor Gemälden wie der *Verkündigung* von Leonardo oder der *Geburt der Venus* von Botticelli – von denen sie Kopien und Kunstdrucke kannten, aber das hier waren die Originale, die gab es wirklich –, bevor sie sich vor diesen Weltkunstwerken zu flüstern getrauten, ach ja, wie schön, das habe sie beeindruckt.

Aber auch *sie* haben *mich* beeindruckt, sagte Guido. Marco zum Beispiel, wenn er von seinen südamerikanischen Abenteuern so lebhaft erzählte, dass man die Illusion hatte, dabei gewesen zu sein … Etwa wie er sich, von der schlagartig einsetzenden äquatorialen Dämmerung überrascht, beeilt habe, zu einem Zelt zurückzukommen, in dem er mit peruanischen Freunden campierte, und auf einmal, aus den Augenwinkeln, die Silhouette eines großen Tieres sah – wahrscheinlich, so dachte er, ein Panther oder ein Jaguar, der ihn zweifellos anspringen würde –, aber dann war es nur ein großer, zottiger Hirtenhund, der die Lamas bewachte. Und wie er seine Filmprojekte so darstellen konnte, dass man glaubte, man habe den Film, der ja erst gedreht werden sollte, soeben gesehen … Und wie versiert er über Politik redete – aus dem Stegreif zitierte er Gramsci. Ob die Intellektuellen sich als Klasse verstehen könnten / sollten / müssten? – Er, Guido, habe die politischen Visionen, die er einmal gehabt hatte, schon halb vergessen, aber wenn Marco, belesen, wie er war, diese gescheiten Texte zitierte, ohne Arroganz wohlgemerkt, einfach so nebenbei, fühlte auch er sich politisch reanimiert – vielleicht hatte der Eurokommunismus ja doch noch eine Chance.

Und was Julia betraf, so habe sie ihn nicht nur durch ihre schöne Weiblichkeit bezaubert, sondern auch durch ihre Fähigkeit, immer aufs Neue zu überraschen … Etwa damals, als er den Vorschlag gemacht hatte, eine Partie Tischtennis im Garten der *Osenna-Bar* zu spielen, die die beiden bis dahin noch gar nicht entdeckt hatten. Das war eine Bar, in der die älteren Herren Boccia spielten, aber die Jugend Tischfußball oder eben Ping Pong. Ein Lokal, das heute leider nicht mehr als Bar existiere, sondern als – zugegeben beliebte, weil relativ ökonomische – Osteria für Rindfleischverzehrer, mit eigener Schlachtung, da sei für etwas anderes als Fresstische kein Platz mehr.

Damals aber: Spielen wir eine Partie Tischtennis, habe er, der sich durch den Umgang mit den beiden um Jahre verjüngt fühlte, vorgeschlagen. Und sie holten sich die Schläger und zwei Bälle, einen weißen und einen gelben, die man gegen Einsatz von ein paar Lire an der Theke bekam, spannten das Netz in der Mitte der grünen Tischplatte und plänkelten zuerst einmal ein wenig, spielten ein Ringlein, bei dem sie um den Tisch herumliefen, wobei sie viel lachten. Aber dann meinte er, es wäre an der Zeit, eine *partita seria*, ein echtes Match, zu spielen, und wollte zuerst Marco herausfordern, den er für den eher ernstzunehmenden Gegner hielt. Der aber meinte mit einem feinen Lächeln, er lasse lieber Julia den Vortritt.

Und es verlief vorerst so, wie Guido es sich gedacht hatte. Den ersten Satz gewann er 11 : 9, wobei er mit größerem Abstand hätte gewinnen können, aber Julia nicht allzu wehtun wollte. Den zweiten Satz allerdings verlor er 2 : 11 – so schnell hatte er gar nicht schauen können, wie sie die Bälle haarscharf und raffiniert gefälscht übers Netz schickte. Und noch bevor er es fassen konnte, hatte er den dritten Satz mit 0 : 11 verloren.

Ma come mai, rief er, wie und wo in aller Welt hast du das gelernt? – *A casa*, habe sie gesagt, daheim – nicht in Vienna, sondern dort, wo sie herangewachsen sei, in diesem Ort mit dem unaussprechlichen Namen … Wo sie sich zwar meist gelangweilt habe, in dem es jedoch immerhin ein Heim der Katholischen Jugend mit zwei

Tischtennistischen gab … Und einen chinesischen Kaplan – weiß Gott, wie es den dorthin verschlagen hatte.

Feng oder Cheng, der seinen Zöglingen zuerst einmal zeigte, wie man in China den Schläger hielt. Und dann, nach und nach, wie man den Ball behandelte. Wie man ihn streichelte oder scharf anschnitt, damit er den richtigen Drall bekam. Und wie man mit den Augen schon immer einen Schlagwechsel voraus war.

Feng oder Cheng, der ihr auch gern noch ganz andere Sachen beigebracht hätte. Doch sie, so freundlich sie sich diesem Kaplan gegenüber sonst verhielt – gewisse Annäherungsversuche habe sie sich verbeten. Sei lieb, habe sie ihm gesagt, aber fass mich nicht an. Lass deine Finger von mir, sonst fängst du eine Ohrfeige.

Guido wollte Revanche. Die verlor er dann noch deutlicher. Sie fegte ihn lächelnd weg, nun in allen drei Sätzen. Wie stolz Marco da auf Julia gewesen sei! Mach dir nichts draus, tröstete er – gegen mich gewinnt sie auch meistens.

Ganz selten kommt es vor, dass ich ein Match gewinne. Aber dann habe ich den Verdacht, dass sie ein paar Bälle mit Absicht verfehlt, damit ich nicht die Freude am Spiel verliere. Und Marco habe Julia um die Taille genommen und geküsst. Was für ein unverschämt glückliches Paar, habe Guido da gedacht.

Sich Marco und Julia so jung vorzustellen! Als *ich* sie kennengelernt hatte, waren sie etwa doppelt so alt gewesen wie die Personen, von denen Guido da sprach. Nicht, dass sie mir alt vorgekommen wären, ich hatte ja keinen Grund gehabt, ihr Aussehen und Auftreten mit einem früheren zu vergleichen. Aber jetzt, als er diese Geschichten aus der Frühzeit ihrer Freundschaft erzählte, beim tiefroten Wein, der gut war, aber stark, und mir allmählich zu Kopf stieg, kam aus meinem Bauch ein Gefühl, das sich anspürte wie Neid.

Und du, wie hast denn du die zwei kennengelernt? – *E strano, ma non hanno mai parlato di te.*

Sie hatten nie von mir gesprochen? Das kränkte mich ein wenig. Aber es konnte schon sein. Wir kannten uns ja noch nicht so lang.

Kein Vergleich mit der Dauer *deiner* Freundschaft mit ihnen, sagte ich.

Außerdem hab ich sie nicht gemeinsam kennengelernt, sondern nacheinander.

Erst Marco, dann Julia?

Nein, sagte ich. Umgekehrt.

Also erst Julia allein? Wie interessant!

Dieses Lächeln unter Guidos Bart. Ein ironisches Lächeln, das mich ärgerte.

Ich hab sie als Psychologin konsultiert, sagte ich betont ernst.

Oho, sagte Guido. Was für eine noble Formulierung!

Ich war bei ihr, sagte ich, in Gesprächstherapie.

Und?, fragte er. Hat sie dich anständig therapiert? Hat sie die Dämonen, die dich gequält haben, ausgetrieben?

Red keinen Unsinn, sagte ich, da waren keine Dämonen.

Mir war damals nur ein wenig von meiner Energie abhandengekommen. Aber wir haben gute Gespräche geführt, Gespräche, die mir gutgetan haben. Außerdem haben wir uns auch ohne Worte gut verstanden.

Ah ja, sagte Guido, ihr habt euch immer besser verstanden. Und dann?

Er stützte den Ellbogen auf den Tisch, schmiegte die bärtige Wange in die Hand, sein Atem kam mir zu nah. Der ganze Mann (dieses *Mannsbild*) kam mir zu nah. Was war *dann* zwischen Julia und dir? Erzähl!

In diesem Moment wusste ich, dass ich ihm das bestimmt nicht erzählen würde.

Ich winkte Fulvio: *Il conto per favore*!

Ma no!, sagte Guido. Lass das! Du bist doch mein Gast! … Du wirst mir doch jetzt nicht einfach davonlaufen! … Hast du überhaupt eine Idee, wie du von hier in dein Quartier kommst?

Sein Lächeln kam mir nun schon ein bisschen gemein vor.

Na siehst du, sagte er. Du würdest dich verirren. Aber *coraggio*! Ich werde dich nachher begleiten. Doch vorher müssten wir noch etwas ganz Feines trinken.

Und schon standen zwei Gläser und eine Flasche auf dem Tisch. Eine bauchige Flasche mit Patina. Grappa von verführerisch schöner Farbe, im Laternenlicht dunkel funkelnd.

Und Guido schenkte uns ein. Jetzt zier dich nicht so, sagte er – erzähl schon! Was war da zwischen Julia und dir? Hast du etwas mit ihr gehabt oder nicht? Sie ist ja immer noch eine sehr anziehende Frau, nicht wahr?

Das geht *dich* doch überhaupt nichts an!, rief ich. Und stand so heftig vom Tisch auf, dass ich die schöne Grappaflasche umwarf. Und ging, ohne mich noch einmal nach Guido umzudrehen. So sympathisch er mir anfangs gewesen war – jetzt reichte mir seine Distanzlosigkeit.

Ich ging mit entschlossenen Schritten. Ließ das schöne Lokal namens *Zuflucht* hinter mir. Eine Weile hörte ich noch die Stimme Adriano Celentanos aus der Jukebox. Er sang etwas von einem *treno dei desideri … A streetcar named desire*, ach ja … Hier hatte sich der Texter offenbar von Tennessee Williams inspirieren lassen … *Endstation Sehnsucht.* Was für ein Stück! Was für ein Film! … *Azzurro.* Ein Lied, dem man diese Assoziation gar nicht zugetraut hätte … Aber meinten das englische Wort *desire* und sein italienisches Pendant *desiderio* nicht eher Verlangen als Sehnsucht? Womöglich sogar Begehren, Begierde? – Ich würde das im Wörterbuch nachschlagen.

Dann wurde es still, ich hörte nur mehr die Grillen zirpen. Und da war die Erinnerung, die Guido durch seine indiskrete Fragerei geweckt hatte. Die Erinnerung an Julias Besuch in meiner Wohnung. Wie ich meine alte LP (meine erste und einzige LP) aus der Hülle genommen, auf den Plattenteller gelegt und die Rille gesucht hatte, an der die Nummer beginnen sollte, die ich Julia vorspielen wollte.

Während sie mit übereinandergeschlagenen Beinen auf dem Sofa saß … Und lächelnd das Cover mit meinem Porträt aus dem Jahre Schnee betrachtete … Das warst wirklich du?, sagte sie. Kaum zu glauben! … Schöne Haare hast du damals gehabt.

Die Nummer, die ich ihr vorspielen wollte, war eine Art Chanson, in dem ich (das heißt, mein poetisches Ich) diejenigen, die sich von diesem Ich angesprochen, an*gesungen* fühlten, aufforderte, sich mit mir (das heißt meinem poetischen Ich) einfach fallen zu lassen / einfach fallen zu lassen … Sodass wir dann gemeinsam (das heißt mein poetisches Ich und sie) in einem schönen, neuen Traum erwachen könnten … Auf einer grünen Wiese (Refrain erste Strophe), zwischen roten Blumen (Refrain zweite Strophe) und schließlich (Refrain dritte Strophe) unter einem sehr blauen Himmel … Und das hatte damals, als das Singen noch geholfen hat – sehr suggestiv gewirkt, jedenfalls auf Personen, die mein poetisches Ich mit meinem wirklichen Ich verwechselten, und eine gewisse Ähnlichkeit bestand ja.

Und während diese Nummer lief, setzte ich mich neben Julia, auf mein Sofa, das in der Mitte durchhing, sodass wir einander immer näher kamen, aber da rückte sie ein Stück von mir ab. Dann stand sie auf einmal sehr aufrecht im Raum und legte das Cover mit meinem Jugendbild auf den Couchtisch. Hübsch, sagte sie, schade, dass du nicht weitergemacht hast. Danke für die romantische Stunde, es ist schön, wie gut wir uns verstehen, aber vielleicht ist es besser, wenn du auch meinen Mann kennenlernst.

Und so war es geschehen. Anlässlich eines Liederabends im Musikverein (Gustav Mahlers *Lieder eines fahrenden Gesellen*), bei dem wir uns nicht ganz zufällig in der Pause am Buffet trafen … Ja, wen sieht man denn da? Was für eine nette Überraschung! Schau, Marco, das ist mein ehemaliger Klient, der Herr Spielmann! … Und es ergab sich, dass wir nach dem Konzert miteinander in ein italienisches Restaurant gingen. Wo Marco und ich mit Julias Hilfe erkannten, dass wir etliche gemeinsame Interessen hatten.

Ich hatte mir eingebildet, in die richtige Richtung zu gehen, aber es war die falsche gewesen. Bald endete die asphaltierte Straße, der Boden unter meinen Füßen fühlte sich rissig an, ich bemühte mich, nicht zu stolpern. Dann roch es nach Rossmist und tatsächlich kam ich bald an einem Gatter vorbei, hinter dem ich die Bewegung großer Pferde ahnte, bald hörte ich auch ihr Schnauben. Dann, immer näher, der melancholische Chorgesang der Hunde, die den gelb über den Feldern hängenden Mond anheulten.

Der Wind wehte mir entgegen, die Hunde witterten mich erst spät. Doch dann, als sie mich wahrnahmen, klang ihr Gebell nach Wahnsinn. Ihre Pfoten und Schnauzen prallten gegen das scheppernde Maschendrahtgitter der rohen Verschläge, in die sie eingesperrt waren, ihre heiseren Stimmen überschlugen sich, ja, mir war, als ob sich auch ihre schwarzen Körper in den Käfigen überschlugen. Das war tatsächlich zum Heulen. Da kehrte ich um.

Und sah, wie weit ich schon von San Vito entfernt war. Die Ortsteile außerhalb der Mauer waren nur zu ahnen, aber das etwas höher gelegene Zentrum mit den zwei Kirchen war fahl beleuchtet. Vom Mondlicht oder von künstlichem Licht? Der Himmel war jetzt bewölkt, Wolken zogen grau zerfetzt.

Immer noch war nur Erde unter meinen Füßen, kein Pflaster, kein Asphalt. Das Heulen der Hunde, die sich nun wieder auf den Mond zu konzentrieren schienen, klang allerdings nach und nach ferner. Schon ging ich wieder durch bewohnte Gebiete – Zeilen von Reihenhäusern, Vorgärten mit emsig mähenden Nanorobotern. Lichtalarmanlagen, die ihre Augen aufrissen, wenn sie spürten, dass ich mich näherte, und diese gleich wieder schlossen, sobald ich vorbei war.

Dann kam mir, auf dem schmalen Gehsteig, ein Mann entgegen, der im Nebel, der nun aufstieg, sehr groß aussah. Wie erschrak ich da! Mir klopfte das Herz bis hoch hinauf in den Hals! – In wie vielen verrufenen, angeblich gefährlichen Vierteln war ich gewesen, im Londoner Soho, in den Pariser Banlieues, in Harlem, in New Orleans jenseits der North-Rampart Street, jenseits des Armstrong-Parks, wohin zu gehen mir die Kollegen an der Music-School, an der ich ein Sabbatjahr lang lernen durfte, was Jazz ist, dringend abgeraten hatten. Und in Wien, ja in Wien wiederholt auf der sogenannten Kreta, im dunkelsten Winkel des rauen Bezirks Favoriten … Nirgends hatte ich im Ernst gefürchtet, niederschlagen, ausgeraubt, womöglich umgebracht zu werden. Hierher, in diesen scheinbar harmlosen Ort im Süden der als anmutig verschrieenen Toskana, hatte ich kommen müssen … An diese Peripherie, deren Häuser aussahen wie aus Lego-Bausteinen gefügt … Ausgerechnet hierher, um für einen Augenblick diesen grellen Schreck zu empfinden – erst recht, als der Mann, der mir da im Nebel entgegenkam, zu einer Bewegung ansetzte, die ich im ersten Sekundenbruchteil als Angriff deutete, er breitete die Arme aus, als wollte er mich umfassen, und das wollte er auch, aber er meinte es freundlich, denn es war Guido.

Na, sagte er, ich habe mir ja fast schon Sorgen um dich gemacht. Hast du dir noch ein bisschen die Füße vertreten? Aber wolltest du nicht in die Via Boccaccio? Komm, ich habe denselben Weg wie du.

Und schau, da stehen wir schon vor dem Haustor! *Ecco*, sagte Guido, hier bist du doch richtig – oder? Via Boccaccio 33, kein Zweifel. – Vor kurzem hatte ich noch das Gefühl gehabt, sehr weit weg von hier zu sein, aber dann hatte es keine zehn Minuten gedauert, bis wir da waren.

Und ich zog den Schlüsselring, den mir Marco gegeben hatte, aus der Tasche. Und ließ mir meine Unsicherheit möglichst nicht anmerken. Ob ich nun den richtigen Schlüssel erwischen würde? Und ob ich es schaffen würde, damit aufzusperren?

Wie gefällt dir denn übrigens die Wohnung?, fragte Guido.

Die Wohnung, sagte ich, habe ich ehrlich gesagt noch gar nicht so richtig wahrgenommen.

Schade, sagte er. Diese Wohnung habe nämlich er eingerichtet. Das sei ein Freundschaftsdienst für Marco und Julia gewesen, aber für ihn auch ein großes Vergnügen. Zu überlegen, welche Arrangements zu den beiden passen würden, welche Durchblicke, welche Formen, welche Farben. Aber das habe sich natürlich nicht gleich am Anfang ihrer Freundschaft ergeben, sondern erst Jahre später.

Bei ihren ersten *soggiorni,* ihren ersten Aufenthalten hier in San Vito, haben die beiden ja noch im Albergo auf der Piazza gewohnt ... Und dann, als das Albergo in Konkurs gegangen sei, in diversen alternativen Behausungen ... Darunter recht abenteuerliche Quartiere, manchmal mit fragwürdigen Mitbewohnern – Kakerlaken, Skorpionen, einmal sogar einer Schlange, allerdings zum Glück keiner Viper, sondern einer harmlosen Natter ... Da war es dann schon fein, hier endlich eine anständige Wohnung zu haben, bei deren Anschaffung er, Guido, nebenbei bemerkt, auch seine Hände im Spiel gehabt habe ... Und erst recht bei der Adaptierung, bei der Renovierung der Wohnung ... Er habe die Handwerker, die da Hand anlegen mussten, ja alle gut gekannt ... Den Maurer Galletto, den Tischler Romano, den Installateur Mario ... Die Wohnung war vorerst noch ein finsteres Loch, aber dann ...

Mich hat vor allem die Terrasse frappiert, sagte ich. Das heißt, der Blick von der Terrasse. Der Blick auf den Garten da unten.

Die Gärten, sagte Guido pikiert – sei es, weil ich seine Rolle bei der Anschaffung, Erneuerung und Einrichtung der Wohnung nur nebenbei zur Kenntnis genommen hatte, sei es, weil ich Banause die zentrale Sehenswürdigkeit des Ortes noch nicht beim Namen zu nennen wusste. Die *Leoninischen Gärten*. Die *Horti Leonini*.

Über diese Gärten könnte er mir, sagte Guido, einiges erzählen. Etwa morgen Vormittag im Café *Tartaruga*. Er würde dort sein. Er wäre an Sonntagvormittagen meistens dort. Aber er sagte mir das ganz unverbindlich, ich sollte mich zu nichts genötigt fühlen.

Das werde ich auch nicht, sagte ich. Danke für die Begleitung.

Mit dem Schlüssel ins Schloss zu finden, fiel mir, mit so viel Wein und Grappa im Blut, nicht leicht.

Posso aiutarti? Kann ich dir helfen?, fragte Guido.

Nein, wehrte ich ab, ich weiß schon, wie man es macht.

Non per forza, ma per sensibilità – nicht mit Gewalt, sondern mit Gefühl. Bei diesen Worten hatte ich schon einen gewissen Zungenschlag. Kennst du eine Frau namens Valeria, die hier, in diesem Haus, oder irgendwo in der Nähe wohnt? Das hätte ich Guido jetzt beinah gefragt, aber ich ließ es lieber bleiben.

Die Haustür fällt hinter mir zu und ich stehe im finsteren Flur. Es dauert eine Weile, bis ich den Knopf zum Dreiminutenlicht finde. Vielleicht ist das Licht, das mir dann leuchtet, auch nur ein *Zwei*minutenlicht, jedenfalls geht es mehrere Male aus, bis ich die drei Stockwerke hinter mir habe. Nach wie vor habe ich den Verdacht, dass es in Wirklichkeit vier sind.

Dann sitze ich wieder draußen auf der Terrasse. Das da unten sind also die *Horti Leonini*. Sie liegen nun allerdings im nächtlichen Dunkel, und die Steineichen, die den unteren Garten vom oberen trennen, sind nur als im Nachtwind bewegte Schatten wahrnehmbar. Und das Mauerhaus vis-à-vis sehe ich bloß als Silhouette.

Dahinter der Mond, gerade im Untergehen. Die tiefhängenden Wolken, die mich auf dem Rückweg vom Ortsrand bedrückt haben, sind verschwunden. Auch der Nebel hat sich aufgelöst. Über mir spannt sich ein großer, klarer Himmel.

Ich kenne nicht viele Sternzeichen, aber die wenigen, die ich kenne, finde ich. Hier der Große und der Kleine Wagen, da die Cassiopeia, dort der Orion – oder ist das der Schwan? Und die Planeten – ist das die Venus, die da funkelt? – Nein, dieser Stern hat ein rötliches Flair, das wird der Mars sein.

Aber der schönste, größte Planet, den ich schon für den Jupiter gehalten habe, bleibt nicht an seinem Ort, sondern bewegt sich. Okay, alle Planeten bewegen sich, aber doch nicht so schnell. Das ist also offenbar ein Satellit und natürlich ist es nicht der einzige. Der gestirnte Himmel über mir ist übersät von künstlichen Flugkörpern.

Und trotzdem ist er großartig, dieser Himmel. Im Campingsessel, den ich neben Julias Schreibtisch gefunden und nun hier draußen aufgeklappt habe (mit etwas Mühe, denn die Metallgelenke sind verrostet), in Julias Campingsessel lehne ich mich zurück und schau. Ich schau und horche. Es ist sehr still. Das letzte Grillengezirp ist mit dem Erlöschen des Mondlichts verstummt. Sehr still ist es. Ich lausche. Nur ein Kauz, ein Meister der Minimal Music, wiederholt beharrlich immer den gleichen Ton.

2

Am nächsten Morgen, im Halbschlaf, Amselgesang. Aber dann ein erschütternder Donnerschlag. Da bebte das Haus. Ein Donnerschlag, auf den kein Blitz folgte. Nein, das war kein Donner, das waren Flugzeuge.

Kampfflugzeuge, die die Schallmauer durchbrachen. Ich sprang vom Bett auf und lief auf die Terrasse. Ein Dachziegel war hinuntergerutscht und auf den Fliesen zerbrochen. Der wilde Oleander war erschrocken und hatte Blüten abgeworfen.

Aber der falsche Donner war schon viel weiter. Nur mehr ein in die Ferne rollendes Grollen. Also dem Anschein nach war das nur eine Übung! Zögerlich begannen die Amseln, die auf den Antennen saßen, wieder zu singen.

Eine gab ein Motiv vor, eine andere antwortete mit Variationen. Dann mischte sich eine dritte ein, mit einem Vorschlag für ein neues Motiv. Dieses Motiv wurde aufgegriffen und erprobt. Die Donnervögel wurden darüber vergessen.

Ich schaute über den Park, die Beete da unten lagen jetzt noch im Schatten. Aber die Stadtmauer und das schmale Haus, das in die Mauer eingefügt war, lagen im schönsten Frühlicht. Die alten Ziegel in einem zarten Rosa, als ob sie von innen her leuchteten. Der Himmel hellblau mit weißen Streifen, wie ausgekehrt.

Und da waren auch schon wieder die Tauben.

Woher kommst / denn DU / DU?!, fragten sie. Wohin willst denn DU?

Wer bist/denn DU / DU?!, fragten sie. Was suchst / DU? Was willst / DU?

Ich schaute durch den Feldstecher, den ich im Regal neben Julias Schreibtisch gefunden hatte.

Unten im Park war das Gras offenbar noch feucht. Behutsam setzte eine dreifarbige Katze eine Pfote vor die andere. Einmal hielt sie mitten in der Bewegung inne und lauschte. Dann duckte sie sich unter eine der Buchsbaumhecken und lauerte.

Ich überblickte den Garten oder genaugenommen: *die Gärten.* Wie hatte Guido sie genannt? Die *Horti Leonini.* Hier der untere Garten, dort der obere. Dazwischen die Stufen einer Treppe, grün überwuchert, nur vage zu erkennen. Am Fuß dieser Treppe eine Skulptur, vielleicht ein Kopf. Links und rechts davon standen zwei Bänke. Und dahinter die Steineichen, deren Gebärden mich schon gestern Nachmittag fasziniert hatten. Die Äste, die Zweige in anmutiger Bewegung, obwohl der Wind so früh am Morgen nur sanft wehte. Und wie die Vögel zwitscherten! Diese Bäume mussten voll von Vögeln sein. Meisen, Finken, Rotkehlchen, Stieglitze. Aber das waren bloß Vermutungen. Tatsächlich kann ich nur wenige Vogelstimmen voneinander unterscheiden.

Trotzdem genoss ich dieses Konzert – aber da kehrten die Donnervögel zurück. Das klang nach Krieg – er war noch nicht ganz da, aber es würde schon noch werden. Dieses Gefühl, dass daran gearbeitet würde. Wer den Frieden will, muss den Krieg vorbereiten – oder wie war das?

Gestern Abend war ich fast sicher gewesen, dass ich keine Lust haben würde, Guido heute Morgen schon wieder zu begegnen. Nun aber landete ich exakt dort, wo er, wie er gesagt hatte, jeden Sonntagvormittag anzutreffen war. Und genauso war es. Er saß trotz oder wegen des Sonnenscheins im Inneren des schlauchartig schmalen Lokals. Gegenüber der Theke, die *Gazetta dello Sport* lesend, und ich konnte nicht an ihm vorbei.

Schön, dich wiederzusehen, sagte er, komm, setz dich zu mir ... Was darf ich dir bestellen ... einen Cappuccino? Wie war die erste Nacht im Nest deiner Freunde? Hoffentlich hast du etwas Schönes geträumt.

Ich kann mich an nichts erinnern, sagte ich. Der Fluglärm in der Früh hat alles gelöscht.

Questi aeroplani maledetti!, sagte er. Man hat den Eindruck, sie fliegen jetzt immer häufiger ...

Seine Frau weckten sie letzthin auch immer wieder aus dem Schlaf. Dann habe sie Herzrasen, Laura, und schnappe nach Luft. Doch da nehme er sie in den Arm und streichle sie. Ist wieder Krieg?, frage sie. Aber nein, Liebling, sage er ... Das sind ja die unseren, die da trainieren ... Für unsere Sicherheit ... Unser Schutz und Schirm.

Und das glaubst du?, mischte sich ein Mann ein, der am Nebentisch saß.

Nein, sagte Guido. Aber ich muss sie doch beruhigen.

Du bist ein guter Mensch, sagte der Mann am Nebentisch. Aber wir sollten das nicht einfach so hinnehmen. Wir dürfen uns das nicht einfach gefallen lassen! Er erhob sich, wobei er sich mit beiden Händen am Tischrand aufstützen musste, aber er schaffte es.

Wir sollten klagen, sagte er. Ein hagerer, blasser, kahler, älterer Herr. Laut sprach er, das ganze Lokal sollte ihn hören. Ja, klagen sollten wir, alle gemeinsam, wir, die Gemeinde von San Vito! Erstens wegen unzumutbarer gesundheitsschädigender Lärmbelästigung, und zweitens wegen brutaler Zerstörung der Atmosphäre.

Ist das *Val di San Vito* nicht Weltkulturerbe – aufgrund einer weisen Entscheidung der Unesco besonders erhaltens- und schützenswert? … Und der Himmel da über uns – sein Zeigefinger stach senkrecht nach oben – gehört der nicht dazu? … Und darüber hinaus … der Himmel über Italien … Ist das nicht *unser* Himmel? … *Il cielo nostrano?!! … Il cielo italiano?!*

Natürlich gab es Reaktionen auf diese Rede. Die Männer und Frauen, die an der Theke standen, redeten wild durcheinander. Immer schneller und lauter. Und je schneller und lauter gesprochen wurde, desto weniger verstand ich. Nur ein paar Wörter wie *vergogna* – Schande, *orgoglio* – Stolz, *stupidagine* – Blödsinn, *coraggio* – Mut, *incalcolabile* – unberechenbar, *incredibile* – unglaublich, *impossibile* – unmöglich, und die Phrase *con testa alta* – erhobenen Hauptes.

Erhobenen Hauptes. Der Mann, der diese Aufwallung ausgelöst hatte, stand allerdings etwas bucklig im Raum. Den langen Hals in einem deutlichen Winkel zum Oberkörper ungewöhnlich weit vorgeneigt. *Morbus Bechterew*, dachte ich, fortschreitende Verknöcherung der Wirbelsäule. Genau, in der Schule, in der ich unterrichtet hatte, gab es einen Kollegen, der an dieser Krankheit litt.

Der hier schien meinen Blick zu spüren – schon kam er mit steifen, aber zielstrebigen Schritten auf unseren Tisch zu.

Und was meinen Sie?

Non lo so, sagte ich, ich weiß nicht – ich bin kein Italiener.

Aber Sie werden doch eine Meinung haben!, sagte er.

Und rückte sich einen Sessel zurecht und saß schon neben mir.

Und schaute mich scharf an und wartete auf Antwort. Sein Gesichtsausdruck erinnerte mich an eine Skulptur, die ich vor Jahren in einem Wiener Museum gesehen hatte. Eine Skulptur aus einer Reihe sogenannter Charakterköpfe – wie hieß diese Skulptur bloß? – *Ein etwas Verstecktes Witternder* oder *Ein auf etwas Leises Lauschender*?

Mi mancano le parole, sagte ich. Mir fehlen die Worte.

Ich glaube, Sie reden sich aus, sagte der Charakterkopf. Sie sind vielleicht ein Heuchler oder ein Feigling.

Ma no!, unterbrach ihn Guido. Was fällt dir ein?

Entschuldige vielmals, sagte er zu mir – diesem Signore brennen manchmal die Sicherungen durch. Er ist einer der gescheitesten Menschen von San Vito, vielleicht der Gescheiteste. Aber es empfiehlt sich, nicht alles ernst zu nehmen, was er sagt.

Da wollte der Mann neben mir schon wieder aufbrausen. Aber Guido berührte ihn beschwichtigend am Ärmel.

Prima la cortesìa, sagte er. Höflichkeit zuerst. *Scusate,* verzeiht, dass ich euch noch nicht miteinander bekannt gemacht habe. Also das da ist mein alter Freund Achille, vormals *Professore* für Latein und Griechisch am *Liceo* in Montepulciano ... Und das hier ist mein neuer Freund Paolo, so viel ich mitbekommen habe, auch ein Lehrer.

Achille. Achill. Vorerst glaubte ich noch, das sei ein Spitzname. Ein etwas zynisch erfundener Spitzname für diesen schmalen Mann mit der kranken Wirbelsäule. Aber nein, sagte Guido, der *Professore* heißt wirklich so. Weiß Gott, was seinen Eltern eingefallen ist, als sie ihm diesen Vornamen verpasst haben.

Aber das war erst zwei oder drei Tage später. Als wir einander vor dem Supermarkt trafen. Dort durfte man nach wie vor nur mit Maske eintreten. Ich hatte meine Maske schon wieder vergessen, Guido bot mir seine Ersatzmaske an, sie sei noch garantiert *vergine*, sagte er.

Doch jetzt war noch Sonntag. Der zweite Tag meines Aufenthalts in San Vito. Wir saßen im Café *Tartaruga*, Guido mir gegenüber. Und dieser Mensch, der mich so provokant angesprochen hatte, rechts neben mir.

Er sah mich misstrauisch an. *Insegnante*? Lehrer? … *Davvero*? Tatsächlich? – Da wären Sie also ein Kollege.

Gewesen, sagte ich. Ich unterrichte nicht mehr.

Hat man Sie hinausgeschmissen?, fragte er. Haben Sie sich etwas zu Schulden kommen lassen?

Jetzt fiel mir ein, wie die Charakterkopffigur, an die er mich erinnerte, tatsächlich hieß: *Ein etwas Scharfes Riechender.*

Nein, sagte ich. Ich bin freiwillig gegangen … Ich konnte, ich wollte nicht mehr. Ich habe mich eingesperrt gefühlt.

Ja, sagte er. Das kenne ich. Aber ich bin geblieben …

Er habe ausgeharrt bis ans vorgesehene Ende.

Jahr für Jahr habe er Jugendlichen die Schönheit der Verse von Homer und Sappho, die Klarheit der Sätze von Tacitus und Cicero näherzubringen versucht. Aber von Jahr zu Jahr habe das Interesse dieser Rotznasen an alten Sprachen nachgelassen. Sie haben das Erlernen alter Sprache geradezu als Zumutung empfunden. Was sind das für Zeiten, in die wir geraten sind!

Er schnäuzte sich laut.

Und Sie, was haben Sie unterrichtet?

Mathematik, sagte ich. Und Musik.

Interessante Kombination, sagte er. Gute Basis, um *Back* zu verstehen.

Es dauerte ein paar Sekunden, bis ich kapierte, wen er meinte.

Be-A-Ce-Ha, sagte er, was für eine edle Tonfolge.

Kunst der Fuge … Musikalisches Opfer … Zwischen den beiden besteht eine reziproke Beziehung, nicht wahr?

Ich nickte zustimmend, ließ mich aber auf keine weitere Antwort ein.

Kannte mich, ehrlich gesagt, mit Bach nicht ganz so gut aus. Hatte mich und meine Schülerinnen und Schüler eher mit Blues- und Rockmusik beschäftigt.

Gewiss kennen Sie den Rätselkanon gegen Ende des *Opfers*, sagte Achille. Wer suchet, der findet. Aus einer gegebenen Stimme (einer Variation des Anfangsthemas) soll eine zweite gefunden werden. Und das ist die Umkehrung, um eine Sept tiefer, nach zweieinhalb Takten. Wie raffiniert! Und dabei doch ganz einfach.

Ich stimmte ihm zu. *D'accordo*.

Na seht ihr, sagte Guido, ihr kommt einander ja näher … Man könnte beinahe glauben, ihr versteht euch. Da kann ich euch ja miteinander allein lassen … Also entschuldigt mich jetzt. Ich muss zu meiner Frau.

Aber noch eins, sagte er im Aufstehen, was die *Horti Leonini* betreffe … Die leoninischen Gärten, für die ich mich zu Recht interessiere … Also über die könnte mich Achille viel besser unterrichten als er … Vielleicht wird er das ja tun … Ich meine nur … Es wäre eine Gelegenheit.

Haben Sie etwas dagegen, sagte Achille, wenn wir uns in den Garten setzen? Tatsächlich war das eher ein Hof als ein Garten. Ein Hof allerdings, in dem rote Rosen, von grünen Holzleisten gestützt, an weißgetünchten Wänden emporwuchsen. Der Hof, wie mir jetzt klar wurde, den Guido gestern Nacht erwähnt hatte, der Ort seiner ersten Begegnungen mit Julia und Marco.

Der Hof, von dem mir natürlich auch Julia erzählt hatte. Klar doch! Das war der Hof mit den Schildkröten! Und schon machte ich die Bekanntschaft der *Tartaruga*, nach der das Lokal benannt war. Sie marschierte, kaum, dass wir an einem der runden, dreibeinigen Tische Platz genommen hatten, sofort auf meine Schuhe los, die sie anscheinend als feindliche Eindringlinge betrachtete. Mit einem Tempo, das man ihresgleichen für gewöhnlich nicht zutraut. *Seines*gleichen genaugenommen, sagte Achille. Denn natürlich sei dieses rabiate Reptil ein Mann. *Il tartarugone, il padrino*, der Pate, der absolute Boss.

Er sei der Erste hier gewesen, schon *all'epoca*, noch bevor Berlusconi über Italien gekommen sei.

Lang vor Berlusconi, sagte Serafino, der Chef mit dem Sechstagebart. Er rasierte sich aus Prinzip nur jeden siebenten Tag, das heißt am Montag, seinem Ruhetag, aber das bekam ich erst im Lauf der Zeit mit. Serafino, der uns die zwei Tassen *Caffè corretto* und zwei Plastikteller mit *Cornetti* auf den Tisch stellte.

Als *er* ein Ragazzo gewesen sei und begonnen habe, hier im Café auszuhelfen, sei der Schildkröterich jedenfalls schon da gewesen. Und damals war Berlusconi noch nicht mehr als ein korrupter Bauunternehmer in Milano. Berlusconi? *Chi è?* Wer *ist* das? *Chi era?* Wer *war* das? *Un birbone, un stronzo,* den hier, in der Toskana, noch kaum jemand gekannt habe.

Irgendwann hatte jemand diese Schildkröte mitgebracht, habe Serafinos Onkel Pietro erzählt, der ehemalige Chef des Lokals. Er könne sich gar nicht mehr erinnern, wann das gewesen sei. Doch nach und nach seien weitere Schildkröten dazugekommen. Pietro und seine Frau Bruna hatten das Café, das vorher anders geheißen hatte, *Tartaruga* genannt, das brachte die Stammgäste auf die Idee, weitere Schildkröten mitzubringen. Schildkröten, die sie auf den Feldwegen und in den Äckern gefunden haben. Damals gab es noch viele dort draußen. Der *tartarugone* aber war und blieb *il primo*, der Erste. Der Hof, sagte Serafino, war und blieb sein Reich.

Früher war er noch nicht so groß, und sein Panzer war noch fast unbeschädigt. Aber sein Charakter war schon derselbe. Und sein Gesichtsausdruck – schaut ihn nur aus der Nähe an: Sieht er nicht drein wie Mussolini auf alten Fotos?

Er beißt die Katze, die in der Sonne döst, mit schon im Anmarsch weit aufgerissenem Maul in den Schwanz. Er verunsichert Hunde, die naiv in den Hof getrippelt kommen und nicht wissen, was sie erwartet. Wenn dieses fremdartige Wesen frontal auf sie zustürmt, klemmen auch größere Köter den Schweif zwischen die Hinterbeine und winseln. Natürlich bringt er Sandalen tragende Touristinnen, deren manikürte Zehen ihn verlocken, zum Kreischen.

Und die anderen Schildkröten terrorisiert er. Seht ihr, dort sitzen zwei unter dem Rosmarinstrauch. Glauben, sie können friedlich von den Salatblättern fressen, die ich ihnen hingeworfen habe. Aber nein, das friedliche Salatfressen duldet der Boss nicht. Er attackiert die zwei Kleinen, er will mit ihnen Liebe machen oder wie man das nennen soll. Es wirkt nicht sehr zärtlich, nicht wahr? – Er will sie simpel bumsen. Egal ob sie Weibchen sind oder Männchen – es sieht nicht so aus, als ob ihm das wirklich Spaß macht. Aber er will es ihnen zeigen, er demonstriert seine *potenza*.

Nietzsche, sagte Achille: *Der Wille zur Macht* … Das haben Sie sicher gelesen. Sie sind doch Deutscher.

No, sagte ich, *sono Austriaco.*

Ach so, sagte er. Auch gut. Aber es klang ein wenig enttäuscht.

Eine Weile fiel uns beiden nichts ein. Wir saßen einander gegenüber und schwiegen. Serafino hatte die Glastür zum Gastraum hinter sich geschlossen, so klang der Lärm von drinnen wie von fern. Hingegen klang das Stöhnen der gerade traktierten Schildkröte peinlich nah.

Julia hatte mir viel launiger von diesem Hof und dem Treiben der Schildkröten darin erzählt. Mit seiner Super-8 Kamera habe Marco etliche Szenen für einen Schildkrötenporno gefilmt. Mir tat das Stöhnen der vergewaltigten Schildkröte (eigentlich kein Stöhnen, sondern ein Quietschen wie das einer Quetschpuppe für Kleinkinder), mir tat dieses hilflose Quietschen schon weh. Dass ich die Realität hier nicht so lustig vorfand wie erhofft, machte mich traurig.

Ich fühlte mich auf einmal sehr müde, obwohl ja gerade erst die Mittagsglocken läuteten. Danke für die interessante Unterhaltung, sagte ich und erhob mich, um zu gehen.

Aber wollten Sie nicht etwas über die *Horti Leonini* wissen?, fragte Achille.

Schon, sagte ich, aber ich fühle mich jetzt nicht in der Lage …

Wie Sie wollen, sagte er. Ich dränge mich nicht auf. Aber Guido hat recht. Ich weiß einiges über diese Gärten. Und das sind nicht *irgendwelche* Gärten, wissen Sie? … Also auf Wiedersehen, sagte er auf Deutsch, San Vito ist nicht groß. Unsere Wege werden sich schon wieder kreuzen.

Mir war nach Rückzug. Ich wollte mich hinlegen. Aber als ich oben, in der Wohnung, ankam, versuchte ich zuerst, Julia anzurufen. Es klingelte, aber sie hob nicht ab. Okay, es war Sonntag, wahrscheinlich Schönwetter auch in Wien und Umgebung, vielleicht waren Marco und sie irgendwo hinaus in die Natur gefahren.

In die Wachau zum Beispiel, dort blühten jetzt die Obstbäume. Dürnstein, Weissenkirchen, Sankt Michael, Schwallenbach … Orte, deren Charme Marco die Übersiedlung aus Italien nach Österreich etwas leichter gemacht hatte. Dort habe sie ihn herumgeführt, hatte Julia erzählt, herum*verführt* …

Orte, die auch Bedeutung hatten für ihre nachhaltige Liebe … Nicht ganz die Bedeutung von San Vito, aber doch, ja, ein wenig … Hier dieser Weg unter den Weiden am Donauufer, dort diese Hütte mitten in den Weinhügeln … Und natürlich der kleine Gasthof mit den allerdings harten Betten.

Was Julia mir alles erzählt hatte, wenn sie ins Plaudern kam! Was ging mich das an? Ich weiß nicht. Aber ich hörte ihr gern zu. Wenn sie ein bisschen getrunken hatte, kam sie in Schwung. Und ich genoss die Wärme ihrer Stimme.

Julias Stimme, die ich auch jetzt gern gehört hätte. Wenn auch nur ein paar wenige Sätze lang. Warum hob sie nicht ab? Weil sie mit Marco zusammen war, weil die beiden in ihrer wenigstens am Wochenende reanimierbaren, schönen Zweisamkeit nicht gestört werden wollten – okay! Aber der Ausflugsverkehr an so schönen Tagen war dicht. Hoffentlich war ihnen nichts passiert.

Schließlich legte ich mich wirklich hin und versuchte zu schlafen. Das fiel mir nicht leicht. Da war ein seltsames Vibrieren auf dem Dach. Kurz bevor ich endlich einschlief, hörte es sich an, als ob dort oben jemand ginge. Aber vielleicht war das schon im Traum, in den ich dann kippte.

Nach etwa einer Stunde wachte ich wieder auf. Ich brauchte einen Imbiss, aber ich wollte nicht noch einmal ins Café *Tartaruga*. Ich suchte und fand ein anderes Lokal. Es lag außerhalb des ummauerten Stadtzentrums, an der Straße, auf der ich gestern gekommen war.

Ein Tankstellenespresso. Es hieß *Michelangelo*. Draußen ein paar Plastiksessel hinter den Zapfsäulen. Der Innenraum tiefgekühlt, brummende Ventilatoren. Der Geruch von Kaffee vermischte sich mit dem von Benzin.

Über der Theke hing ein Poster mit dem berühmten Motiv aus der Sixtinischen Kapelle. Gott und der erste Mensch, wie sich ihre Zeigefinger dezent berühren. Oder? Erst bei genauerem Hinsehen bemerkte ich, dass Gott dem Adam eine Tüte Eis reichte. Das *Michelangelo* war nicht nur Espresso und Snackbar, sondern auch Gelateria.

Ich bestellte mir trotzdem kein Eis, sondern ein Glas Bier und einen *Tramezzino*. Mit *Prosciutto crudo* und Käse, fragte die Kellnerin, oder mit *Prosciutto cotto* und Ei? Mit *Tonno*, sagte ich, mit Thunfisch, und setzte mich draußen hin. Da stand ein Baum mit fast kugelrunder Krone. Ein Bilderbuchbaum. Darin tschilpten die Vögel.

Ich trank den ersten Schluck Bier und begann mich zu entspannen. Nach und nach fand ich sogar Gefallen daran, den Straßenverkehr zu beobachten. Auf meiner Seite fuhren die Fahrzeuge Richtung Siena, auf der anderen Seite fuhren sie Richtung Rom. Mit der Zeit hörte ich den Lärm, den sie verursachten, als fast natürliches Rauschen.

Dann aber kam die Horde Motorradfahrer. Schon als sie noch weit weg waren, noch nicht zu sehen, aber längst zu hören, schrak ich auf aus meinen Tagträumen. Das Gebrüll der Motoren – (mutwillige) Einschüchterung (und Überwältigung) fast aller anderen Geräusche. Duckt euch, jetzt kommen wir, mit unseren vielen Dezibel.

Und schon tauchten sie auf aus dem Tal, durch das die Straße vom Norden kam. Schwarze Pseudoritter auf schweren Metallrossen, ihre Helme glitzerten. Ich hoffte, sie würden weiterreiten, aber nein, sie nahmen Gas weg. Und dann waren sie da, fuhren zu, stiegen ab von ihren teuren Geräten.

Harley-Davidson, Yamaha, Suzuki und wie sie sonst noch hießen. Maschinen, deren Motoren ihre stolzen Besitzer nicht etwa abschalteten, sondern laufen ließen. Man sollte nicht nur sehen, sondern auch hören, dass sie da waren. Die Luft vibrierte und stank. Sie schienen sich darin wohlzufühlen.

Richtige Männer. Sie lachten, dass es krachte. Wenn sie einander etwas mitteilen wollten, brüllten sie. Sie hätten einander ja sonst nicht verstanden. Sie brauchten Benzin und umrudelten die Zapfsäulen.

Dann okkupierten sie den Vorgarten des Lokals. Sie requirierten sämtliche Sitzgelegenheiten. Der zweite Sessel an meinem Tisch war sofort weg. Ich musste froh sein, dass sie mir den, auf dem ich saß, nicht unter dem Hintern wegzogen.

Heiß war's. Sie zogen ihre Lederjacken aus. Auf den T-Shirts darunter große Schweißflecken. Aber so kamen auch ihre Muskeln zum Vorschein. Und die Halsketten mit den großen Kreuzen.

Ja, das sind fromme Leute, sagte die Kellnerin. Die folgen der alten Pilgerstraße, der *Via Francigena*. Iren sind das. Oder vielleicht auch Polen. Wenn sie in Rom sind, wird sie der Papst segnen.

Doch wie gesegnet schön die Umgebung war! Ich hatte endlich hinaus in die Felder gefunden. Noch wogten die Weizenhalme frühlingshaft grün. Vom Wind gekämmt und vom Wind zerzaust.

Und zwischen den Feldern der Weg. Die rötliche Erde. Und die glühenden Mohnblumen am Wegrand. Und der Ginster natürlich, der gelbflammende Ginster. Überfüllt vom Gesumm der Bienen und Hummeln.

Und die Honigsüße, die in der Luft lag. Nicht nur Ginster, sondern auch lila Klee. Aber auch die Würze von wildem Fenchel. Und von all den Kräutern, die ich nicht kannte.

Eine Weile kreisten zwei Bussarde über mir. Das Goldbraun ihrer durchsonnten Flügel im Blau. Und ihre kehligen Rufe: souveräne Gelassenheit. So selbstverständlich. So beneidenswert.

Schließlich kam ich an ein verlassenes Haus. Der runde Brunnen davor war mit Brettern vernagelt. Es gab aber ein paar von einem Windfang überschattete Stufen vor dem Tor. Da setzte ich mich hin. Da hörte ich meinen Herzschlag.

Und dann versuchte ich noch einmal Julia anzurufen. Hallo Julia, hätte ich gesagt, hier spricht Paul. Ich bin gut in

San Vito angekommen, muss mich allerdings erst ein bisschen orientieren. Oder sollte ich sagen: akklimatisieren?

Wie geht es denn dir (euch)? Verbringt ihr einen schönen Tag miteinander? Immer noch miteinander? Ihr Glücklichen! Passt auf euch auf, ihr zwei. Julia, ich denke an dich.

Ungefähr das hätte ich gesagt.

Aber dort draußen hatte ich kein Netz.

Dann in den Ort, in die Wohnung zurückgekehrt … Gleich wieder hinaus auf die Terrasse … Der Garten, die Steineichen, die Stadtmauer, die Flucht der Dächer … Die Schornsteine, die Blitzableiter, diverse Antennen …

Auf dem Dach nebenan saßen wieder die Tauben. Ja, es waren die beiden, die ich schon kannte. Wie sie mich ansahen, die Köpfe etwas schief gelegt. Da war ich also wieder. Wieso und warum? Was hatte ich hier zu suchen?

Die zwei Kirchtürme, der eine ganz nah, der andere etwas weiter entfernt … Auf der Turmspitze des näheren blitzte der Eisenblechengel … Auf dem Helm des entfernteren saßen schwarze Vögel … Krähen … Nein, etwas kleiner als Krähen … Eher Dohlen.

Saßen dort, als ob sie auf etwas warteten … Und tatsächlich, jetzt folgte das Läuten der Glocken … Zwei schwere Glocken, deren Bewegung ich durch den Feldstecher sah – hin und her, hin und her … Das brachte das Turmhelmgehäuse gewiss zum Beben …

Da flogen sie auf, die Dohlen, da erhob sich der Schwarm und zog gelb schreiend, glänzend schwarz, über die roten Dächer zu den dunkelgrünen Bäumen hinter dem Mauerhaus … Wipfel, die sich im Wind wiegten, im Gegenlicht der versinkenden Sonne … Auf den Zweigen dort war sichtlich gut sitzen als Dohle und sich schaukeln lassen und schwatzen … Und manchmal aufflattern und mit einer Nebendohle Platz tauschen.

Ich schaute lang in diesen Abend hinein. Die Baumreihe, auf der die Dohlen saßen, ein Scherenschnitt. Tiefes Schwarz, durchglimmert von rostigem Rot. Als ob in der Ferne dahinter ein Feuer brennte.

Und dann, noch bevor das Licht ganz erlosch, flogen die Dohlen wieder auf. Erst eine, dann zwei, dann alle, der ganze Schwarm. Ein paar Sekunden sah es so aus, als ob sie direkt auf mich zuflögen. Aber sie flogen über meinen Kopf hinweg und lachten.

3

So BEGANN der dritte Tag meines Aufenthalts hier in San Vito. Unter Marcos und Julias Dach in der Via Boccaccio. Ich erwachte eigenartig nervös. Mit einem Vibrieren in Körper und Seele.

Ich bebte unter der Dusche. So früh am Morgen war das Wasser noch kalt. Wie spät mochte es sein? Natürlich hatte ich schon wieder meine Uhr verlegt. Vielleicht sechs, dachte ich, maximal halb sieben. Ich trocknete mich ab und trat hinaus auf die Terrasse.

Da spannte sich wieder dieser unverschämte Himmel. Mit Wolken, die vorbeifuhren, mit einem Wind, der es mit ihnen trieb. Sie ballten sich zusammen, er fetzte sie auseinander. Aber sie leisteten Widerstand und türmten sich wieder auf.

Und so war mein Blick: am rechten Bildrand zwei hohe, schwarze Zypressen. Am linken Bildrand die Sonne, fast noch weiß. Und dazwischen dieses unfassbare Panorama.

Ein gutes Weitwinkelobjektiv würde man hier brauchen.

Unten im Park erschien wieder die Katze. Diese dreifarbige Katze, weiß, bräunlich und rot. Glückskatze nennt man so eine bei uns – nennt man die auch hier so? Jedenfalls eine glückliche Katze mit einem großartigen Revier.

Die *Horti Leonini*: die Leonischen Gärten. Ein bis vor kurzem noch unentdecktes Juwel der italienischen Landschaftsarchitektur. Eine Komposition – in Gartenkunst übersetzte Renaissancemusik. Ob die Katze das hörte? Jedenfalls lauschte sie.

Ich ging in die Küche, füllte Wasser und Kaffee in die Espressomaschine, drehte das Gas auf. Der Funke sprang nicht gleich, ein leichter Gasgeruch war nicht zu vermeiden. Dann jedoch war die Flamme da, erst wie eine kleine Blume mit gelb zitternden Blütenblättern, dann beruhigt und beruhigend blau, wie sie sein sollte. Ich öffnete das Fenster zum Lichthof. Ein oder zwei Stockwerke unter mir das triste Vibrato eines Staubsaugers.

Ich schloss das Fenster. Der Gasgeruch war ja schon fast draußen. Der Rest wurde vom Kaffeegeruch überlagert. Vom Duft des Kaffees, der nun leise brodelnd in der Kaffeemaschine aufstieg. Ich goss ihn in eine Tasse und ging damit zurück auf die Terrasse.

Die Katze da unten würde gleich etwas fangen. Ein paar Sekunden konzentrierten Lauerns, dann ein zielgenauer Sprung. Ich sah sie durch den Feldstecher: die Katze mit einer Maus zwischen den Zähnen. Sie würde noch nicht fest zubeißen, die Mieze, sie würde ihre Beute noch einige Male loslassen.

Interessiert würde sie beobachten, wie die Maus zu fliehen versuchte. Mit leichten Prankenhieben, die Krallen noch nicht ganz ausgefahren, würde sie sie daran hindern. Und sie dann noch einmal fangen. Und noch einmal.

Ein anständiges Teleobjektiv müsste man hier haben.

Wie spät mag es sein? Ich kann meine Uhr nicht mehr finden. Aber hier gibt es ja die Kirchenglocken. Nicht nur die Glocken der *Collegiata*, von deren schuppigem Turmhelm ich gestern Abend den Dohlenschwarm auffliegen gesehen habe. Nein, die Glocken der Kirche auf der Piazza, *Santa Maria delle Grazie* – Maria voll der Gnaden.

Von der Terrasse aus gesehen wirkt der Kirchturm zum Greifen nah. In der Luftlinie beträgt die Entfernung kaum hundert Meter. Ginge man zu Fuß, wären es wohl ein paar Meter mehr. Ein Dach grenzt ans andere, die Abgründe dazwischen sind von hier aus nur zu ahnen.

Ich sitze auf einem wackligen Campingsessel, trinke meinen Kaffee und warte auf das Läuten der Glocken. Kurioserweise läuten diese Glocken jede volle Stunde zwei Mal hintereinander. Zum Beispiel um Punkt zwölf und dann gleich wieder um fünf nach zwölf. Für den Fall, dass die rund 2000 Einwohner von San Vito sie beim ersten Mal überhört haben.

Ist das nun eine menschenfreundliche Eigenheit, die mit der geduldigen Güte zusammenhängt, die man der Madonna zuschreibt? Weil sie den Menschen die Chance gibt, sich noch zu besinnen, obwohl es eigentlich schon zu spät ist? Julia hat das im Scherz für möglich gehalten. Aber es könnte auch eine Bosheit sein, weil diese ewige Wiederholung, wie eine Mahnung, den Leuten mit der Zeit den Nerv tötet.

Dann endlich der erste Glockenschlag und der zweite. Ich würde gern weiterzählen, aber da nähert sich ein Straßenreinigungsfahrzeug. So ein Blechungetüm mit rotierenden Bürsten. Ich kann es nicht sehen – die Via Boccaccio, durch die es wahrscheinlich vorrückt, verläuft auf der anderen Seite des Dachfirsts –, aber ich kann es mir allzu gut vorstellen. Es nimmt fast die ganze Breite der Straße ein. Wenn du im Weg bist, Mensch oder Tier, musst du dich ganz schmal machen. Ich höre es. Und ich spüre es. Es verursacht ein Geräusch, das alle anderen Geräusche wegwischt. Ein Geräusch, das mir bis in die Zahnwurzeln wehtut, bis in die Haarspitzen.

Nun muss das Ungetüm schon auf der Piazza sein. Mit geschlossenen Augen sehe ich, wie es dort seine Kreise zieht. Und das ist ja in Ordnung, das ist richtig und wichtig, *San Vito è un paese pulito* – San Vito ist ein sauberer Ort. Aber bei dem Geräusch, das die Herstellung (Wiederherstellung) dieser Sauberkeit verursacht, läuft es mir kalt über den Rücken.

Julia hatte sich an ein anderes Geräusch erinnert. Das Geräusch, das die Besen der Straßenkehrer verursachten. Das Geräusch, das sie und Marco Morgen für Morgen hörten, als sie noch im alten Albergo, mit den Fenstern über der Bar Centrale, wohnten. Das war, hatte Julia mir erzählt, ein *trautes* Geräusch.

Dieses Kehrgeräusch und die Stimmen der Straßenkehrer, die sich beim Kehren miteinander unterhielten. Es sei schön gewesen, das noch im Halbschlaf zu hören. Manchmal sei sie aufgestanden und ans Fenster gegangen, barfuß, um die Straßenkehrer zu sehen. Zwei Männer mit Igelfrisuren, in blauen Overalls, einander sehr ähnlich, vielleicht Brüder.

Und nun sehe ich Julia, die kaum mehr als zwanzigjährige Julia, wie sie im Nachthemd am Fenster steht. Und sehe, wie die beiden Straßenkehrer von unten auf der Piazza zu ihrem Fenster hinaufwinken. Und da erfasst mich eine Sehnsucht, eine absurde Sehnsucht, eine ziehende Nostalgie in Hinblick, nein Rückblick, auf etwas, das ich – leider – gar nicht miterlebt habe. Und was soll denn das? Das steht mir nicht zu. Das tut mir nicht gut.

Klar, das hier ist Julias und Marcos Terrasse. Und das da drinnen ist ihr Nest, ihre Höhle. Und das dort unten ist der Ort, an den sie immer wieder zurückgekehrt sind, weil ihre Liebe – so Marco gleich am ersten der Abende, an denen er und Julia mich in ihre Wiener Wohnung eingeladen hatten (er kochte hervorragend und schenkte zu jedem Gang den passenden, rechtzeitig dekantierten Wein ein) –, weil ihre Liebe just in diesem Ort, in San Vito, immer aufs Neue erblüht sei. Eine wohlgemerkt haltbare Liebe. Und bei diesen Worten fasste er Julia, die neben ihm saß, um die Hüfte und küsste sie demonstrativ.

Dass mir die beiden hier häufig einfallen, ist kein Wunder … Auch, dass ich Julia etwas deutlicher sehe als Marco … Mein Verhältnis zu ihr ist ja doch, *war* ja doch, etwas anders als mein Verhältnis zu ihm … Verhältnismäßig … In den Bildern, die da durch meinen Kopf laufen, neige ich dazu, ihn auszublenden.

In dieser Szene, in der Julia am Fenster steht, auf die Piazza hinunterschaut und vielleicht ein bisschen mit den Müllmännern schäkert, natürlich nur im Scherz – wo ist er da? … Liegt er noch im Bett, hat er sich womöglich zur Wand gedreht und schläft weiter? … Bestimmt nicht, das sieht dem knapp dreißigjährigen Marco nicht ähnlich … Viel eher hat er sich im Bett aufgesetzt und sieht seine Freundin im vom Morgenlicht durchleuchteten Nachthemd mit Wohlgefallen. Komm schnell zurück, sagt er, *l'amore mattutino*, die Liebe am Morgen, ist das Beste, um einen neuen Tag zu beginnen.

Diese Fantasien! Ich sollte ihnen nicht zu weit nachgeben. Halt! Ich darf mir das nicht … gefallen lassen. Dass mir jetzt ständig solche Szenen durch den Kopf laufen, Szenen aus einer Zeit, zu der ich die beiden noch gar nicht gekannt habe … Daran ist dieser geschwätzige Mensch schuld, dieser Guido … Ich hätte ihm gestern nicht so lang zuhören sollen.

Gestern. Oder war das schon vorgestern? … Mir scheint, mein Zeitgefühl ist ein wenig entgleist … Gestern war Samstag – oder? … Nein, gestern war schon Sonntag … Freitagnacht bin ich aus Wien abgefahren … Samstagnachmittag bin ich hier angekommen.

Es ist also Montag … Aber wie spät oder wie früh, das weiß ich nun erst recht nicht … Ich muss auch das zweite Läuten der Glocken überhört haben … Ich gehe wieder in die Küche, schenke mir Kaffee nach und füge die letzten zwei Tropfen Grappa aus der fast leergetrunkenen Flasche hinzu. Auf dem Rückweg zur Terrasse die Versuchung, mich an Julias Schreibtisch zu setzen.

Ihren Schreibtisch soll ich links liegen lassen, hat sie gesagt, aber so ganz habe ich das nicht geschafft. Die Papierstöße, Notizhefte und Nippsachen habe ich allerdings nicht angerührt. Schon gar nicht habe ich die Laden geöffnet, obwohl sie (das habe ich ausprobiert) nicht versperrt sind. Ich habe mich bloß in Julias Schreibtischsessel gleiten lassen.

Das war ein gutes Gefühl, und das gönne ich mir auch jetzt. Von da habe ich, durch das kleine rechteckige Fensterchen in Augenhöhe, genau ihren Blick. Julias ganz spezifischen Blick hinaus auf die Terrasse. Und über die Terrasse hinaus auf das Haus in der Parkmauer.

Julia ist ein bisschen kurzsichtig, sie muss die Fernbrille aufsetzen, wenn sie das Mauerhaus scharf sehen will. Doch dann wieder die Nahbrille, wenn sie sehen will, was auf der Terrasse vorgeht. Es wäre schade, das zu *übersehen*. Manchmal glitzern Eidechsen auf der Balustrade.

Jetzt taucht ein pelziges Insekt auf, das sich mit flirrenden Flügelchen in der Luft bewegt. Hin und her, auf und ab, wie ein Kolibri. Genüsslich senkt es seinen zarten Rüssel in eine Oleanderblüte. Ich glaube, es heißt Schwalbenschwänzchen. Oder heißt es Taubenschwänzchen?

Da läuten die Glocken wieder. Und jetzt *zähle* ich die Schläge. Acht? Das ist später, als ich gedacht habe. Ob ich Julia um diese Zeit schon anrufen kann? Was für eine verrückte Idee! Natürlich wird sie nicht abheben. Bestimmt hat sie das Signal ihres Smartphones leisegestellt. Wenn sie es trotzdem summen hört, wird es sie ärgern. Aber vielleicht will ich das ja. Sie soll an mich denken. Welcher Idiot, wird sie denken, ruft denn um acht Uhr Früh an?

Also ein SMS nachsenden. Liebe Julia, dieser Idiot bin ich.

Seit meiner Ankunft hier versuche ich dich zu erreichen.

Warum reagierst du nicht? Bist du (seid ihr) okay?

Vielleicht hab ich ja nur schlecht geträumt. Aber ich bin ein bisschen beunruhigt.

Aber womöglich ist das ja nur eine Ausrede. Was habe ich überhaupt geträumt? Ich kann mich gar nicht mehr daran erinnern. Schon ist dieser Traum gestrichen. Weggewischt.

Dieses SMS werde ich auch löschen.

Und stehe auf aus Julias Schreibtischsessel und gehe wieder hinaus auf die Terrasse … Und da! Noch jenseits der

Stadtmauer, im Westen, ein quecksilbriges Glitzern … Ein Vogelschwarm. Sind das Stare? Ja, ich glaube, das sind Stare! … Hunderte, Tausende – gerade waren sie noch weit weg, aber jetzt sind sie schon nah …

Ihr Gefieder hell leuchtend, wenn sie sich der Sonne zuwenden, und schon im nächsten Augenblick schwarz, wenn sie sich von der Sonne abwenden … Sie fliegen in weiten Kreisen – nein, eher Ellipsen … Wenn nicht Parabeln … Sie verschwinden scheinbar im Unendlichen hinter den Steineichen … Aber dann tauchen sie aus dem dunklen Winkel jenseits der Stadtmauer wieder auf.

Und die Wolken bilden ein neues Gebirgsmassiv. Die Gipfel schneebedeckt weiß, die Täler blau. Doch im nächsten Moment ist das Gebirge fort und da ist eine Seelandschaft. Und darüber hinweg gleitet ein Luft-Schiff, mit vom Wind geblähtem Segel.

Da steh ich nun auf der Terrasse, mit solchen Bildern vor den Augen. Kameralos. Ich habe keine Kamera mitgenommen. Meine Kamera (die alte Leica, die mir mein Vater geschenkt hat) habe ich nicht eingepackt. In der Hast meines Aufbruchs bin ich gar nicht auf den Gedanken gekommen.

Nur das Nötigste habe ich einpacken wollen … Ich habe schon lang keine Lust mehr gehabt, zu fotografieren … Eine Kamera habe ich nicht für nötig gehalten.

So kann man sich irren.

Ein Irrtum, ein Fehler, der korrigiert werden musste. Ich schlüpfte wieder in Marcos Jacke und war schon zur Tür draußen. Im Treppenhaus zählte ich wieder die Stufen – beim Hinaufsteigen am vergangenen Abend waren es sechsunddreißig gewesen. Jetzt, beim Hinunterlaufen, sind es nur mehr vierunddreißig.

Zum Haustor hinaus. Die Via Boccaccio war um diese Zeit fast leer. Ach ja, es war erst halb neun. Um diese Zeit ist San Vito erst halb wach. Da waren die meisten Geschäfte noch geschlossen. Aber die Tür zur Bäckerei war schon geöffnet. Da roch es gut nach frisch gebackenem Brot. Ich trat ein und kaufte ein Baguette. Im Weitergehen brach ich alle paar Schritte ein Stück davon ab. Die *edicola*, der Zeitungsladen, hatte auch schon offen.

Buongiorno, sagte ich, ich hätte gern die *Repubblica*. Die Verkäuferin, eine grauhaarige Frau mit großer, schwarzgerahmter Brille, hatte einen kleinen, weißen Hund auf dem Schoß.

Wie heißt er?, fragte ich.

Massimo, sagte sie. Warum lachen Sie?

Weil er so klein ist, sagte ich. Und weil Massimo doch *der Größte* heißt.

Er wird schon noch wachsen, sagte die Frau. Und wenn Sie ihn dann noch beleidigen, wird er Sie beißen.

Zur Bestätigung kläffte der Hund mich an.

Entschuldigung, sagte ich. Ich wollte ihn nicht beleidigen.

Schon recht, sagte sie und schob mir die Zeitung über den Ladentisch. Plus zwei in Stanniolpapier eingewickelte Bonbons. *Non se ne abbia a male*! Nichts für ungut. *Desidera qualcos' altro*? Wollen Sie sonst noch etwas?

Solo un' informazione, sagte ich. Nur eine Auskunft: Wo könnte ich hier im Ort eine Kamera kaufen?

Wozu brauchen Sie eine Kamera?, fragte sie. Haben Sie kein Handy?

Doch, sagte ich. Aber für das, was ich fotografieren will, wird das Handy nicht reichen.

So, sagte sie. Was wollen Sie denn so Großes fotografieren?

Den Himmel, sagte ich. Zuallererst den Himmel.

Sie nahm die Brille ab, putzte sie mit einem kleinen, schwarzen Tuch, setzte sie wieder auf.

So, sagte sie. Den Himmel wollen Sie also fotografieren. Halleluja!

Wenn Sie zwei Jahre früher gekommen wären, sagte sie, hätte ich Sie zu Luigi geschickt. Aber Luigi sei leider nicht mehr da. Sein Geschäft habe er zugesperrt (einen Laden mit schönen Fotos in der Auslage und einem Porträtatelier im Hinterzimmer). Und er selbst sei *al di là*, jenseits. Hoffentlich nicht wirklich im Jenseits, aber irgendwo anders.

Luigi, der Fotograf und Fotohändler … Ja, der habe auch Kameras im Schaufenster gehabt … Obwohl er wahrscheinlich nicht viele davon verkauft habe … Es sei ihm ja längst nicht mehr gut gegangen, geschäftlich …

Früher, ja, früher, da habe er Filme verkauft und Amateurfotos entwickelt … Und die Porträts, die er selbst gemacht hatte, professionell arrangiert, gekonnt beleuchtet, sodass die Porträtierten im schönsten Licht erschienen, sorgfältig retuschiert. Aber schon in den ersten digitalen Jahren sei das Geschäft mit den Filmen und ihrer Ausarbeitung weggebrochen. Und auch die Nachfrage nach schmeichelhaften Porträts, rührenden Baby- und Haustierfotos und dezent gestalteten Aktbildern habe extrem nachgelassen.

Fai da te – do it yourself –, kaum waren die Mobiltelefone auf dem Markt, machte Tizio Normalverbraucher das alles selbst und schneller. Im Gespräch am Tresen hatte Luigi zwar wiederholt darauf hingewiesen, dass man diese – wie er sie nannte – *Instant-Fotos* mit den von ihm geschaffenen Bildern natürlich nicht vergleichen könne. Aber das hatte nicht viel genützt. Manche hatten protestiert, weil sie die Fotos, die sie selbst schossen, ohnehin gut genug fanden, andere hatten ihm zugestimmt, aber als Kunden waren sie trotzdem ausgeblieben.

Die Fotos, sagte die Trafikantin, mit denen Luigi sich noch ein paar Jahre über Wasser gehalten hatte, das waren die Fotos von den Festen. San Vito habe ja oft und gern Feste gefeiert. Geistliche Feste (*Pasqua*, *Corpus Cristi*, *Festa della Madonna*, *Ognissanti*, *Epifania*) und weltliche Feste (*Festa della Liberazione*, *Festa dell'Unità*, *Estate Musicale*, *San Vito-Rock*, *Festa dell'Olio*). Da sei Luigi, der kleine Fotograf mit der schwarzen Baskenmütze, immer dabei gewesen.

Da sei er, obwohl längst nicht mehr der Jüngste, auf Leitern und Bäume geklettert, auf Balustraden balanciert, um alles, was sich da abspielte, möglichst beeindruckend ins Bild zu bringen. Und die Fotos, die er bei diesen Gelegenheiten gemacht habe, die habe man ihm immer noch ganz gern abgekauft. Vor allem, wenn man selbst darauf zu sehen gewesen sei. Und sei es nur als Zuschauer, im Spalier stehend.

Das größte und lukrativste Ereignis für Luigi war aber *La Festa del Barbarossa*. Das Barbarossafest, das gefeiert wurde, weil Federico der Schwabe mit dem roten Bart auf seinem ersten Zug nach Rom, um elfhundertirgendwas – Jahreszahlen, sagte die Trafikantin, hab ich mir nie gemerkt –, vor langer, langer Zeit jedenfalls, eine Nacht hier verbracht hatte. Hierher nämlich seien ihm Abgesandte des Papstes entgegengekommen, von dem er, weiß der Teufel mit welchem Recht, zum Kaiser gekrönt werden wollte. Aber schließlich konnten sich so bedeutende Leute nicht in einem unbedeutenden Ort treffen, der zwar als Raststätte für Pilger einen gewissen Ruf hatte, aber noch nicht einmal eine Marktgemeinde war – folglich habe man San Vito hurtig das Stadtrecht verliehen.

Zum Gedenken an dieses erhebende Ereignis sei also jedes Jahr Anfang Juli der Rotbart hier eingeritten, jahrzehntelang dargestellt vom Magistratsbeamten Baldini. Und das ist, sagte die Trafikantin, eine tragikomische Geschichte. Wollen Sie sich nicht setzen, sagte sie zu mir – nehmen Sie den Sessel dort in der Ecke. Die Bücher, die darauf liegen, legen Sie einfach daneben auf den Boden.

Ich könnte Ihnen auch einen Cappuccino anbieten, sagte sie, wenn Ihnen der aus der Instantkaffeepackung nicht zu minder ist. – *Va bene*? *Sì*? – *Va bene*. Ich wollte nicht Nein sagen. Und schon summte irgendwo im Bereich hinter dem Ladentisch ein Wasserkocher. Das Buch, das auf dem Stoß, den ich neben mich auf den Boden geschoben hatte, obenauf lag, war ein Band der Reihe *National Geographic*, der Umschlag glänzend, mit weiß ins Blau gestreuten Punkten, ich entzifferte den Titel, *La Via Lattea*, ach ja, die Milchstraße.

Che cosa volevo raccontarLa?, sagte die Trafikantin, was wollte ich Ihnen erzählen? … Ach ja, die Geschichte mit Barbarossa und Baldini … Barbarossa war nämlich noch jung, um die zwanzig, als er hier die Abgesandten des Papstes traf. Der Gemeindeangestellte Baldini war zwar auch noch nicht alt, vielleicht um die dreißig, als er die Barbarossa-Rolle übernahm, aber so schnell kann man gar nicht schauen, wie die Zeit läuft.

Damals, am Anfang, sei er (dieser Baldini) noch relativ schlank gewesen und habe kein Problem damit gehabt, sich hinter den Kulissen, das heißt jenseits der Stadtmauer, aufs Pferd zu schwingen. Nach und nach aber sei ihm das nicht mehr ganz so leichtgefallen und man musste ihm dabei behilflich sein. Einmal habe sein Fuß trotz dieser bemühten Hilfe nicht richtig in den Steigbügel gefunden, sondern sei abgerutscht, was zu einer schmerzhaften Verdrehung des Unterschenkels geführt habe, der dann nach dem Spektakel geschient werden musste, aber vorher sei Baldini trotzdem, letzten Endes doch hoch zu Ross, tapfer auf dem Kirchenplatz eingeritten. Wiederholt habe man im Gemeinderat darüber diskutiert, die Rolle neu zu besetzen, also einen Jüngeren zu finden, es hätte sogar ein paar echt Rothaarige und Rotbärtige gegeben, während Baldini, im Zivilleben schütter brünett und bartlos, mit Perücke und Umhängebart auftrat, aber man habe immer wieder Hemmungen gehabt, den Besetzungswechsel zu beschließen – das konnte man, wollte man dem beliebten Kollegen nicht antun –, aber das nur nebenbei.

Als Barbarossa verkleidet sei Baldini all die Jahre von als Kardinäle und Bischöfe verkleideten Herren ehrerbietig empfangen worden. Und der jeweilige Bürgermeister, der den Bürgermeister von damals darstellte, habe ihm den Schlüssel der Stadt überreicht. Auf einem seidenen Kissen. Und davor oder danach habe er eine Rede gehalten. Das sei alles sehr feierlich und ein bisschen langweilig gewesen – wollen Sie Ihren Cappuccino mit Zucker?

Ohne, sagte ich. Bravo, sagte sie. *È piu sano.* Und reichte mir den Cappuccino, der Pappbecher war heiß. Doch es gab auch einen viel interessanteren Teil dieses Festes, sagte sie. Einen – zum Glück für Luigi – auch fotografisch attraktiveren Teil.

Das Besondere an diesem Fest war nämlich die Tatsache, dass die Jugend sehr engagiert mitmachte. Burschen und Mädchen in mittelalterlichen Kostümen. In Gewändern, in denen sie viel hübscher aussahen als im Alltag. Manche tatsächlich schön, *proprio aggraziato*, anmutig wie die jungen Leute auf alten Gemälden.

Der alte Rotbart war denen herzlich egal. Aber dass sie anlässlich dieses Spektakels Gelegenheit hatten, sich zu präsentieren und zu zeigen, was sie konnten, das machte das Fest *für sie* attraktiv. Für ihre Auftritte bei diesem Fest trainierten und probten sie wochen- und monatelang. Als *tamburini* und *alfieri* traten sie auf, trommelnd und fahnenschwingend zogen die Teams der vier *Quartieri* durch die Gassen und trafen einander zum friedlichen Wettkampf auf der Piazza.

Dort wurden die Fahnen mit Kraft und Grazie bewegt … Begleitet von dramatisch bis zum Höhepunkt gesteigertem Getrommel … Hoch in die Luft wurden sie gewirbelt, die bunten *bandiere*, und wieder abgefangen … Und das ist eine Kunst, Signore, unsere Fahnenartisten sind die besten weit und breit … Und rundherum standen die Zuschauer dicht an dicht … Und an den Fenstern und auf den Balkonen und Terrassen herrschte Gedränge …

Und die Bewohner der vier *Quartieri* feuerten ihre Leute an, die von *Castello* diejenigen mit den rot-weißen, die von *Borgo* diejenigen mit den schwarz-weißen, die von *Caneti* die mit den blau-weißen und die von *Prato* diejenigen mit den grün-weißen Fahnen … Und nach jeder Figur, die gelang, war der Jubel groß.

Der Hund näherte sich mir und wedelte mit dem Schwanzstummel. Ich streichelte ihn vorsichtig, da wedelte er noch eifriger. Aber das Fahnenschwingen, sagte die Trafikantin, war noch nicht alles! Da folgte ja noch das Bogenschießen auf dem Turnierplatz oben im *giardino*.

Und da hatten wir immer wieder sensationell gute Schützen, kann ich Ihnen sagen. Einer davon war mein *nipote*, mein Neffe. Mit diesen Worten wies die Frau auf ein golden gerahmtes Foto, das, schon etwas verblasst, an der Wand hinter ihr hing. Ein Bild, auf dem ein junger Mann im Robin-Hood-Outfit zu sehen war, wie er, das linke Augen zugekniffen, einen eleganten Bogen spannte, gleich würde der Pfeil losschnellen. Silvio hieß der Neffe. Er habe das Turnier im Jahr 1999 fast gewonnen. Nur am Schluss, beim entscheidenden Schuss, habe der Wind den Pfeil ein wenig verblasen. Aber das Foto – dieses Foto habe Luigi gemacht. Und damit waren wir wieder beim Thema.

Der alte Luigi – beim Barbarossafest fotografierte er, als ginge es auch für ihn darum, einen Preis zu gewinnen. Und in den Wochen nach dem Fest gingen die Fotos weg wie warme Semmeln. Denn nicht nur die *ragazzi* und *ragazze* waren stolz auf sich, sondern auch und vor allem ihre Eltern waren stolz auf sie. *Che bella gioventù* – was für eine schöne Jugend wir hier haben!

Das tat dem Selbstbewusstsein des Ortes sehr gut. Das war ein schönes Versprechen für die Zukunft. Auch für

Luigi. Mit dem Einkommen durchs Barbarossafest konnte er rechnen. Das Geld, das dadurch hereinkommen würde, konnte er fix einplanen.

Mit dem Geld, das ihm die Fotos vom Barbarossafest einbrachten, konnte er sogar ein bisschen spekulieren. Aufs Barbarossafestgeschäft, glaubte er, sei Verlass.

Aber – *povero* Luigi – dann kam Covid.

Da wurden all unsere schönen Feste bis auf weiteres abgesagt.

Kurze Zeit, heißt es, hat er sich noch Illusionen bezüglich der Begräbnisse gemacht … Er habe ja immer schon auch bei Begräbnissen fotografiert, wenn auch nie besonders gern, aber Kunst geht nach Brot. Und so viel ist ja wahr, dass auch und sogar besonders Leichenzüge etwas sehr Fotogenes haben können … Und früher, da habe San Vito sehr schöne, feierliche Leichenzüge gehabt … Voran der Leichenwagen, dahinter der Anhänger mit all den Blumen und Kränzen … Mit Schleifen, auf denen die Namen der Angehörigen zu lesen standen, die die Blumen und Kränze gespendet hatten … Und danach die lange Reihe der Verwandten und Bekannten in dunklen Anzügen und Kostümen … Und die *Banda*, die Stadtkapelle, mit glänzenden Instrumenten und frisch geputzten Uniformen …

Jetzt seien von Tag zu Tag mehr Leute gestorben. Und das wäre vielleicht eine Chance gewesen, Luigi vor dem Konkurs zu retten. Aber binnen kurzem habe es keine Leichenzüge mehr gegeben. Da sei nur mehr das schwarze Auto mit dem Sarg zum Friedhof gefahren.

Da habe Luigi die Rollläden seines Geschäfts hinuntergelassen. Und sein Leben (oder seinen Lebensabend) anderswohin verlegt. Manche sagen, nach Südamerika, Venezuela, glaube ich, wo er angeblich eine wohlhabende Tante hat. Aber andere meinen, sein Venezuela ist irgendwo unten in Lazio, in einer *Casa di Riposo*, einem Altersheim, wo die Preise noch moderater sind als hier bei uns in der Toskana.

Also kein Fotogeschäft mehr in San Vito?

Nein, tut mir leid, sagte die Frau und nahm mir den Pappbecher, in dem nur mehr ein Bodensatz vom Instant-Cappuccino war, aus der Hand.

Und wo könnte ich dann eine Kamera kaufen?

Vielleicht im Antiquitätenladen, sagte sie, aber das wäre dann wohl ein antikes Modell – auf Filme oder gar Platten angewiesen, die Sie kaum mehr bekommen.

Sie könnten es auch in Buonconvento probieren, sagte sie. Dort gibt es einen Supermarkt mit allem möglichen elektrischen und elektronischen Kram. Möglich, dass die noch eine Kamera haben. Aber wenn Sie etwas Seriöseres suchen, müssen Sie nach Siena fahren.

Wie lang brauche ich nach Siena?, fragte ich.

Haben Sie ein Auto?, fragte sie.

Klar habe ich ein Auto.

Na dann, sagte sie – *un' horetta*, ein Stündchen.

Ich bezahlte und bedankte mich für den Cappuccino.

Jetzt kläffte der Hund wieder. Aber ich war schon unterwegs zum Parkplatz.

Ich versuchte mich zu orientieren. Am besten war es wohl, wenn ich den Weg, den ich nach meiner Ankunft am Samstag gekommen war, in umgekehrter Richtung ging. Also zurück zur Piazza und aus dem *Centro Storico* hinaus durch die Porta Nuova. Und dann nach rechts, außen an der Stadtmauer entlang.

Und nun musste ich bald zu dem Parkplatz kommen, auf dem ich mein Auto vorgestern verlassen hatte. Er war allerdings etwas weiter entfernt als in meiner Erinnerung. Unter den etwas staubigen Platanen – oder waren es Kastanien? – parkten etwa vierzig Autos. Die Karosserien und Stoßstangen derer, die keinen Schattenplatz gefunden hatten, glitzerten im grellen Licht. Ich näherte mich der Stelle, an der ich mein Auto abgestellt hatte. Die Sonne blendete ein wenig, aber dann sah ich meinen Wagen schon. Gleich würde ich einsteigen und Richtung Siena fahren. Aber nein, das war nicht mein Auto, es hatte nicht einmal die Farbe meines Autos, es war nicht weinrot, sondern dunkelblau.

Anfangs beunruhigte mich das noch nicht wirklich. Okay, die Sonne. Und meine etwas ungenaue Erinnerung. Mein Auto würde in der nächsten oder in der übernächsten Reihe stehen. Aber nein, da stand mein Auto auch nicht.

Dann ging ich den Parkplatz der Länge und Breite nach ab. Schritt für Schritt, erst mit der Sonne im Gesicht, dann mit der Sonne im Rücken. Ein paar Mal schöpfte ich noch Hoffnung, denn es gab etliche Autos, die dem meinen ähnelten. Aber wenn ich ihnen näherkam, sah ich, dass sie italienische Kennzeichen hatten.

Das war, sagte ich mir, eine Situation, in der ich kühlen Kopf bewahren musste. Ich zog mein Taschentuch heraus und wischte mir den Schweiß von der Stirn. Eigentlich gab es ja nur zwei Möglichkeiten. Entweder mein Auto war gestohlen oder man hatte es abgeschleppt.

Aber wohin musste ich nun gehen, um das zu klären? Aufs *Municipio*, sagte mir ein Mann mit Baseballkappe, aufs Gemeindeamt. Das *Municipio* sei im Palazzo Bianchi, das sei das Gebäude gegenüber der Kollegienkirche. Und dort finden Sie das Büro der Stadtpolizei – *don't worry, be happy.*

Der Palazzo Bianchi war ein großes, sehr weißes Gebäude. Es stammte, las ich an einer von Fähnchen flankierten Informationstafel neben dem Portal, aus dem 16. Jahrhundert. Edles Barock, lange Zeit Sitz der bedeutenden Adelsfamilie Bianchi, aus deren Schoß einige Bischöfe und Kardinäle hervorgegangen waren. Im Zweiten Weltkrieg schwer beschädigt und mit Hilfe von EU-Geldern, die die Gemeinde dankbar entgegengenommen hatte, erst vor relativ wenigen Jahren renoviert.

Im Flur standen einige Skulpturen auf Sockeln, manche klassisch, manche modern. Eine repräsentative Treppe führte nach oben, wo es, auch das war auf einer Informationstafel zu lesen, Säle mit raffiniert bemalten Plafonds gab (Trompe-l'oeil-Kunst). Das Büro der *Polizia municipale* aber war unten, in einem nüchterner gestalteten Bereich (viel Plexiglas und Aluminium). Es war das erste in einem Gang mit diversen Büros – Parteienverkehr, das entnahm ich einem blassblau bedruckten Zettel an der Tür, war hier nur Montag und Freitag, da hatte ich ja Glück, dass heute Montag war.

Amtsstunden waren allerdings an beiden Tagen bloß von zehn bis zwölf. Und die Digitaluhr über der Tür zeigte erst zwanzig nach neun. Zwar gab es hier vier dreibeinige Stühle mit schüsselförmigen Kunststoffsitzflächen, grün, weiß, rot, zur Auswahl. Aber ich hatte keine Lust, vierzig Minuten hier zu sitzen, ich ging lieber wieder hinaus, ins Freie.

An der Rückseite des Palazzo Bianchi fand ich einen kleinen Park, ein paar Bänke unter Bäumen. Ich setzte mich hin und aß die zwei Bonbons, die mir die Trafikantin geschenkt hatte. *Don't worry, be happy*, hatte der freundliche Mensch mit der Baseballmütze gesagt – im Nachhinein kam mir sein guter Rat wie Spott vor. Die Frage nach dem Verbleib meines Autos ging mir nach wie vor im Kopf herum.

Wenn es abgeschleppt worden war, wo musste ich es dann abholen und was würde mich das kosten? Wenn es gestohlen worden war, welche Formalitäten musste ich dann erledigen? Nicht nur die Verlustanzeige machen, sondern auch Kontakt mit der Versicherung aufnehmen. Formulare über Formulare ausfüllen. Verpflichtungen, die mich unter normalen Umständen schon genervt hätten, von denen ich mich aber in meiner gegenwärtigen Verfassung überfordert fühlen würde.

Ich schlug die Zeitung auf, um mich abzulenken.

Da war ein Foto der Präsidentin der Europäischen Union, Ursula Von der Leyen, mit Ministerpräsident Draghi. Darunter war zu lesen, dass sich die beiden in Rom getroffen hatten, um über Reformen zu verhandeln. Reformen, für die Italien viel Geld aus Brüssel bekommen sollte.

Aber *per quel prezzo?* – Um welchen Preis?, fragte die Opposition. *Riduzione delle prestazioni sociali* – das hieß wohl Sozialabbau. Die großen Banken und Industrien würden profitieren. Doch die kleinen Leute würden wieder einmal durch die Finger schauen.

D'appunto, genau, schrieb der Leitartikler, so sieht es aus. So sieht es fast überall aus, wir leben in einer globalisierten Welt. Doch jetzt seien wir froh, wenn Italien mit dem versprochenen Geld über die Runden kommt und politisch keinen Unsinn macht. Draghi und Von der Leyen lächelten in die Kamera und beglückwünschten einander.

Vor der Küste Siziliens, las ich auf der nächsten Seite, seien wieder zwei mit Migranten überfüllte Schlauchboote gekentert. Die Insassen des einen Bootes seien von der Küstenwache gerettet worden, die des anderen seien bis heute vermisst. Mit dem warmen Wetter und dem relativ ruhigen Meer würden die Versuche, aus Libyen nach Italien zu kommen, wieder deutlich häufiger. Der Ex-Innenminister Salvini warnte dringend davor, diese Tendenz zu unterschätzen.

Ein Foto illustrierte die Situation: Schwarze, unglaublich dicht zusammengedrängte Menschen, vom Schweiß oder von den Wellen, die sie fast ersäuft hätten, nasse, grell glänzende Gesichter. Arme, die sich den Rettern und dem Fotografen entgegenstreckten, durch die Perspektive bizarr vergrößerte Hände. Eine Frau mit einem Baby im Arm und – so wie sie aussah – einem weiteren im Bauch, der zwei Uniformierte halfen, auf die Landungsbrücke zu kommen.

Aber das dürfe nicht so weitergehen, das müsse man unterbinden … Am besten gleich vor der Küste von Libyen … Habe man nicht Abkommen mit den dortigen Warlords – wozu bezahle man die? Und wo blieben die Burschen von der *Frontex* – wäre es nicht deren Job, solche Boote abzudrängen?

So Salvini. Auf einem Foto sah man sein zu großes, weißes Gesicht mit dem unter einem schwarzen Stoppelbart aufgerissenen Mund. Er war nicht mehr Innenminister, aber das hielt er für einen Fehler. Im Parlament war er vorläufig nur mehr einfacher Abgeordneter, aber das würde sich bald wieder ändern. Jedenfalls lasse er sich das Wort nicht verbieten.

Und er sei nun erst recht der Meinung, dass in Zukunft niemand mehr *di questa gentaglia*, von diesem Gesindel, italienischen Boden betreten solle. Die anderen europäischen Staaten redeten heuchlerisch daher, aber dächten *neanche per sogno*, nicht im Traum, daran, Italien in dieser Lage zu helfen. Italien dürfe kein *serbatoio* für Migranten werden, keine *cloaca senza scarico*. Die Wörter *serbatoio* und *scarico* würde ich später im Wörterbuch nachschlagen, *cloaca* war leider klar.

Ich blätterte um, ich blätterte weiter, möglichst weit weg von Salvini. In Afghanistan waren die Taliban allenthalben im Vormarsch, US-Präsident Joe Biden kündigte den baldigen Rückzug der amerikanischen Truppen aus diesem unfassbaren Land an. Syrien wurde nach wie vor von Bomben zerpflügt – waren es russische, waren es amerikanische, waren es türkische? Der Effekt war der gleiche. In Brasilien ließ Bolsonaro den Regenwald Hektar um Hektar abfackeln, die Gletscher in den Alpen schmolzen, die Polkappen würden verschwinden.

In einem Ort in den Abruzzen war der kleine Tonino im abendlichen Wald verschwunden. Die Eltern, die man ratlos auf ihrem Acker stehen sah, hatten gedacht, er werde schon wiederkommen. Erst am nächsten Morgen hatten sie die *carabinieri* verständigt, die den Vierjährigen seither suchten. Das Kind sei seit nunmehr fünf Tagen nicht mehr aufgetaucht.

Endlich kam ich zu den Sportseiten, da atmete ich auf. Der smarte Signore Mancini, Trainer der *Squadra Azzurra*, war optimistisch in Hinblick auf die bevorstehende Fußball-Europameisterschaft. Seine Spieler seien jetzt di *buon umore*, in guter Stimmung, nach dem letzten Test hatten sie das vorher schon fast verlorene Selbstvertrauen wiedergefunden. Und zwischenmenschlich sei alles in Ordnung, gutes Gemeinschaftsgefühl, *la forza del gruppo* – nach allem, was Italien in den vergangenen anderthalb Jahren gelitten habe, könnte es ein wenig Freude durch Erfolge seiner Fußballmannschaft brauchen.

Die letzte Seite gehörte den Wetteraussichten. Da war der italienische Stiefel skizziert, in Nord- und Mittelitalien waren ein paar graue Wolken eingezeichnet, eine sogar mit Blitz, aber im Süden nichts als kleine, gelbe Sonnen. Ich schloss die Augen und lehnte mich ein wenig an die Lehne der Bank. In der Baumkrone über mir flötete eine Amsel.

Dann aber hörte ich eine wirkliche Flöte. War das dieselbe Flöte, die ich am Abend nach meiner Ankunft gehört hatte? Ich öffnete die Augen wieder und schaute mich um. Doch obwohl jetzt heller Tag war, konnte ich nicht orten, woher die Töne kamen.

Aber das Lied, das die Tonfolge andeutete – jetzt erkannte ich das Lied. Das war doch – genau – *Bella ciao* – die Person, die da spielte, griff bloß manchmal ein wenig daneben.

Oder improvisierte. Oder probierte eine neue Version.

Interessant, dachte ich. Doch da verstummte der Flötenton.

Die Digitaluhr über der Tür zum Büro der Stadtpolizei zeigte 9 Uhr 55. Na schön, dachte ich. Da würde die Tür gleich aufgehen. Aber dann war es Punkt zehn und dann war es fünf nach zehn und dann war es zehn nach zehn. Ich versuchte, nicht ungeduldig zu werden, ich ging im Korridor auf und ab, aber um zwanzig nach zehn begann ich zu zweifeln. Vielleicht würde die Tür heute Vormittag eben nicht aufgehen. Vielleicht kam heute Vormittag einfach niemand, um sie aufzusperren. Es war ärgerlich, aber wahr, gewisse Vorurteile, die ich eigentlich ablehnte, fanden sich auch in meinem Kopf. Aber um 10 Uhr 30 erschien eine gelbblonde Frau in khakifarbener Uniform.

Warten Sie auf mich?, fragte sie.

Ich glaube ja, sagte ich. Ich warte hier seit einer halben Stunde.

Scusi, sagte sie. Ich war im Außeneinsatz.

Sie zog einen Schlüsselbund aus der Tasche und sperrte die Tür zum Büro auf. *Seguatemi*, sagte sie. Folgen Sie mir.

Die Dimensionen und Farben des Raums, den wir nun betraten, unterschieden sich frappant von jenen des Vestibüls. Zwei dunkle Schränke mit Ordnern flankierten eine Art Theke mit einer Verschalung aus Plexiglas. Links ein Fotokopierapparat, rechts ein Papierkorb. Es roch nach Amtsstube. Diesbezüglich unterschied sich Italien offenbar kaum von Österreich.

Die Polizistin ging um die Theke herum, öffnete die Fensterflügel, schloss aber die grüngestrichenen Läden. Luft sollte hereinkommen, aber die Sonne sollte draußen bleiben. Dann warf sie sich in einen massiven, lederüberzogenen Amtsstuhl. Setzte eine olivgrüne Maske auf und forderte mich auf, *meine* Maske aufzusetzen.

Dunque, sagte sie, jetzt nehmen Sie Platz.

Ich setzte mich auf den Sessel ihr gegenüber.

An der Plexiglaswand zwischen uns krabbelte eine Fliege.

Ditemi tutto, sagte sie. Sagen Sie mir alles.

Mein Auto ist weg, sagte ich.

Sono cose che succedono, sagte sie, so etwas kommt vor.

Ich möchte wissen, sagte ich, ob es abgeschleppt oder gestohlen ist.

Alles der Reihe nach, sagte sie. Ich muss zuerst Ihre Daten aufnehmen. *Passaporto e patente, prego …*

Ich schob Pass und Führerschein durch den Tunnel in der Plexiglaswand.

Nome: Spielmann, sprach sie in ein Diktafon. Prenome: Paul … Cittadinanza: Austriaca. Luogo di nascita: Vienna … Sesso: Maschile. Dato di nascità: 27. 6. 1967.

Durchs offene Fenster hörte ich wieder die Flöte.

Wissen Sie, wer da spielt?, fragte ich spontan – und wo?

Ja, sagte die Polizistin, mein Sohn. Wir wohnen gleich auf der anderen Straßenseite.

Er spielt schön, Ihr Sohn, sagte ich. Just in diesem Moment kam wieder ein dezent falscher Ton.

Er ist noch nicht perfekt, sagte die Polizistin. Aber er übt.

Wie alt ist er?, fragte ich.

Vor einem Monat haben wir seinen zwölften Geburtstag gefeiert, sagte sie.

Spielt er manchmal das Lied *Bella ciao*?, fragte ich.

Er spielt alles Mögliche, sagte sie. Er würde später gern nach Florenz gehen und an der Akademie studieren. Aber das können mein Mann und ich uns nicht leisten.

Abrupt stand sie auf, ging zum Fotokopierer und kopierte meine Dokumente.

Sie vermissen also Ihr Auto.

Ja, sagte ich.

Um was für ein Auto handelt es sich?

Um einen Honda Jazz.

Nummer?

Farbe?

Usw. Usw. Usf.

Okay, sagte sie schließlich. Und wo haben Sie das Fahrzeug geparkt?

Auf dem Parkplatz an der Mauer, sagte ich. Unter den Platanen.

Und wann haben Sie den Verlust bemerkt?

Vor ungefähr einer Stunde. Ich habe den ganzen Parkplatz abgesucht.

Welchen, sagte sie, den nördlichen oder den südlichen?

Was? – Es gibt zwei?

Ja, was glauben Sie, wo Sie sind?

San Vito habe vier Parkplätze, alle mit schattenspendenden Bäumen. Im Westen und im Osten die mit Kastanien, die mit Platanen hingegen im Süden und im Norden.

Auf welchem ich also gewesen sei? … Hätte ich denn gar kein Gefühl für die Himmelsrichtungen? … Die Polizistin seufzte. Ich war ein schwieriger Fall … Sieht so aus, sagte sie, als müssten wir das an Ort und Stelle klären. Und stand auf. Und nahm ein Pappschild aus der Lade. *Sono fuori.* Bin auswärts. *Ritorno presto.* Und hängte das Schild an die Türschnalle. Na, kommen Sie, sagte sie. Ich ging hinter ihr her. Als wir draußen waren, ging ich *neben* ihr her.

Wir gingen zuerst auf den nördlichen Parkplatz, dort war die Stelle, an der ich mein Auto anfangs vermutet hatte, es war nach wie vor nicht da. Dann gingen wir auf den südlichen Parkplatz. Die Sonne blendete hier erst recht. Ich sah trotz der Sonnenbrille, die ich jetzt aufgesetzt hatte, fast nichts. Aber die Polizistin war offenbar an dieses Licht gewöhnt.

Ein Honda Jazz, haben Sie gesagt? Bordeauxrot? Österreichisches Kennzeichen? ... Etwa W-72777-F?

Ja, genau, sagte ich.

Okay, sagte sie, nahm mich an der Hand und führte mich wie ein Kind oder einen Blinden.

Ich an Ihrer Stelle würde den da nehmen.

Dann saß ich endlich wieder in meinem Auto. Und siehst du, das war nun ein doppelt gutes Gefühl. Ich fühlte mich befreit, als wäre ich vorher gefesselt gewesen. Ich streckte mich. Ich schob eine CD in den Player. Ich fuhr los.

Es war ein strahlender Vormittag. Und die Strecke, die ich fuhr, war sehr schön. Auf dieser Strecke war ich ja schon gefahren, es war dieselbe, auf der ich vor wenigen Tagen gekommen war. Aber da war ich so übermüdet gewesen, dass ich gar nicht wahrgenommen hatte, woran ich vorbeifuhr.

Hügel, bewachsen mit hellgrün im Wind wogendem Getreide ... Alleen aus Zypressen und Pinien, die zu Anwesen führten, deren romantische Namen auf Hinweistafeln geschrieben standen (*Poggio al Sole*, *Pian di Gioia*) ... Weinberge und Olivengärten, so weit der Blick reichte, weiß und rosa blühende Obstbäume ... All die Motive, die man in Kalendern und Fotobänden über die Toskana fand, schienen hier auf einer Strecke von vielleicht dreißig Kilometern links und rechts der Fahrbahn aufgebaut.

Aber das waren keine Kulissen, das waren die Originale.

Zweifellos macht es die Schönheit verdächtig, wenn sie zu oft reproduziert wird.

Es fällt dann schwer, ihr zu vertrauen, vielleicht dürfen

wir sie gar nicht mehr schön nennen, sondern müssen sie für kitschig erklären.

Aber wenn wir sie dann vor Augen haben, wenn wir sehen, dass sie ja wirklich: trotzdem: noch real existiert, diese Schönheit, dann sollten wir froh sein und dankbar, wenn wir sie noch (wer weiß wie lange noch) wahrnehmen dürfen.

In solchen Gedanken fuhr ich etwa 30 Kilometer dahin. Aber bevor ich mich völlig darin verirrte, verlor die Gegend abrupt an Schönheit, geriet völlig außer Kitschverdacht. Aufgewühlter Boden, Schottergruben, Blechberge Verschrottungsanlagen. Und dann, knapp vor Buonconvento, ein Pannendreieck am Straßenrand, etwa zwanzig Meter dahinter ein schlimm entstellter Wagen und ein Sanitätsfahrzeug mit rotierendem Blaulicht auf dem Dach.

Wo wollen Sie hin?, fragt der Tankwart.

Nach Siena, sage ich.

Da werden Sie eine Umleitung nehmen müssen, sagt er – entweder über Murlo oder über Asciano.

Was ist los? frage ich.

Non so / non si sa / non si sa mai, sagt er.

Er wisse es nicht / man wisse es nicht / man wisse es nie.

Früher, sagt er, während er Benzin in meinen Tank füllt – *pieno, senza piombo*, habe ich gesagt, voll, bleifrei –, früher ist man ganz glatt und ohne Probleme auf der *Cassia* gefahren, der Straße, die nach dem römischen Senator benannt ist, der sie finanziert hat. Die war zweitausend Jahre alt und man hat sie seither natürlich ein paar Mal gründlich renovieren müssen. Aber sie hat von Siena nach Rom geführt oder von Rom nach Siena, je nachdem, ob man von Norden oder Süden gekommen ist, die *Cassia*, eine solide *Strada statale*, und man ist gut auf ihr gefahren. Doch dann haben sich irgendwelche Herrschaften da oben eingebildet, akkurat hier ein neues Stück Autobahn bauen zu müssen.

Von entscheidendem Zeitgewinn war die Rede und von Arbeitsplätzen, die man dadurch schaffen würde. Und der Bau dieses Autobahnabschnitts, für den ein paar Hundert Olivenbäume gefällt und etliche Felder und Wiesen wegebaggert werden mussten – meine Mama, sagt der Tankwart, hat dort einen Gemüsegarten gehabt, *pomodori* sind dort gewachsen, schön wie die Sonne, und ein paar Schafe haben geweidet und die Kräuter gefressen, die dem *pecorino* das Aroma geben –, der Bau dieser Autobahn wurde in einem fetten Jahr begonnen und bereits im nächsten Jahr, das schon wieder etwas magerer war, nicht mehr fortgesetzt. Ganze vier Kilometer Autobahn haben dann die Gegend zerschnitten, vier Kilometer, auf denen man daher- oder dahinbrausen konnte und maximal zwei Minuten Zeit gewann. Wenn nicht gerade etwas repariert werden und man an den Ampeln warten musste, weil die Strecke dann nur einspurig befahrbar war.

So geht das seit Jahren, sagt der Tankwart, und wir haben uns daran gewöhnt. Aber jetzt habe sich etwas geändert, man wisse nur noch nicht recht, was. Wollen sie weiterbauen oder wollen sie dieses Teilstück eines Ganzen, das nie fertig werden wird, lieber wieder wegreißen? Jedenfalls fahren seit ein paar Wochen immer öfter *poliziotti* auf und sperren die Straße mit rot-weiß-roten Bändern und die Fahrzeuge, die danach kommen, werden auf die Umleitungen gewunken.

Über Murlo nach Siena ist es etwas kürzer, sagt der Tankwart, aber die Straße ist vielleicht schlechter. Über

Asciano nach Siena ist es etwas länger, aber die Straße ist wahrscheinlich besser.

Danke für die Auskunft, sage ich, zahle und will schon weiterfahren.

Doch in diesem Moment klingelt mein Telefon.

Julias Stimme. Wirklich Julias Stimme!

Grüß dich, Paul, sagt sie. Wie geht es dir?

Julia!, sage ich. Dass ich dich endlich höre!

Ja, ich weiß, sagt sie. Du hast schon ein paar Mal angerufen.

Stimmt, sage ich.

Ja, sagt sie. Aber ich habe nicht den Kopf gehabt … Weißt du, wir waren am Wochenende in der Wachau … Und da haben wir einen kleinen Unfall gehabt …

Was sagst du? Einen Unfall? Du, das habe ich gespürt!

Das scheint sie nicht sehr zu beeindrucken. Vielleicht hat sie es überhört.

Nur ein Blechschaden, sagt sie … Und ein paar blaue Flecken …

Das habe ich gespürt, wiederhole ich. Aber sie geht nicht darauf ein.

Sagen wir, es war nichts, sagt sie. Und wiederholt sehr bestimmt: Sagen wir, es *war* nichts.

Doch wie es *mir* geht, fragt sie. Ob es mir in San Vito gefällt? Ob ich mich schon ein bisschen eingelebt habe?

Und: Ja, sage ich (lüge ich?), mehr oder minder.

Hast du schon ein paar Leute kennengelernt?

Ja, zum Beispiel Guido.

Der gute, alte Guido, sagt sie. Man muss nicht alles glauben, was er plaudert, aber er ist ein lieber Mensch.

Und Achille, sage ich.

Oh Gott, Achille, der Spinner! Lebt der überhaupt noch?

Und Serafino, im Café *Tartaruga*. Und die böse Schildkröte.

Julia lacht. Na also, sagt sie, da kennst du ja schon einige.

Und die Kellnerin im Café Michelangelo.

Und die Trafikantin mit dem winzigen Hund.

Und eine sehr nette Polizistin, deren Namen ich leider nicht weiß.

Und ich erzähle, wie ich mein Auto vergebens gesucht und mit Hilfe dieser Polizistin wiedergefunden habe.

Na, *du* machst Sachen, sagt Julia. Und was machst du jetzt?

Jetzt bin ich unterwegs nach Siena, um eine Kamera zu kaufen.

Eine Kamera?, fragt sie.

Ja, sage ich. Die Aussicht von eurer Terrasse ist ja unglaublich … Und der Himmel darüber macht mich ganz schwindlig. Eine Kamera, sage ich, um etwas davon festzuhalten. Oder (das sage ich nicht), um *mich* an der Kamera festzuhalten.

Und deswegen fährst du nach Siena? fragt Julia.

Ja, sage ich, in San Vito ist keine Kamera zu bekommen.

Also weißt du, sagt Julia, Siena ist eine sehr sehenswerte Stadt, aber wegen einer Kamera musst du nicht dorthin fahren … Wenn dir meine alte Sony genügt, die findest du in der mittleren Lade der Wäschekommode …

Sie ist unter ein paar Schichten Unterhemden und Slips verborgen, aber die darfst du abtragen … Schick mir ein paar Fotos, damit ich sehe, was *du* siehst.

Julia, sage ich, ich liebe dich.

Hör auf damit, sagt sie. Und unterbricht die Verbindung.

Und schon fahre ich die Strecke, auf der ich vor kurzem gekommen bin, wieder zurück. In San Vito parke ich das Auto auf dem nördlichen Parkplatz. Und steige die Treppe zur Altstadt hinauf und bin schon in der Via Boccaccio. Sperre das Haustor auf, bringe die drei Stockwerke hinter mich, ohne die Stufen zu zählen.

Und dann stehe ich vor der Wäschekommode im Schlafzimmer. Und öffne die mittlere Lade, da riecht es gut nach Thymian. Und mit zärtlichen Händen trage ich Julias Dessous ab. Und wirklich, da ist sie, die Kamera, die sie mir versprochen hat.

Eine Kamera mit zwei Zusatzobjektiven. Einem Weitwinkelobjektiv und einem Tele. Eine Sony Alpha 6000, inklusive Ladekabel. Ich stecke sie an. Ein Lämpchen leuchtet auf. Die Batterien werden geladen.

Und jetzt muss ich wohl eine Weile warten. Zweieinhalb bis drei Stunden schätzungsweise. Und da könnte ich natürlich weiter in der Kommode stöbern oder wieder den Schrank öffnen, in dem Julias Kleider hängen. Aber ich widerstehe und weiche aus auf die Terrasse.

Inzwischen hat sich die Atmosphäre verändert. Die Sonne ist hinter den Wolken verschwunden. Graue, dann schwarze Wolken mit gelben Rändern. Die Tauben haben keine Lust, zu sprechen, sie sitzen mit ins Gefieder gesenkten Schnäbeln unter dem Kamin auf dem Nachbardach.

Und dann sehe ich schon, wie der Regen sich nähert. In schrägen, grauen Streifen zieht er über die Hügel. Der erste Blitz, ein in den Himmel gerissenes Z. Noch mit mehreren Sekunden Abstand der erste Donner.

Und dann ist er da, der Regen. Er prasselt auf die Dächer. Ein paar Minuten bleibe ich noch auf der Terrasse. Es ist schön, zu sehen, wie die Topfpflanzen sich freuen, der Oleander, der kleine Olivenbaum, sogar die Kakteen. Und wie die Fliesen und die Dachziegel glänzen.

Doch dann glüht ein Blitz schon zu nah, und der Donner kracht gleich hinterher. Da sollte ich lieber doch hinein unters Dach gehen. Der Regen trieft ja bereits aus meinem Haar. Die Glühbirne im Badezimmer, wo ich mir den Kopf trocknen will, blinzelt.

Ich fröstle. Ich gehe in die Küche und mache mir einen Tee. Dann sitze ich, mit der Teetasse in der Hand, auf dem Sofa im Bücherzimmer. Dem Piano gegenüber, das ich bisher nicht berührt habe. Vielleicht sollte ich wenigstens einmal den Tastaturdeckel abstauben.

Die Bücher detto. Wie hat Julia gesagt? Mein Mann Marco neigt zur Errichtung von Büchertürmen? Oder nein: zur Bildung von Bücher*haufen.* – Ich blättere in einigen der Bände, die mir da buchstäblich in die Hände fallen. Natalia Ginzburg: *Lessico famigliare*; Pier Paolo Pasolini: *Scritti corsari*; Italo Calvino: *Il Barone rampante.*

Ach ja, genau, das ist *Der Baron auf den Bäumen*. Ein Buch, das ich – auf Deutsch – sehr gern gelesen habe. – Wie war das? Da ist ein Bub aus bester Gesellschaft, Cosimo heißt er. Der steht aus Protest vom Tisch seiner Eltern auf, steigt auf einen Baum und kommt nicht mehr herunter.

Anlass für Cosimos Protest ist ein Schneckengericht, das beim Mittagessen seiner Familie aufgetischt wird. Seine Familie ist eine adelige Familie und das Schneckengericht, französisch angerichtet, gilt als besondere Gourmandise. Nicht für Cosimo. Der hat nichts übrig für diesen Leckerbissen. *Ho detto che non vuole e non vuole* – er ist ein junger Mann mit Prinzipien.

Es wird gegessen, was auf den Tisch kommt, sagt der *padre*, der sich Baron de Rondò nennt. Aber nein, sagt der zwölfjährige *figlio*, erhebt sich und verlässt den Speisesaal. *Dove vai?*, ruft man ihm nach. Wohin gehst du? Er gibt keine Antwort. Die erübrigt sich auch. Durch die großen Fenster sieht man ihn im Garten mit den hohen Bäumen.

So schön sich das anlässt, reicht mein Italienisch doch nicht ganz, um jedes Wort zu verstehen. Aber siehe da, hier gibt es ja auch eine deutschsprachige Ausgabe. Wahrscheinlich ist das der Band, in dem Julia gelesen hat. Darin lese ich mit umso größerem Vergnügen weiter.

Und Cosimo steigt auf den Baum (eine Steineiche) und bleibt oben. Italien, lese ich, war ja damals, Mitte des 18. Jahrhunderts, noch sehr bewaldet. Durch Ligurien und Piemont hätte man sich tatsächlich von Ast zu Ast fortbewegen können. Und just das ist es, was Cosimo von nun an tun wird.

Als es Abend wird, bemüht sich auch der Vater in den Garten.

Komm herunter, sagt er.

Nein und noch einmal nein, sagt der Sohn.

Wenn du das Sitzen da droben satthast, wirst du dir's schon anders überlegen, sagt der Vater.

Werde ich nicht, sagt Cosimo. Sein jüngerer Bruder bewundert ihn.

Das Gewitter ist anscheinend weitergezogen. Der Regen prasselt nicht mehr so hörbar aufs Dach. Doch da ist ein Geräusch, das mich vom Lesen ablenkt. Tropft da etwas? Irgendwo tropft etwas. Es tropft und tropft.

Ich lausche. Kein Zweifel: Das ist der Aufprall einzelner Tropfen auf dem Fußboden. Irgendwo muss es also hereinregnen. Ich gehe dem Geräusch nach, ich erspähe eine Regenpfütze in der Küche neben dem Kühlschrank. Im

Abstellraum neben dem Herd suche ich ein Bodenwischtuch – auch dort regnet es herein.

Ich wische auf, finde zwei Plastikeimer, einen grünen und einen gelben, platziere sie unter die undichten Stellen. Aber damit hat es noch lang nicht sein Bewenden. Ich höre es auch aus dem Gästezimmer tropfen und aus dem Korridor, in dem Julias Schreibtisch steht. Und – um Himmels willen! – aus dem Schlafzimmer, in dem die Kamera sich auflädt.

Und – ja – da tropft es links und da tropft es rechts. Ins Bett, auf dem die Kamera mit dem unter dem Nachtkästchen angesteckten Ladekabel liegt, tropft es glücklicherweise nicht. Trotzdem wickle ich den Apparat rasch in ein Handtuch. Ein Handtuch, das ich aus dem Badezimmer geholt habe, wo es übrigens auch tropft.

Insgesamt tropft es an sieben Stellen. Vorausgesetzt, dass ich keine übersehen (überhört) habe. Übrigens tropft es nicht dort, wo das Dach zweifellos undicht ist – und wo, wie ich jetzt bemerke, auch Licht von draußen hereinfällt (das gibt immerhin Anlass zu der Annahme, dass inzwischen wieder die Sonne scheint). Vielmehr rinnt das Wasser an den schrägen Dachbalken entlang und tropft erst dort, wo ihm irgendetwas im Weg liegt (meistens ein Querbalken).

Sieben tropfende Stellen also. Da ich die vorhandenen Plastikeimer schon zum Auffangen der Tropfen in der Küche und im Abstellraum verwendet habe, benutze ich für die anderen fünf zureichend große Kochtöpfe. Der Aufprall der Tropfen auf dem blechernen Grund der Kochtöpfe klingt anders als der Aufprall der Tropfen auf dem Plastikboden der Kübel. Außerdem fallen die Tropfen nicht gleichmäßig – es gibt überraschende Pausen.

Pausen, nach denen das Tröpfeln aber umso rascher weitergeht, sozusagen in *double-time.*

Ich setze mich wieder in das Bücherzimmer, in dem es eigenartigerweise nicht geregnet hat, und lausche. Und dann kann ich nicht anders, ich rücke mir den Hocker zurecht und öffne den Deckel des Pianos. Besonders die oberen Tasten sind schrecklich verstimmt. Aber zur Percussion der Tropfen passt das gut. So sitze ich klimpernd, bis das Tropfen ganz aufhört. Und dann muss die Kamera schon fertig geladen sein. Und ich gehe wieder ins Schlafzimmer, wickle sie aus dem Handtuch, sie liegt gut in der Hand. Und ich drehe den Einschaltknopf von *off* auf *on* und trete hinaus auf die Terrasse.

Der Himmel ist hellblau, seidig, die Erde duftet frisch gewaschen. Vom oberen, hinter der Steineichenreihe verborgenen Teil des Gartens bis über die sanftgrünen Hügel jenseits der Mauer spannt sich ein Regenbogen. Ich führe den Sucher ans Auge, warte, bis ich scharf sehe, und betätige den Auslöser.

Was tust / DU?, fragen die Tauben.

Ich fotografiere, sage ich.

4

Ich habe den Laptop aufgeklappt, ich habe das Passwort getippt. Ich habe die Kamera mit dem USB-Kabel an den Laptop angeschlossen. Ich habe die Fotos in den Computer importiert, ich habe die gelungenen stehengelassen und die missglückten gelöscht. Anfangs sind mir noch relativ viele missglückt. Zu hell, zu dunkel, zu unscharf – manchmal war ich einfach zu ungeduldig, um den Piepton abzuwarten, der signalisiert, dass sich der Sensor auf das anvisierte Objekt eingestellt hat. Ich habe mich erst an Julias Kamera gewöhnen müssen. Oder Julias Kamera hat sich erst an mich gewöhnen müssen. Aber die Fotos mit dem Regenbogen waren gleich richtig.

Liebe Julia, hier, wie verspochen, ein paar Fotos, damit du siehst, was ich hier sehe. Den Regenbogen sehe ich als Zeichen, dass der Himmel akzeptiert, dass ich ihn zu fotografieren versuche. Das ist ja ein besonders schöner Regenbogen – findest du nicht? Und er hat stillgehalten, sieben Mal hat er sich fotografieren lassen, bevor er verblasst ist.

Und schau! Die Wolken, die ich fotografiert habe:

Weiße Wolken, graue Wolken, schwarze Wolken.

Wolken mit Goldrändern, Wolken mit Trauerrändern.

Wolkentürme, Wolkengebirge, Wolkentäler.

Jede Menge Luftschlösser, siehst du. Wolkenkuckucksheime.

Himmelswagen, wie sie sich die Alten vorgestellt haben.

Löwenwolken. Schäfchenwolken. Kaninchenwolken.
Wolken mit Feuerrändern. Rauchwolken.
Und die Kondensstreifen, Kerosin, aber schön.
Diese Kondensstreifen wie Kometenschweife.
Im Romantikerblau. Im Surrealistenblau.
Zwei Kondensstreifen, die einander kreuzen, just über dem Kirchturm mit dem rostigen Engel.

Und da: das Dach. Immer wieder das Dach. Serien von Fotos, auf denen man nichts als das Dach sieht. Diese rötlichen Dachziegel übereinandergeschichtet in mehr oder minder parallel angeordneten Reihen von der Dachkante bis zum First. Serien von Fotos, auf denen sonst fast nichts zu sehen ist als diese Dachziegelreihen. Allenfalls die Dachrinne unten und ein schmaler Streifen Himmel oben. Dieses Dach im Morgenlicht, dieses Dach im Abendlicht. Dieses Dach, in der Hitze glühend, dieses Dach, vom Regen nass. Meine Dachstudien. Meine Dachetüden. Meine Dachmeditationen.

Und selbstverständlich die Vögel:
Die Morgenamsel / die Abendamsel.
Die Vormittagsfinken und die Nachmittagsmeisen.
Einmal ein vermutlich aus einem Käfig entkommener sattgelber Sittich. Doch den hat die hier ansässige Vogelschar vertrieben.

Manchmal eine Elster unten im Park. Manchmal zwei Häher oben auf der freistehenden Zypresse. Gelegentlich durchziehende, laut rufende Wildenten. Manchmal kreist ein Falke, da ducken sich die Tauben.

Diese Tauben! Habe ich dir schon von diesen Tauben erzählt? Diese Tauben, die mich ungeniert ansprechen. Untereinander reden sie Italienisch, aber mit mir sprechen sie Deutsch. Meistens fragen sie mich etwas, selten kann ich es beantworten.

Schau, hier, auf der Balustrade, das Weibchen, das mich zuerst angesprochen hat, und dort, auf der Antenne, das Männchen. Sie waren schon sehr zutraulich, fast distanzlos, aber als ich mit der Kamera aufgetaucht bin, hat sie das ein wenig verstört. Dass ich mir diesen Apparat vors Gesicht gehalten und sie durchs Objektiv fixiert habe, das war, glaube ich, irritierend für sie. Da hat die Gesichtserkennung nicht mehr geklappt, vielleicht war ich da gar nicht mehr ich, sondern ein Anderer.

Aber inzwischen haben sie sich daran gewöhnt. Hier, ein paar ganz gelungene Porträts von ihnen. Das Weibchen *en face*, das Männchen im Profil, und umgekehrt. Manchmal wird ihnen das Fotografiertwerden aber zu langweilig oder zu dumm und dann erwische ich sie nur mehr beim Davonfliegen.

Die Schwalben im Flug zu erhaschen ist fast unmöglich. Schau! Auf den nächsten paar Fotos siehst du nur grau verwischte Streifen. Als abstraktes Bild würde man das vielleicht interessant finden. Aber das waren Schwalben. Okay, nennen wir's *Schwalben im Vorbeiflug.*

Mit den Dohlen habe ich schon etwas mehr Glück gehabt. Hier siehst du sie drüben, auf dem Mauerhaus und über den Bäumen, die es säumen. Schwarz sind sie, aber von einem manchmal vergoldeten Schwarz im Gegenlicht. Recht schön, aber doch noch etwas zu weit entfernt. Ich hätte sie gern etwas näher gehabt, viel näher. Und wenn ich geduldig bin, geht dieser Wunsch in Erfüllung. Dann bekomme ich sie noch vors Objektiv, nachdem sie von dort aufgeflogen sind, mit Geschrei. Und über den Park. Direkt auf mich zu. Der ganze Schwarm.

Aber hier, diese untergehende Sonne – schau! – Eine Zeitlang ist sie genau über Montalcino versunken. Montalcino, dort, jenseits der Mauer, auf dem ersten der blauen Hügel. Die Sonne hat sich buchstäblich draufgesetzt auf die Stadt. Erst noch dottergelb, dann rotweinrot.

Und wo sitzt sie dann mit ihrem breiten Hintern, habe ich manchmal gedacht. Am ehesten im Hof der *Fortezza*, nicht wahr? Oder zwängt sie sich auf die Piazza neben dem *Municipio*? Oder stülpt sie sich über den Vorgarten des alten *Café Dante*?

Ich könnte hinfahren, um das zu klären, habe ich manchmal geträumt. Aber ich müsste mich beeilen, damit ich nicht zu spät komme. Und schon fahre ich die Serpentinenstraße nach Montalcino hinauf, enge Kurven, zwischen denen die berühmte San-Giovese-Traube wächst – du kennst das. Aber sobald ich oben bin, liegt der Ort im Dunkeln.

Dov'è sparito il sole?, frage ich, wohin ist die Sonne verschwunden?

Die Leute deuten hinaus aus dem Ort: *di là, lassù.*

Hinter dem *Passo del lume spento*, dem Pass des ausgelöschten Lichts. Und dort ist es dann wirklich finster. Ich versuche trotzdem zu fotografieren. Aber die Kamera sieht nichts.

Und der Mond, dieser Mond hat mich manchmal verwirrt.

Vorgestern war er eine schmale Sichel.

Gestern war er noch halb, da bin ich ganz sicher.

Heute kann ich ihm fast schon beim Zunehmen zusehen.

Kaum zu fassen, wie er sich rundet, von Stunde zu Stunde.

Dieser Mond, so schön, doch auch so verdächtig.

Er neigt zu Sprüngen. Manchmal wechselt er von einer Nacht auf die andere die Position, erscheint dann nicht dort, wo ich ihn erwarte, sondern ganz woanders.

Vielleicht ist die Erdachse ins Taumeln geraten, sagt Achille, und es wird uns verschwiegen.

Als ich Achille unten im Garten traf … Eine sehr merkwürdige Begegnung, unter sehr merkwürdigen Umständen. Nach zwei, drei Tagen, an denen ich ausschließlich auf der Terrasse und von der Terrasse aus fotografiert hatte, ging ich mit der Kamera hinunter in den Ort. Und wollte zuallererst im *giardino* fotografieren, dem Park, der zwar zu meinen Füßen lag, den ich aber bis dahin nur von oben gesehen hatte.

Gesagt, getan, ich zog mich an, hängte mir die Kamera am Riemen über die Schulter und brach auf. Doch schon, als ich über die Piazza aufs Tor der *Horti Leonini* zuging, sah ich, dass es geschlossen war. Und als ich dann davorstand, hatte ich es schwarz auf weiß. Da klebte ein Zettel, auf dem zu lesen stand, dass der Garten bis auf weiteres nicht öffentlich zugänglich sei – *chiuso per lavori di ristauro – geschlossen wegen Renovierungsarbeiten*, seit 1. April …

Wieso hatte mir der redselige Guido das nicht gesagt? … Aber vielleicht hatte ich es überhört … Das erklärte jedenfalls, wieso ich von oben, von der Terrasse, da unten zwischen den Beeten zwar die Katze, die Maus, die Elstern, aber keinen Menschen gesehen hatte. Manchmal hatte ich allerdings den Eindruck gehabt, einen Schatten wahrzunehmen.

Offenbar hatten die Arbeiten aber noch nicht begonnen. Das hätte ich ja von der Terrasse aus bemerkt. Vor allem, wenn sie (wahrscheinlich) mit Lärm verbunden gewesen wären. Da hätte ich ja gleich die Flucht ergriffen.

Chiuso per lavori di ristauro? – Zwei alte Männer, die auf der steinernen Bank neben dem Eingang saßen, nickten. Was denn für Renovierungsarbeiten? Sie hoben und senkten die Schultern. Gibt es keinen anderen Eingang? Sie schüttelten die Köpfe. Aber das musste ich nicht so hinnehmen. Ich würde schon meinen Eingang finden.

Ich ging außen an der Mauer entlang. Auf der Ostseite, in der Via Dimomede Leoni, fast unmittelbar unter der Terrasse, von der ich sonst herunterschaute, war ein zugemauertes Tor. Darüber standen ein paar lateinische Worte eingraviert und in lateinischen Ziffern eine Jahreszahl – aber zu hoch oben –, ich konnte das nicht lesen.

Ich ging weiter. Immer an der Mauer entlang. Ich umrundete die Gärten zwei Mal. An der Westseite konnte ich nicht unmittelbar neben der Mauer gehen, da wurde ich nach links auf die Straße abgelenkt. Rechts war eine mit stachligem Gesträuch fast zugewachsene Böschung.

Zwei Mal ging ich daran vorbei. Aber als ich zum dritten Mal dorthin kam, bemerkte ich die Schneise. Einen schmalen Durchschlupf zwischen Brennnesselstauden und Klettengesträuch. Da wand ich mich durch. Und dann stand ich vor einem Gittertor.

Auch das war verschlossen. Aber hier konnte ich ein Stück hinaufklettern. Daneben stand ein Baum, der mir behilflich war. So kam ich also doch noch in die *giardini*. Ich hatte mir die Hände zerkratzt. Aber die Kamera war unversehrt.

Ich schaute mich um. Wo war ich? Hier war ein großer Platz mit schütterem Gras. Eine Tribüne aus Holz. Ein niedriges Podium. Etwa fünfzig Meter weiter ein schmaler Torbogen, davor eine in der Sonne vertrocknete, ausgeblichene Zielscheibe. Das war offenbar der Turnierplatz, von dem die Trafikantin erzählt hatte, der Platz, an dem ihr Neffe beinahe den Preis im Bogenschießen gewonnen hätte, wenn nicht der Wind …

Jetzt war es, im Gegensatz zu damals, sehr windstill. Zwei Schmetterlinge (Zitronenfalter) umtanzten einander und stiegen dabei immer höher und höher. Ich versuchte sie zu fotografieren, aber die Konturen ihrer Flügel waren kaum mehr vom Hintergrund der heißen, weißen Luft zu unterscheiden. Aus den Wipfeln der Steineichenreihe, an deren Rückseite ich mich jetzt offenbar befand, klang *fortissimo* der Chor der Zikaden.

Hinter der Tribüne war ein Hügel aus grauen, von Moos und Gestrüpp überwachsenen Gesteinsbrocken. Reste eines vor langer Zeit eingestürzten Gebäudes, wie mir schien. Und ich fragte mich, ob und wann es hier ein Erdbeben gegeben hatte. *Terremoti*, sagte Achille, der plötzlich neben mir stand, sodass ich erschrak, Erdbeben haben wir hier auch schon manchmal gehabt, aber das hier – und er wies auf den Trümmerhaufen –, das hier haben die Deutschen vor ihrem Rückzug 1943 angerichtet.

Das war *La Torre del Cassero*, sagte er, der Wachturm. Von dem aus konnte man das ganze Tal überblicken. Und umgekehrt sah man ihn schon aus der Ferne. Früher war er strategisch wichtig gewesen, aber in den neueren Zeiten war er nur mehr ein Wahrzeichen. *Unser* Turm. Er war nicht besonders schön, ehrlich gestanden, war er hässlich. Ein Klotz von 39 Metern Höhe, nur ganz oben ein winziges Fenster. Aber er war unser Turm. Ein Bauwerk, das etwas mit unserer Identität zu tun hatte. Und die Deutschen haben ihn gesprengt.

Sie waren ja zuerst gar nicht so übel, die Deutschen, die hier stationiert waren. Ein bisschen arrogant, das ja, ein bisschen präpotent, das auch, aber im Großen und Ganzen kultiviert. Aus den Fenstern des Hauses, das sie okkupiert und zur Kommandantur erklärt hatten, war manchmal Klaviermusik zu hören. Ich war damals ein *ragazzo* von sieben, acht Jahren, ich wohnte mit meinen Eltern nicht weit von dort entfernt, ich ging öfter hin vor dieses Haus, um der Musik zu lauschen. Da spielte oder übte jemand zum Beispiel die *Variazioni Goldberg*. Natürlich kannte ich den Namen dieser Musikstücke damals noch nicht. Aber in meiner Erinnerung sind es immer die Goldberg-Variationen. Da stand ich und lauschte. Die Wachsoldaten, die links und rechts vom Portal postiert waren, sahen freundlich drein. Manchmal schenkte mir einer ein Stück Schokolade.

Aber dann, als der faschistische Rat Mussolini abgesetzt und in Monte Cassino interniert hatte, und als Marschall Badoglio, der Schlaumeier, glaubte, wir könnten einfach die Seiten wechseln und nun eben auf der richtigen Seite, der voraussichtlichen Siegerseite, mit dabei sein, da änderte sich die Lage. Da war es aus mit der Kultur und der Freundlichkeit, da gab es keine deutsche Musik und keine deutsche Schokolade mehr. Wenn ich mich dem Kommandanturgebäude näherte, wurde ich weggescheucht.

Und dann, als die Alliierten aus dem Süden vorrückten und uns zuerst mit Bomben beglückten, die etliche Häuser im *Centro Storico* in Ruinen verwandelten, da gefiel es den Deutschen bei uns immer weniger, und sie zogen ab. Aber nicht, ohne vorher unseren Turm hier in die Luft gejagt zu haben. Und nicht, ohne noch eine Gruppe von Männern, die sich oben, im alten Wehrdorf San Vito Alto verschanzt hatten, aus ihren Verstecken zu zerren, in einer Reihe aufzustellen und zu erschießen. Darunter zwei Buben. Einer war zwölf, einer war neun. Mein Cousin.

Aber Entschuldigung, sagte Achille. Das wollten Sie vielleicht gar nicht hören. Ich sollte Ihnen doch lieber etwas über die *Horti Leonini* erzählen, nicht wahr? *Va bene*, aber dabei müssen wir nicht so verloren hier herumstehen. Da ist es wohl überhaupt besser, wenn wir hinunter ins Parterre der *Horti* gehen und uns auf eine Bank setzen.

Er ging mir voraus durch das Wäldchen mit den Zikaden. Man sah sie nicht – sie waren gut getarnt, aber es hörte sich an, als wären sie allgegenwärtig. Hier war es schattig, kühlgrün, eigentlich angenehm. Aber die Spinnennetzfäden, die quer über die verwachsenen Wege gespannt waren und denen man kaum ausweichen konnte, waren lästig.

Dieses Wäldchen, sagte Achille, heißt *La Ragnaia*. Das Wort kommt von *ragno*. Spinne. Früher hat man es hier den Spinnen nachgemacht. Feine Netze hat man von Baum zu Baum gespannt. Netze zum Singvogelfang. Das war sehr populär.

Es ging spürbar bergab. Treppenstufen aus schwarzgewordenem Holz, manche schon fast versunken im Waldboden. Da war ein großer, runder Brunnen, der, wie es aussah, aus uralten Steinen gemauert war. Das ist einer der Eingänge in die Unterwelt, sagte Achille im Vorbeigehen. Den haben unsere Zeitgenossen natürlich vergittert.

Dann kam eine Steintreppe, steil. *Attenzione*!, sagte Achille. Die ist wirklich reparaturbedürftig. Hier müssen wir aufpassen, dass wir nicht stolpern, *caro*. Außerdem sonnen sich hier des öfteren Vipern.

Und prompt lag da eine Schlange, wie bestellt. *Vattene Vipera!* (Achille mit erhobener Stimme). Das klang in meinen Ohren wie: Heb dich hinweg, Schlange! *Sparisci Serpe!* Verschwinde! Und die Viper folgte aufs Wort.

Achille lächelte. Vielleicht erwartete er, dass ich ihn wegen seiner Macht über dieses Reptil bewunderte. Aber ich war abgelenkt. Und wie ich abgelenkt war! Wir standen nun auf den untersten Treppenstufen, an der Hinterseite der hohen Steineichenreihe, die ich für gewöhnlich, von der Terrasse aus, wie einen Bühnenvorhang von vorne sah. Jetzt jedoch sah ich ihn von der anderen Seite.

Und dieser Blick aus einer Position quasi hinter der Bühne war gleichzeitig frappierend und irritierend. Vor uns lag der Teil des Gartens, den ich zu kennen glaubte – die perfekt geometrisch angelegten Hecken, die Beete mit den kugelförmigen Buchsbäumen darin … Das Haus in der Mauer, das von grünen Blättern und blauen Blüten fast zugewachsene Gewölbe darunter, das Dach mit den Dohlen darauf … Aber alles anders herum. Fast seitenverkehrt.

Von hier aus sah ich auch die Balustrade der Terrasse, von der ich für gewöhnlich in den Garten hinunterschaute. Und nun blickte ich aus dem Garten auf die Terrasse hinauf. Einen Moment lang fragte ich mich, wieso ich *mich* nicht sah, dort oben, *mich*, mit der Kamera. Aber die Balustrade, von der übrigens der Verputz bröckelte – das würde ich Julia und Marco mitteilen müssen –, die Balustrade war ziemlich hoch, wenn ich nicht aufrecht stünde, sondern mich hingesetzt oder hingelegt hätte, würde ich mich von hier unten aus gar nicht sehen.

Und da war nun, am Fuß der Treppe, die Skulptur, der steinerne Kopf, den ich durch Julias Fernglas und durchs Teleobjektiv gesehen, aber nie zufriedenstellend identifiziert hatte. Natürlich! Wieso war mir das nicht in den Sinn gekommen? Es handelte sich um einen Januskopf! *La testa di Giano bifronte*, sagte Achille. Das eine Gesicht schaut in die Vergangenheit, das andere in die Zukunft.

Und da die zwei Bänke. Sollen wir uns auf die rechte setzen, fragte Achille, oder auf die linke? Und als ich einen Augenblick mit meiner Antwort zögerte: Das ist ohnehin alles relativ. Wenn wir aus der anderen Richtung, also vom Hauptportal kämen, wäre die rechte Bank die linke und die linke Bank die rechte.

Ecco, sagte Achille, voilà, wir sitzen hier im Zentrum der *Horti Leonini*. Benannt nach dem Signore Leoni, dem wir diese Gärten verdanken. Und der war, so heißt es, ein Sekretär und Freund des alten Michelangelo. Einer, der Michelangelos Korrespondenz erledigt hat, als der schon halbblind war, einer, der an seinem Sterbebett gesessen ist, einer, der inspiriert war von seinem Meister.

Geboren hier, in San Vito, zwischen 1515 und 1520. *Un uomo di umili origini*, heißt es, ein Mann von niedriger Herkunft. Der aber, als talentierter Mensch, aus seiner sozialen Klasse aufstieg und etwas aus sich machte. Er wurde Advokat, Agent, Informant, diskreter Übermittler geheimer Botschaften, Berater und Makler in Sachen Kunst.

Die Geschäfte, die er betrieb, mussten nicht immer ganz legal sein. Dem Vernehmen nach organisierte er den Transport nicht unbedeutender Skulpturen und Gemälde unter Umgehung lästiger Zollschranken. Er kam viel herum und dabei mit bedeutenden Leuten in Berührung. Er logierte in Florenz, in Venedig, in Mailand, längere Zeit in Paris, doch dann kehrte er zurück nach Italien und machte Geschäfte in Rom.

Aber er war tatsächlich ein kunstsinniger Mensch, ihm ging es nicht nur um Profite. Nein, nicht nur deswegen suchte er die Nähe der großen Maler, Bildhauer und Baumeister. Er kannte viele persönlich, aber derjenige, den er eigenartigerweise noch nicht kannte, den er aber nach allem, was er von ihm gesehen und gehört hatte, bewunderte und verehrte wie sonst keinen, war Michelangelo. Damals wurde gerade die Peterskirche gebaut, mit deren Planung der Meister ganz prominent zu tun hatte.

Und da trieb sich Leoni unter irgendeinem Vorwand auf dieser riesigen Baustelle herum. Und kam prompt dort vorbei, wo Michelangelo arbeitete. Der *alte* Michelangelo, der zwar nicht mehr auf den Gerüsten umherklettern konnte wie früher, aber beaufsichtigen wollte, ob seine Entwürfe so verwirklicht wurden, wie er sich das vorgestellt hatte. Mit allerdings schlechten Augen. Da war diskrete Hilfe willkommen.

Für so etwas war Leoni genau der Richtige. Er war bereit, zum Adlatus des Meisters zu werden. Und *Adlatus*, das heißt, wie Sie als gebildeter Mensch wahrscheinlich wissen, *der zur Seite Stehende*. Mein geliebtes Latein ist eine sehr konkrete Sprache.

Wir können uns also vorstellen, wie Leoni neben dem Meister steht, der auf einem gepolsterten Sessel unter dem noch offenen Dachstuhl der Basilika sitzt. Und wie er, ohne Michelangelo zu kränken, der natürlich so tut, als würde er alles sehen, mit leiser Stimme beschreibt, was die dort oben tun oder unterlassen. Sodass der Maestro dann manchmal mit lauter Stimme (seine Stimme ist noch immer sehr potent) intervenieren kann: So nicht, ihr *mascalzoni*, ihr Halunken! So hab ich das nicht gezeichnet! Haltet euch gefälligst an meine Pläne oder ich lass meine Armbrust holen und schieß euch herunter!

Rasch hatte Achille sich jetzt in Schwung geredet. Die Geschichte von Leoni und Michelangelo zu erzählen und auf seine Art auszumalen, machte ihm sichtlich Vergnügen. Er holte weit aus, ja, sagte er, *sono un favolatore passionato. Ma pazienza*, Geduld, ich komme gleich an den *punto decisivo.*

An den entscheidenden Punkt der Geschichte:

Es ist nämlich sehr wahrscheinlich, dass Michelangelo den diskreten Signore Leoni auch in den Garten der Villa Belvedere mitgenommen hat, der etwa zur gleichen Zeit fertiggestellt worden ist wie der Petersdom. Nicht nur als Sehhilfe, sondern auch als Stütze, denn der Maestro war leider auch nicht mehr sehr gut zu Fuß. Also da gehen sie kreuz und quer durch den Garten, Michelangelo, der schneller, forscher vorankommen will, als er kann, und sein Begleiter. Eben Leoni, der ihn unter dem Ellbogen stützt und gegebenenfalls auffängt, wenn er über eine Wurzel stolpert oder mit einem Fuß in ein Erdloch gerät.

Sie waren doch bestimmt schon in Rom, Paolo, und wahrscheinlich haben Sie diesen Garten besucht. Nein? – Das ist ein Versäumnis! – Der *giardino* der Villa Belvedere ist eine der bedeutendsten Gartenanlagen der Spätrenaissance! Diesen Besuch sollten Sie nachholen, unbedingt! Fahren Sie nach Rom, es ist gar nicht so weit von hier, Sie versäumen was, wenn Sie es nicht tun.

Jedenfalls hat der Anblick dieses Gartens, obwohl er damals noch nicht ganz fertig war, dem Diomede Leoni eine Idee in den Kopf gesetzt. – Wie der Zufall es will, war sein alter Vater, ein Rechtsanwalt hier im Ort, damals gerade gestorben und hatte dem illegitimen Sohn, an den er sich spät, aber doch erinnerte, ein Grundstück vererbt. Von ihm, einem advokatischen Stubenhocker, vernachlässigtes Acker- und Weideland und einen Hügel mit einem Wäldchen. Und der Erbe hatte sich schon gefragt, was er aus diesem Stück Land machen sollte. Aber jetzt sprang der Funke: Warum nicht einen / seinen *giardino*?

Und er fuhr nach San Vito, wo er schon jahrelang nicht mehr gewesen war, und sah sich das Grundstück an. Und dann fuhr er zurück nach Rom und hatte eine Bitte an seinen Meister. Ich habe eine Idee, sagte er. Ich habe ein Projekt. Ich möchte gern wissen, was Ihr, Maestro, davon haltet.

Und Michelangelo mochte den Jungen gern. Der Junge war damals schon mehr als vierzig Jahre alt, aber im Vergleich zu einem Achtzigjährigen ist das jung. Leoni war nicht nur zur physischen Stütze seines Alters geworden, sondern auch zu seinem Intimus. Einer, dem er nicht nur seine persönlichsten Briefe diktierte, sondern auch seine letzten Sonette.

Also wollte Michelangelo nicht Nein sagen, obwohl er sich die Fahrt nach dem Ort, von dem Leoni sprach, einem Ort, von dem er noch nie gehört hatte, schrecklich vorstellte. Aber es sei ja, behauptete Leoni, nicht sehr weit dorthin. Nur ein paar Meilen, kaum der Rede wert, also bloß ein etwas ausgedehnterer Ausflug. Und es würde dem Meister gewiss ganz guttun, noch einmal aus Rom herauszukommen.

Und Leoni organisierte eine Kutsche und einen Rollstuhl. Und fuhr mit dem alten Mann hierher nach San

Vito. Sehen Sie, sagte Achille, unter Kunst- und Gartenhistorikern ist ja immer wieder die Rede von einem möglichen Einfluss des Michelangelo auf die Anlage der *Horti Leonini*. Aber das bleibt alles sehr vage. Niemand getraut sich anzunehmen, dass Michelangelo leibhaftig hier war.

Ich getraue mich das schon, sagte Achille. Ich bin überzeugt davon. Ich habe das nämlich deutlich im Traum gesehen. Träume sind Schäume, sagt man. Aber dieser Traum war wie eine Vision. Ich habe eine Szene gesehen, in der Leoni den Alten im Rollstuhl durch diese Gasse führt, die nun nach ihm benannt ist, die Via Diomede Leoni, also die Gasse, die unter Ihrer Terrasse vorbeiführt. Diese Gasse ist damals allerdings noch ein Feldweg und auf dem Areal, auf dem der *giardino* entstehen soll, weiden Ziegen und Schafe.

Und die Rollstuhlräder holpern, das ist mühsam für beide, Michelangelo und seinen Adlatus. Und Leoni beschreibt, was der Meister nur sehr undeutlich sieht. Aber warum wollen Sie den *giardino* hier anlegen, ausgerechnet hier, auf diesem Unkrautacker?, fragt Michelangelo. Weil ich hier geboren bin und weil ich meinem Geburtsort etwas Gutes tun will, sagt Diomede.

Terreno difficile, schwieriges Gelände, sagt Michelangelo. Er hat schon sehr schwache Augen, aber immer noch einen sensiblen Hintern. *Molto accidentato qui*, sehr holprig hier, sagt er. *Però puo darsi una sfida*, aber vielleicht eine Herausforderung.

Ebnen Sie nicht alles ein, sondern integrieren Sie die Steigung. Da oben – ist das ein Wald? –, den lassen Sie stehen. Und dann achten Sie vor allem auf die Perspektive. Aber nun, lieber Leoni, brauche ich eine Perspektive für meinen Durst – ich hoffe, es gibt hier in diesem trockenen Nest eine Schänke mit trinkbarem Wein.

Wir haben hier im Ort einen Historiker, sagte Achille. Santini heißt er, der arbeitet seit Jahren an einer Geschichte von San Vito. Dem hab ich von meiner Vision erzählt, aber er hat nur darüber gelächelt. Das ist wirklich hübsch, Achille, hat er gesagt, aber in einem Werk wie dem meinen hat so etwas nichts zu suchen.

Und warum nicht?, habe ich ihn gefragt.

Mein Gott! Träume, hat er gesagt, Träume und Visionen! Mit so etwas kann ich nicht seriös arbeiten. Das wäre ja total unwissenschaftlich.

Er ist ein netter Mensch, dieser Santini, aber er hat mich sehr verärgert.

Wir gingen dann noch eine Runde um die Beete herum. Das muss ich Ihnen noch zeigen, sagte Achille. Dass in der Idee dieser Beete der Einfluss des Michelangelo ganz deutlich wird. Der Geist Michelangelos, der sich ja nicht nur mit Malerei, Bildhauerei, Architektur beschäftigt hat, sondern auch ganz intensiv mit Astronomie und Astrologie.

Diese Beete, sagte Achille, sind ja nicht unbedacht hier gepflanzt – eines so, das andere ein bisschen anders –, sondern das hat ja, mein Lieber, das hat Methode! Es wird Ihnen vielleicht schon aufgefallen sein, dass die kugelförmigen Buchsbäume in diesen Beeten nicht gleich groß sind. Aber das ist keineswegs Unbedarftheit, Unbekümmertheit, Ungenauigkeit, Schlamperei der Gärtner. Oh nein! Das hat alles seinen ganz präzisen Sinn. Diese Buchsbäume stellten nämlich die Planeten dar.

Jupiter, der größte, dann Saturn, Uranus, Merkur, Venus, Erde, Mars. Das waren die sieben Planeten, die damals, als man hier nach den Plänen des ehrenwerten Herrn Leoni ans Werk ging, Mitte des 16. Jahrhunderts also, bekannt waren. Aber schauen Sie, da ist noch ein achtes Beet, in dem überhaupt kein Buchsbaum steht.

Dieses Beet hat man zwar angelegt, aber leer gelassen. Es war reserviert für einen weiteren Planeten. Einen Himmelskörper, dessen Existenz die Mathematiker und Astronomen von damals – Nikolaus Kopernikus, Tycho de Brahe, an deren Berechnungen sich etwas später Galilei und Kepler orientieren konnten – schon vermutet haben. Da musste noch etwas sein, da draußen, jenseits des Uranus. Und tatsächlich, da war etwas, allerdings wurde das erst 300 Jahre später nachgewiesen.

Da gab es Bahnstörungen des Uranus, ein französischer Mathematiker (Urbain Le Verrier) hat die berechnet. Und ein deutscher Astronom (Johann Gotttfried Galle) hat sie nachgerechnet. Und dann waren sie sich einig, dass da noch ein Planet sein müsste, den man allerdings mit freiem Auge nicht sehen konnte, dazu kreiste er einfach zu weit draußen. Und sie nannten ihn Neptun, und jetzt hätte man eigentlich einen Buchsbaum in das freigehaltene Beet pflanzen können.

Und warum hat man das nicht getan? *Non si sa*, man weiß es nicht. Ich habe im Gemeinderat beantragt, dass wir den Neptun in das für ihn vorbereitete Beet setzen, aber mein Antrag wurde abgelehnt. Ganz zu schweigen von meinem Antrag bezüglich Pluto, der ja inzwischen auch entdeckt worden war. Pluto, ein Winzling unter den Planeten, im Gegensatz zu Neptun, dem Riesen.

Ein Pluto-Buchsbaum wäre viel billiger gekommen

als ein Neptun-Buchsbaum. Aber nein, das wollten diese Banausen auch nicht! Stimmt schon, für Pluto hätten wir ein zusätzliches Beet anlegen müssen – fragte sich bloß, wo und wie, ohne die Ästhetik der Anlage zu schädigen. Ich hätte mir das schon vorstellen können, es wäre ja ein sehr kleines Beet gewesen, aber dann haben die obergescheiten Wissenschaftsheinis in Amerika den Pluto ohnehin degradiert – er sei doch kein Planet, hat es geheißen, sondern nur ein eingefangener oder entkommener Mond – und damit hatte sich das Pluto-Problem für unseren Gemeinderat erledigt.

Aber gerade mit Pluto habe es eine ganz spezielle Bewandtnis. Der Name Pluto sei ja nichts anderes als ein Deckname für den griechischen Gott Hades. Und der sei doch bitte schön der Beherrscher der Unterwelt, des Schattenreichs. Ich kann mir durchaus vorstellen, sagte Achille, dass sie Angst vor ihm haben oder ihn verstecken, nicht wahrhaben, verleugnen wollen.

Wer?, fragte ich, die amerikanischen Wissenschaftler oder der hiesige Gemeinderat?

Sie stecken ja alle unter einer Decke, sagte Achille. Ich könnte Ihnen Geschichten erzählen, Geschichten … Aber jetzt bin ich müde. Reden wir ein anderes Mal weiter.

Siehst du, da sind noch ein paar Fotos von ihm. Achille auf der Bank neben dem Januskopf, ganz enthusiasmiert von der Geschichte, die er mir erzählt. Achille ernst, Achille belustigt, Achille sarkastisch. Und da, wie er zwischen den Beeten steht und gestikuliert.

Seine Mimik. Ein Charakterkopf wahrhaftig. *Ein etwas Verborgenes Entdeckender. Ein etwas Verschworenes Vermutender.* Was uns alles verschwiegen wird. Genau; hier kommt er noch auf die Geschichte mit der wahrscheinlich taumelnden Erdachse zu sprechen. Aber (Achille mit erhobenem Zeigefinger) wir lassen uns nicht für dumm verkaufen.

Achille schlau lächelnd. Was ich Ihnen noch sagen wollte: Sie hätten nicht über das Gittertor klettern müssen, um hier hereinzukommen. Hätten Sie es wie ich gemacht und wären Sie durch die Gärtnerpforte im Rosengarten eingetreten, hätten Sie es bequemer gehabt. Dort steht zwar *Ingresso solo per autorizzati*, aber wer wofür berechtigt ist und warum oder warum nicht, das ließe sich auch diskutieren.

Den Rosengarten hatte ich glatt übersehen. Aber er ist auch gut versteckt im Zwickel zwischen dem Ende der Via Leoni und der kleinen Kirche Santa Maria Assunta. Ich hab dann auch dort noch ein wenig fotografiert. Die Rosen sind eher enttäuschend, nicht wahr? – Aber da war ein sehr fotogener Skorpion: Schau, wie schön er in der Sonne glänzt.

Übrigens hab ich mich wieder ans Klavier gesetzt. War ein Versuch, an die paar Takte, die ich seit dem Gewitter im Kopf habe, anzuknüpfen . Aber mir fehlt das anregende Geräusch, das die Tropfen verursachen, wenn sie in die Eimer und Kochtöpfe fallen. Wahrscheinlich muss ich warten, bis es wieder einmal regnet.

Ein Paar Tage nach der Begegnung mit Achille traf ich Guido auf der Piazza. Wie geht es dir?, fragte er. Was ist mit dir? Lebst du da oben in Marcos und Julias Wohnung wie ein Einsiedler?

Nicht ganz so konsequent, sagte ich.

Aber wird dir da nicht langweilig?

Langweilig? Nein!, sagte ich. Überhaupt nicht.

Sei un uomo strano! sagte er.

Ein seltsamer Mensch? Kann schon sein, sagte ich. Aber so bin ich eben.

Ach was!, sagte Guido. Es ist nicht gut, wenn der Mensch zu viel allein ist.

Komm doch einmal zu uns auf eine *piccola merenda*. Auf eine kleine Jause. Meine Frau wird sich freuen. Morgen Nachmittag um fünf. Keine Widerrede. Unsere Adresse ist Viale Bozzi Numero 3. Das ist nicht weit vom *campo sportivo*, dem Sportplatz.

Und da war ich dann. Und da warteten sie. Guido im blauen Trainingsanzug, Laura in einem leichten, weißen Leinenkleid. Ihre Haare grau, von einem roten Band zusammengehalten. Ein schönes, stilles Gesicht.

Benvenuto, sagte sie.

Der Garten. Ein kleines Stück Grün, Gemüse in einem von der Blumenwiese abgeteilten Beet. Ein Windrad aus Plastik. Ein Mobile aus Aluminium. Ein Apfelbaum. Eine Schaukel für ein Kind, das wohl längst nicht mehr hier wohnt. Eine Voliere, in der zwei Kanarienvögel zwitschern.

Ich hab das ein bisschen fotografiert, einfach um es in Erinnerung zu behalten. Aber du kennst das ja, Julia – du und Marco, ihr wart ja öfter dort zu Besuch. Ihr seid sehr liebe Leute, hat Laura gesagt, sie hat euch immer gern gesehen. Ja, hat Guido gesagt. Stoßen wir an auf Marco und Julia.

Das war die Eröffnung mit dem *Aperitivo*.

Hier, siehst du, Guido mit erhobenem Glas.

Und hier, alle beide mit erhobenen Gläsern.

Ich soll euch Fotos senden, haben sie gesagt, *con tanti carissimi saluti* eurer *vecchi amici.*

Wir sind zuerst draußen im Garten gesessen, an einem kleinen, runden Tisch mit weißem Tischtuch. Zum Prosecco haben wir Antipasti gegessen. Ich habe Komplimente gemacht, schön hier zu sitzen, habe ich gesagt. Aber dann kam ein Wind auf, der Sand vom Sportplatz herüberwehte.

Wir sind also hinein ins Haus, ins *soggiorno*. Und das kennst du ja auch. Gleich linker Hand die Anrichte, dann der lange Tisch mit der Sitzbank dahinter und den Sesseln davor. Und vis-à-vis die Ecke mit dem Fernseher und die Regale mit ein paar Büchern und Flaschen. Aber darunter in hellen Holzrahmen diese Reihe von Fotos, auf denen ein Bub die Hauptrolle spielt, ein Bub in den aufeinanderfolgenden Phasen seines Heranwachsens, erst noch als Baby, dann schon als Kleinkind, dann als vielleicht Achtjähriger mit einer großen, rosafarbenen Kaugummiblase vor dem Gesicht, und dann als etwa Vierzehnjähriger, mit verkehrt aufgesetzter Schirmmütze.

Und dann ist der Bub schon beinahe ein junger

Mann … Im rot-weiß-grünen Dress eines Sportvereins, auf einem zünftigen Rennrad.

Chi è questo bello ragazzo? – Diese Frage lag mir bereits auf der Zunge.

Aber da fiel mir der Trauerflor in der rechten unteren Ecke des letzten Bildes auf.

Jetzt stellte Guido die Schüssel mit einem Gericht auf den Tisch, das er mit Liebe, wie er betonte, zubereitet hatte. *Alici* (Sardellen) und Orangenspalten auf Blattsalat, aus dem Gemüsebeet hier im eigenen Garten. *Condito*, angemacht, sagte Guido, mit feinstem Olivenöl, *extra vergine* natürlich, das er nicht im Supermarkt kaufte, sondern direkt von einem *frantoio*, einer Ölmühle, bezog, deren Betreiber er von Jugend an kannte. Gewürzt mit *rosmarino fresco* und *finocchio selvaggio*.

Das zu essen war wirklich schön. Und ich dachte, das wär's gewesen – *una piccola merenda*, eine kleine Jause. Aber dann stand Laura auf, verschwand hinter der Anrichte und kam mit einer weiteren Schüssel zurück. Und darin waren Papardelle mit Rucola, roten Zwiebeln und Mozzarella, ein Gericht nach einem Rezept von Guidos Mutter, die früher im oberen Stock des Hauses gewohnt habe, in der Mansarde, in der dann Nino …

Und so erübrigte sich die Frage, die ich zuvor nicht gestellt hatte.

Ja, sagte Guido, der Junge da drüben auf den Fotos, das war er. Unser Nino.

Der jüngste Sohn?

Nein, sagte Guido, ein Enkel. Aber so viel trifft zu – wir haben ihn aufgezogen, als wäre er unser Kind gewesen.

Er schenkte sich nach aus der Flasche *Vernaccia*, die auf dem Tisch stand, und setzte schon das Glas an die Lippen.

Du vergisst unseren Gast, sagte Laura. Und mich vergisst du ohnehin.

Mi dispiace, sagte Guido. *Sono un po … distratto.*

Es tue ihm leid. Er sei ein bisschen zerstreut.

Und schenkte nun auch seiner Frau nach und mir. Und setzte das Glas erneut an die Lippen und trank. Er trank mehr als einen Schluck. Ein paar Tropfen Wein landeten in seinem Bart.

Das sei nämlich nach dem Unfall gewesen, den Vera gehabt habe.

Vera, warf Laura ein, ist unsere jüngste Tochter.

Jetzt ist sie schon vierundvierzig, sagte Guido.

Damals, da war sie siebzehn, sagte Laura. Und auf einmal war sie weg, von einem Tag auf den anderen verschwunden.

Weißt du, wir hatten uns vorher schon Sorgen um sie gemacht. Auf einmal gab es ein Drogenproblem in San Vito. Dass die *ragazzi* und *ragazze* im Park oben, im Hain hinter dem Turnierplatz, gekifft haben, hat man zur Kenntnis genommen, es war nicht erwünscht, aber man hat es für relativ harmlos gehalten. Doch als man dann immer mehr Spuren von härterem Drogenkonsum gefunden hat, diese elenden Nadeln, weißt du, da haben die Alarmglocken geläutet.

Und die Polizei hat Razzien gemacht und sogar ein paar von diesen Typen über Nacht im Kommissariat behalten, aber in der Früh hat man sie wieder auf freien Fuß gesetzt. Und damit war das Problem natürlich nicht gelöst. Ein paar Tage hat es zwar so ausgesehen, als ob diese Typen ein bisschen eingeschüchtert wären. Aber das war eine Illusion – die haben sich eben nicht mehr oben im Park getroffen, sondern woanders.

Und Vera ist leider in so ein Rudel geraten. Und wir haben sie ja nicht einsperren können. Da bist du so hilflos, weißt du. Beschämend hilflos. Wir haben ihr zuzureden versucht, aber das war sinnlos.

Und dann, sagte Guido, sind mir einmal die Nerven durchgebrannt. Da habe ich sie geohrfeigt, links und rechts.

Das hättest du nicht tun dürfen, sagte Laura.

Das hätte ich nicht tun dürfen, ja – aber was hätte ich denn tun sollen?

Was tut denn ein Vater, ein richtiger Vater, in so einem Fall? So ein Vater hat doch seine Pflichten – oder etwa nicht? Es war schrecklich, sie war siebzehn, und ich habe sie geohrfeigt. Als sie ein Kind war, habe ich sie nie geohrfeigt, ich habe sie doch geliebt.

Nun aber habe ich sie geohrfeigt, als richtiger Vater. Sie hat geschrien. Mit so einer blödsinnig überkippenden Stimme. Geschrien hat sie und mich beschimpft hat sie, und da habe ich sie erst recht geohrfeigt. Dann ist sie in ihr Zimmer getaumelt. Und am nächsten Morgen war sie weg.

Weg war sie, weg, und ist nicht mehr aufgetaucht. Am zweiten oder dritten Tag haben wir eine Abgängigkeitsanzeige gemacht. Damals gab es ja noch dazu einen Mörder, der schon drei Frauen umgebracht hatte in Florenz und Umgebung. Die ersten zwei Wochen ist unsere Angst von Tag zu Tag größer geworden, grelle Panik. Danach aber war fast nur mehr Resignation, Kapitulation.

Und dann klingelt eines Abends das Telefon. Das war in unserer Wohnung in Florenz, dort hängt das Festnetztelefon im Vorzimmer. Und: Vera!, denk ich und renn hin, wäre beinah über den Kokosläufer gestolpert. Und komm zu spät. Ich heb ab und da ist niemand mehr dran. Und da steh ich und spüre mein Herz ganz laut pochen.

Aber dann klingelt das Telefon noch einmal. Und ich heb ab und am anderen Ende der Leitung spricht jemand spanisch. Und ich versteh nur das Wort *hospital*, aber dann kommt jemand ans Telefon, der Englisch spricht. Und das versteh ich auch nicht gut, aber so viel bekomm ich mit: dass meine Tochter Vera in Malaga im Spital liegt.

Unsere Tochter, wirft Laura ein.

Ja, natürlich unsere Tochter, sagt Guido.

Deine Lieblingstochter, sagt Laura. – Er hat sie zu sehr verwöhnt, sagt sie zu mir. Sie war sein Lieblingskind. Ihr hat er keinen Wunsch abschlagen können. Unsere ältere, Teresia, hat er nie so verzärtelt.

Ma smettila, lass das, sagt Guido. Was erzählst du da? Die Geschichte, die über uns hereingebrochen ist, ist ohnedies traurig genug. Was hab ich falsch gemacht? Damals, nach dem Telefonat, habe ich jedenfalls das einzig Richtige gemacht. Ich bin mit dem Taxi zum Flughafen gefahren und habe den nächsten Flug nach Spanien genommen.

Dann das Spital in Malaga … Dort sei Vera im Bett gelegen … Erschreckend zerstört … Mit Knochenbrüchen und Verletzungen diverser innerer Organe … Nach einem Motorradunfall in der Nähe von Marbella … Anfangs sei sie überhaupt nicht ansprechbar gewesen.

Ich bin dein Vater, habe er gesagt, ich bin bei dir. – Ob sie ihn überhaupt verstanden habe? Sie habe nicht reagiert. Ich hätte gern wenigstens ihre Hand gehalten, sagte Guido. Aber das war nicht möglich, sie war ja von oben bis unten bandagiert.

Und er nahm sich ein Hotelzimmer in Malaga. Und ging täglich zu seiner Tochter ins Spital. Und saß stundenlag an ihrem Bett – auch außerhalb der offiziellen Besuchszeiten (das Krankenhauspersonal war sehr verständnisvoll). Seine geschäftlichen Termine in Italien ließ er platzen, die waren ihm in dieser Situation egal.

Und dann bin auch ich nach Malaga gekommen, sagte Laura. Durch sie war Vera schon eher ansprechbar. Am ehesten, wenn Guido aus dem Zimmer ging, um draußen im Krankenhausgarten eine Zigarette zu rauchen. Da sagte sie schon ein paar Worte, da lächelte sie sogar.

An den Unfall erinnerte sie sich nicht. Sie erinnerte sich auch nicht an die Tage und Nächte davor. Sie wollte nichts davon wissen. Sie bekam spastische Krämpfe, wenn man, auch noch so behutsam, darauf zu sprechen kam. Es war besser, wenn man sie damit in Ruhe ließ.

Nach zwei Monaten war Vera dann so weit wiederhergestellt, dass man sie nach Hause mitnehmen konnte. Allerdings hatte sie eine eigenartige Haltung. Sie ging, links auf eine Krücke gestützt, rechts über den Bauch gebeugt, als ob sie ihn besonders schützen wollte. Aber das würde sich im Zuge einer Rehabilitationsbehandlung hoffentlich bessern.

Allerdings ging es nun nicht nur darum, ihre Wirbelsäule wieder aufzurichten. Es ging auch und vor allem darum, sie von den Drogen wegzubringen. Im Krankenhaus in Malaga hatten ihr die Ärzte irgendwelche Ersatzmittel verpasst, in Florenz mussten sich die Eltern darum kümmern. Schließlich verbrachte sie einige Zeit in einer Entzugsklinik.

Das kostete eine Lawine Geld, war aber anscheinend von Nutzen. Binnen weniger Wochen würde man Vera clean aus der Klinik abholen können, hieß es. Aus Dankbarkeit dafür, dass ihre Gebete, die seiner Frau und die seinen, um die er nicht viel Aufhebens gemacht hatte, aber die er mit aller Innigkeit, derer er fähig war, jeden Morgen und jeden Abend gesprochen hatte, erhört worden waren, meldete sich Guido als einer der Träger der *Madonna della Vitaleta,* einer fast lebensgroßen, viele Kilo schweren, glasierten Terracottastatue, die alle zehn Jahre einmal von sechs starken Männern auf einem Katafalk von der Collegiata zur Kirche Santa Maria getragen wurde. Dabei zog er sich einen Leistenbruch zu, der ihn noch lang plagen sollte.

Trotzdem schien vieles nun wieder gut zu sein. Doch als Laura und Guido Vera aus der Klinik abholten, da ging sie zwar einigermaßen aufrecht, aber ihr Bauch war eigenartig rund. Das hatte man in der Anstalt, in der sie lange, wallende Gewänder getragen hatte, nicht bemerkt oder nicht bemerkenswert gefunden. Ein Frauenarzt, zu dessen Besuch Laura Vera überredete und begleitete, konstatierte eine Schwangerschaft im sechsten Monat.

Drei Monate später brachte Vera ein Gott sei Dank gesundes Kind zur Welt. Wer der Vater war, wollte sie nicht sagen, wann sie es empfangen hatte, wollte sie nicht wissen, alles, was in Spanien passiert war, hatte sie vergessen. Für die Mutterrolle war sie in dieser Verfassung, aber auch später, weder talentiert noch disponiert. So musste eben Laura einspringen.

Sie gab ihre Halbtagsbeschäftigung in einem *Alimentari*-Laden auf und widmete sich ganz dem Kind. Ich habe drei Kinder geboren, Teresia, unseren Sohn Nico, und eben Vera. Sie habe *le piccole virtù*, die kleinen Fähigkeiten, noch intus gehabt, die eine Mama im Umgang mit ihrem Baby beherrschen muss. Und es hat mir, sagte sie, Freude gemacht. Man hat zwar viel Arbeit mir so einem Kind, aber ich habe mich dadurch verjüngt gefühlt. Ich habe das alles gekonnt. Ich habe keine Hilfe gebraucht. Vera? Ach Gott, Vera! Vera ging im Haus herum wie eine Schlafwandlerin. Das Einzige, was Vera damals zum Gedeihen ihres Kindes beitrug, war die Milch, die man aus ihrer Brust abpumpte.

Guido aber musste den Vater spielen. Doch er spielte ihn gut und vor allem gern. Er war ein stolzer Vater. Er ging mit dem Kind im Kinderwagen spazieren. Er ließ sich mit dem Kind, das er auf seinen Armen schaukelte, fotografieren.

Denn Nino war ein sehr liebes Kind, ein sehr schönes Kind. Und wurde, kaum war er kein Baby mehr, sondern ein Kleinkind, das man an der Hand nehmen und ausführen konnte, noch schöner. Dunkelblond gelockt, mit großen blauen Augen, sodass er bei einem Spaziergang in den Boboli-Gärten, den Guido mit ihm unternahm, von einem fixen Fotografen geknipst wurde, der Beziehungen zur Firma Benetton hatte. Benetton – eine Firma, die, wie Guido fand, nichts Böses produzierte, sondern eher Gutes, schöne T-Shirts und Hemden, von denen er selbst etliche trug, interessante, der Humanität verpflichtete Poster.

Da musste man nicht Nein sagen.

Also da konnte man kaum Nein sagen.

Da sagten Guido und Laura eben nicht Nein.

So wurde der dreijährige Nino zum Model.

Und alle waren sie mächtig stolz auf ihn.

Sein Großvater, den er für seinen Vater hielt, seine Großmutter, die er für seine Mutter hielt, seine Mutter, die er für seine Schwester hielt und die jetzt anfing, sich etwas auf ihn einzubilden. Und noch eine *coda* von Verwandten, Freunden und Bekannten.

Dann aber ging Nino in sein sechstes Jahr. Da fanden Guido und Laura es angebracht, ein aufklärendes Gespräch mit ihm zu führen. Das war kurz vor seinem Eintritt in die *Scuola elementare*. Besser, dachten sie, wenn es anlässlich seiner Einschreibung in der Direktion der Schule nicht zu peinlichen Missverständnissen kommen würde.

Sie begannen dieses Gespräch nicht ganz leichten Herzens. Aber siehe da, der Enkel, der sich bisher für ihren Sohn gehalten hatte, trug die Korrektur der Verwandtschaftsverhältnisse mit Fassung. Es dauerte eine Weile, bis er sich abgewöhnt hatte, zu Laura Mama zu sagen und zu Guido Babbo. Aber das änderte wenig an seiner Beziehung zu ihnen – er fühlte sich von ihnen geliebt und das war die Hauptsache. Er sagte nun halt Laura und Guido zu ihnen. Sie waren nach wie vor die Menschen, die ihm am nächsten standen. Zu Vera sagte er nie Mama und sie wollte auch gar nicht so angesprochen werden. Sie blieb eben seine etwas verrückte, größere Schwester.

Und Nino war nach wie vor ein glückliches Kind. Und dann war er kein Kind mehr, aber trotzdem oder jetzt erst recht eine Freude. *Il ragazzo piu bello di San Vito* – durch die Liebe, die ihm geschenkt worden war, und durch die Bestätigung seines guten Aussehens, die er als kleines Model erfahren hatte, selbstbewusst, ein bisschen eitel vielleicht, aber charmant. Ein Schwarm der Mädchen, die sich nach ihm umdrehten, aber auch ein kräftiger, sportlicher junger Mann, der ehrgeizig trainierte.

Nämlich ein vielversprechendes Talent als Radfahrer, mit offenen Armen aufgenommen von einem Club, mit dem er dann schon an Jugendrennen teilnahm, einmal Dritter wurde, einmal Zweiter, und dann, in einem Bergrennen von Archidosso nach Santa Fiora, wirklich gewann. Und da war auch ein Foto, das ihn in Siegerpose zeigte, auf einem Podest, mit einem großen Blumenstrauß in der Linken und einem Pokal in der Rechten. Mit dem gelassenen Siegerlächeln, das signalisierte, dass diesem Sieg noch viele folgen würden. Aber daraus wurde dann nichts, denn kurze Zeit später erkrankte Nino an einer angeblich ganz seltenen, aber sehr aggressiven Form von Leukämie.

Guido zeigte mir dann noch Fotos, die nicht an der Wand hingen, sondern in ein Album geklebt waren. Die wollte aber Laura nicht sehen, schnäuzte sich und verschwand. Als Nino, nach einem sehr langen Spitalsaufenthalt, von Guido abgeholt, wieder zurück war, hätte ihn Laura beinah nicht erkannt. So aufgequollen von Cortison, wie er jetzt aussah.

Das ist also nun unser Nino, hatte Guido da gesagt. Nino hatte noch ein paar Wochen oben in seinem Zimmer (dem ehemaligen Zimmer der Großmutter) gelebt. Aber dann musste ihn Guido wieder ins Spital bringen. Dort saß er dann an Ninos Bett, als er starb.

Das Fenster war einen Spaltbreit offen, draußen war Frühling. Ein Frühling, der unter diesen Umständen wehtat. In dem Moment, als Nino seine Seele aushauchte, bewegte sich der Vorhang des Fensters. Wie von einem Luftzug, sagte Guido. Wie von einem Luftzug.

Was konnte man jetzt noch reden. Wir schwiegen lang. Laura war mit einem kleinen *dolce* aus der Küche zurückgekommen, aber niemand hatte jetzt Lust auf Süßes. Schließlich stand Guido auf, nahm eine Flasche Kognak und Gläser aus einem der Regale und schaltete den Fernseher ein. Da lief die Übertragung eines Fußballspiels, ich weiß nicht mehr, wer da wo gegen wen spielte. Guido fragte mich, ob ich etwas von den bisher gespielten Matches der EM im Fernsehen gesehen hätte. Nein, sagte ich. Der Fernseher in Marcos und Julias Wohnung funktioniert nicht. Aber das musst du doch sagen!, ereiferte sich Guido, ich hab einen Freund, der Fernsehgeräte repariert und neu justiert. Den kann ich doch jederzeit zu dir hinaufschicken.

Danke für das Angebot, sagte ich. Aber Fernsehen ist mir nicht so wichtig.

Aber du versäumst was, sagte er. Eure *Squadra* ist ja diesmal ziemlich gut drauf. Wenn ihr das nächste Match gewinnt, kommen wir womöglich zusammen.

Wer?, fragte ich.

Italien und Österreich, sagte er.

Man hat nicht mit euch gerechnet, sagte er. Aber Alaba und Arnautović, das sind gefährliche Burschen.

Du kannst übrigens jederzeit zu uns kommen, wenn du fernsehen willst. Diese Europameisterschaft ist ja wirklich spannend.

Kommt, sagte er, jetzt trinken wir noch diesen Brandy aus. *Non posso piu*, sagte Laura, ich kann nicht mehr. Schön, dass du uns besucht hast, sagte sie zu mir. Sag oder schreib Julia und Marco, dass es uns gut geht.

Das Match Italien gegen Österreich habe ich dann nicht bei Guido und Laura gesehen, sondern auf der Piazza. Vor der Treppe zur Kirche war eine große Leinwand aufgestellt. Ich war mit der Kamera da. Als Fotograf interessierten mich weniger die zweiundzwanzig Spieler im Wembley-Stadion in London, wo dieses Spiel ausgetragen wurde, als vielmehr die etwa hundert Zuschauer hier auf dem Platz. Schau, der Schreck, das Entsetzen in den Gesichtern – das sind die paar Sekunden, in denen Alaba von links außen ideal zur Mitte passt und Arnautović aus einem fast unmöglichen Winkel ein Traumtor schießt (für die italienischen Zuschauer ein Albtraumtor) –, die bange Spannung, als der Schiedsrichter diese Szene dann in der Videoaufzeichnung sehen will, und die Erleichterung, das sichtliche Aufatmen, die Neigung, einander um den Hals zu fallen, als auf Abseits entschieden und dieses Bilderbuchtor annulliert wird.

Es war jetzt schon ziemlich heiß. Die Fliesen auf der Terrasse glühten. Untertags war es fast unmöglich, darauf barfuß zu gehen. Nachts kamen die Geckos heraus, ein größerer und ein kleinerer.

Die mochte ich gern. Aber sie waren nicht leicht zu fotografieren. Mit dem Blitz waren sie meist überbelichtet. Ich versuchte es ohne Blitz und mit langen Belichtungszeiten. Das setzte allerdings voraus, dass die Geckos lang genug an einer Stelle sitzen blieben und nicht mittendrin davonhuschten.

Deine Geckos sind ein bisschen unscharf, schrieb Julia, aber sehr lieb. Ich habe die Fotos vergrößert und in meiner Ordination aufgelegt. Ich frage meine Klientinnen und Kienten, was sie darauf sehen. Interessant, was für Antworten da kommen.

Daraufhin schickte ich ihr ein Foto von einem Nashornkäfer. Der war zweifellos unten im Park gestartet. Schwirrend und brummend war er auf der Terrasse gelandet. Vielleicht, schrieb ich, kannst du den auch in deiner Ordi brauchen.

Dann schickte mir Julia Glückwünsche zum Geburtstag. *Tanti auguri*, schrieb sie, auch von Marco. Ich hätte meinen Geburtstag glatt vergessen. Aber sie hatten recht. Es war der 27. Juni.

Am nächsten Tag erschien *sie*. Es war gegen sieben Uhr Abend. Es klingelte an der Tür. Ich war überrascht. Wer sollte das sein? Ich öffnete und da stand sie auf dem Fußabstreifer. Eine Frau mit einer großen Schale Kirschen in den Händen.

Sono Valeria, sagte sie, erinnern Sie sich? Die Frau, die Ihnen beim Aufsperren des Haustors geholfen hat.

Damals hatte sie die Maske vor Nase und Mund gehabt, da hatte ich ihr Gesicht gar nicht richtig gesehen. Jetzt sah ich es. Viel Sonne in diesem Gesicht.

Na so etwas!, sagte ich. *Avanti!* Kommen Sie herein!

Sie trat ein. Ich habe mir nämlich gedacht … Ich habe einen kleinen Garten in der Nähe, wissen Sie … Und die Kirschen sind reif, es ist hoch an der Zeit, dass sie gegessen werden …

Sie stellte die Schüssel auf den Tisch. Ich hoffe, Sie sind nicht allergisch gegen Steinobst.

Sie sagte das auf Deutsch.

Sie sprechen aber *gut* Deutsch, sagte ich.

Ich *bin* Deutsche, sagte sie. Aber manchmal vergesse ich das fast … Sehen Sie, ich lebe hier seit … also seit ziemlich langer Zeit …

Sie setzte sich ohne Umstände. Ich setzte mich ihr gegenüber. Zwischen uns stand die Schüssel, die sie mitgebracht hatte. Greifen Sie zu, sagte sie, keine Angst vor Bakterien, ich habe die Kirschen in meinem Garten am Brunnen gewaschen. Ihr Haar war weizenblond mit grauen Strähnen.

Wie geht es Ihnen inzwischen?, fragte sie. Haben Sie noch immer Probleme mit Schlüssel und Schloss? Die Lachfältchen um ihre Augen. Nein, sagte ich. Sie haben mich ja gut beraten. *Non per forza, ma per sensibilità*, so war's doch – oder?

D'appunto, sagte sie. Das haben Sie sich brav gemerkt.

Ihre Hände auf dem Tisch, ihre starken sonnengebräunten Hände. Jetzt griff sie mit der Linken nach einem der Kirschenpaare. Kommen Sie, probieren Sie, die Kirschen sind wirklich köstlich. Und schön sind sie, finden Sie nicht? – Sie streifte ihr offenes Haar ein wenig beiseite und hängte sich das Kirschenpärchen ans Ohr.

Wollen Sie auch geschmückt werden? Kommen Sie näher. Sie haben schöngewachsene Ohren, sagte sie.

Danke, sagte ich. Die Kirschen an meinem Ohr fühlten sich kühl an.

Möglicherweise musikalische Ohren, sagte sie. Könnte es sein, dass Sie Musik machen, Signore?

Das war einmal, sagte ich.

Und ist nicht mehr?, fragte sie.

Genau, sagte ich.

Das ist aber schade, sagte sie ... Dort drinnen im Bücherzimmer steht doch ein Piano – oder?

Ja, sagte ich. Warum? – Sie kannte sich offenbar aus in dieser Wohnung.

Weil Sie mir etwas vorspielen könnten, sagte sie. Kommen Sie, sagte sie. Spielen Sie mir etwas vor! Sie stand auf und ging mir ins Bücherzimmer voraus. Einfach so. Ich war nicht sicher, ob mir das recht war.

Trotzdem folgte ich ihr. Sie öffnete den Tastaturdeckel. Bitte!, sagte sie. Machen Sie mir die Freude!

Nein, sagte ich, seien Sie mir nicht böse, aber ich mag jetzt nicht.

Wirklich nicht?, sagte sie. Na dann muss wohl ich ran.

Und schon saß sie selbst auf dem Hocker und schlug einen Ton an. Und noch einen. Mit ihren Händen konnte sie ohne weiteres ganze Oktaven greifen. Spielte ein paar schräge Akkorde, ich glaube, das war irgendwas von Rachmaninow. Aber schon nahm sie sich zurück und spielte etwas sehr Einfaches.

Avanti popolo! Kennen Sie das? Ein schönes, altes Lied. Vorwärts, Volk und so weiter. Die rote Fahne wird triumphieren! Kommen Sie, sagte sie, holen Sie sich eine zweite Sitzgelegenheit und setzen Sie sich neben mich. Spielen wir vierhändig. Seien Sie kein Spielverderber!

Avanti popolo ist nicht mehr ganz zeitgemäß, finden Sie? Okay. Was würden denn Sie spielen?

Ich probierte die ersten Takte von *Willow weep for me*. Sie spielte ein paar Bassfiguren dazu.

Na sehen Sie!, sagte sie. Es geht doch. Aber ist diese Nummer nicht etwas zu trist für heute Abend?

Ich zuckte die Achseln.

Lieber was Heiteres, sagte sie. *Take the sunny side of the street* zum Beispiel. Oder warten Sie … Vielleicht das … Und mit ihren zwei Zeigefingern spielte sie eine sehr simple, aber fröhliche Melodie. Ich musste lachen. Ja, das kenn ich, sagte ich. Aber was ist das bloß?

Die Musik zur Fernsehserie von Pippi Langstrumpf, sagte sie. Die hab ich sehr gerngehabt als Kind. Meine Klavierlehrerin wollte nicht, dass ich das spiele – das ist ein anarchistisches Lied, hat sie gesagt. *Ich mach mir die Welt / wie sie mir gefällt!* Wo kommen wir denn da hin?

Valeria klappte den Klavierdeckel zu. Wo kommen wir

denn da hin? – Ja, eben! Zum Beispiel nach San Vito, einem Ort, von dem ich damals, als siebenjähriges Mädchen, noch keine Ahnung hatte. Aber die Schicksalsgöttinnen, die Fatae, die Parzen, wissen Sie … Die spinnen, diese drei alten Damen, nicht wahr, so heißt es doch – manchmal haben die halt etwas seltsame Ideen.

Sie stand vom Klavierhocker auf. Kommen Sie, sagte sie, gehen wir auf die Terrasse. Sie kannte den Weg. Die Warnung vor der Dachschräge, an der sie sich nicht den Kopf anschlagen sollte, konnte ich mir ersparen. Draußen breitete sie die Arme aus und streckte sich. Immer noch schön, sagte sie. Es war ein goldener Abend.

Mit einem Schwung saß sie auf der Balustrade. Ihr Rock, wahrscheinlich selbst gestrickt, Streifen in schönen Erdfarben – Ocker, Dunkelbraun, Moosgrün. Stürzen Sie bitte nicht ab, sagte ich. Nein, sagte sie, tu ich nicht, ich will Ihnen ja keine Scherereien machen. Erzählen Sie mir was, sagte sie – was tun Sie denn hier, wenn der Tag lang ist?

Ich fotografiere, sagte ich. Seit ein paar Wochen fotografiere ich. Das Fotografieren erfüllt meinen ganzen Tag. Das ist jetzt wie eine Sucht. Wissen Sie, ich habe gar keine Kamera aus Wien mitgenommen. Aber dann habe ich mit Julia telefoniert und sie hat mir erlaubt, ihre alte Sony zu benutzen.

Ah ja, Julia, sagte Valeria. Wie schön von ihr.

Sie kennen Julia?

Ja, sagte sie. Natürlich.

Also Marco natürlich auch, sagte ich.

Sie nickte. Klar … Sagen Sie, haben Sie nicht etwas Nettes zu trinken?

Entschuldigung, sagte ich, dass ich noch nicht daran gedacht habe. Also was hätten Sie gern? Die Auswahl ist nicht besonders groß. Ich lebe ja hier ganz solo. Ich gebe keine Partys. Also wählen Sie – *birra, grappa* oder *vino*?

Birra? – Nein, sagte sie, ich bin eine atypische Deutsche. *Una piccola grappa*? – Ja. Aber vielleicht etwas später. Für jetzt würde mir ein guter, kühler Wein schmecken.

In der Vineria gegenüber, sagte ich, habe ich einen ehrlichen Weißen aus Pitigliano gefunden.

Perfekt, sagte sie.

Ich holte die Flasche und zwei Gläser.

Ich schenkte ein, wir stießen an. Auf Gott und die Welt!, sagte sie.

Was für ein interessantes Gesicht diese Frau hatte! Viele Falten, aber die standen ihr. Das Licht auf ihrem Haar war sehr schön. Ich holte die Kamera.

Darf ich Sie fotografieren?, fragte ich. Ich habe Julia versprochen, ihr ab und zu Fotos zu schicken. Damit auch sie sehen kann, was ich hier sehe.

Nein, sagte sie, lassen Sie das – und rasch bedeckte sie ihr Gesicht mit den Händen.

So sehe ich sie auf dem Display. Es sieht aus, als ob sie weint.

Tun Sie die Kamera weg!, sagte sie. Mich hier zu fotografieren ist keine gute Idee … Wissen Sie: Marco und ich … Oder ich und Marco … Das war in einem Jahr, in dem er eine Woche früher hier war, weil Julia noch irgendwelche Verpflichtungen in Wien hatte – was soll ich sagen? Gelegenheit macht Liebe … Also, wenn Sie die Fotos, auf denen ich drauf bin, an Julia schicken, wird sie sich nicht freuen.

Hier entstand eine Pause. Wir saßen einander gegenüber und schwiegen. Ich packte die Kamera wieder in die

Tasche, das schöne Licht war jetzt ohnehin weg. Sie stand auf, warf einen Blick hinunter in den Garten, zündete sich eine Zigarette an. Rauchte zwei Züge, die ihr, ihrem Gesichtsausdruck nach zu schließen, bitter schmeckten, und dämpfte die Zigarette an der Balustrade aus.

Und was tun Sie außer fotografieren?, fragte sie schließlich.

Ich lese, sagte ich.

Ach ja, sagte sie. An Lektüre mangelt es da drin ja nicht.

Lauter interessante Bücher, sagte ich. Es ist nur schade, dass mein Italienisch nicht ganz langt, um sie ohne weiteres zu lesen. Vom *Barone rampante*, dem *Baron auf den Bäumen*, habe ich glücklicherweise sowohl eine italienische als auch eine deutsche Fassung gefunden. Das hat die Lektüre natürlich enorm erleichtert. Aber jetzt plage ich mich gerade mit Pasolini, den ich gern besser verstehen würde.

Was denn von Pasolini?, fragte sie.

Ich habs mit *Vita violenta* versucht, sagte ich. Doch da muss ich zu viel im Wörterbuch nachschlagen. Das Drehbuch zum *Evangelium nach Matthäus* habe ich einigermaßen fließend lesen können, aber das liegt wohl daran, dass ich die Story ganz gut kenne. Bei den Gedichten, die mir sehr interessant vorkommen, spricht mich vieles an, aber ich kapiere relativ wenig.

Rasch ging ich ins Bücherhaufenzimmer und kehrte mit einem Band Pasolini zurück.

Sehen Sie, das hier zum Beispiel leuchtet mir ein:

Bene, i tipi di luce sono in pratica tre:
Luce piatta, luce di taglio, controluce –

Wobei ich nicht sicher bin, ob ich *luce di taglio* richtig verstehe – geteiltes Licht?

Angeschnittenes Licht, also *schräg einfallendes Licht*, sagte Valeria.

Praktisch gibt es drei Arten von Licht, übersetzte sie.

Flaches Licht, schräg einfallendes Licht, Gegenlicht.

Sehen Sie, sagte ich, Sie wissen das sofort.

Ich bin ja auch schon lang zu Gast in dieser Sprache, sagte sie. Und in diesem Land, in dem man diese Sprache spricht. Die meiste Zeit hier, in diesem sympathischen Ort.

Darf ich fragen, wie Sie hier gelandet sind?

Sei nicht so blödsinnig förmlich, sagte sie. Schenk mir nach. Anfangs waren wir ja zu zweit, setzte sie fort. Mein Mann und ich. Wir sind wegen der Etrusker hierhergekommen.

Das hier, sagte sie mit einer weit ausholenden Geste, das alles ist ja etruskisches Gebiet. Wenn du nur ein bisschen in der Gegend umherstreifst, stolperst du überall über Spuren der Etrusker. Und mein Mann und ich, wir waren fasziniert von den Etruskern. Wir haben das studiert, weißt du, wir waren junge Archäologen.

Klingt bescheuert, nicht wahr? – Junge Altertumsforscher! Aber das waren wir. *Er* kam aus Berlin, wo er in der Redaktion einer alternativen Zeitschrift gearbeitet hatte, bis sie eingegangen war, und dann als Jungbuchhändler scheiterte, ich kam aus Dortmund, wo ich eine Kindertheatergruppe organisiert und als Sozialarbeiterin gejobbt hatte. An der Uni in Mainz gab es einen Professor, der spannende Vorlesungen über die Etrusker hielt. Im Hörsaal 2 sind wir einander begegnet.

Unsere Idee von den Etruskern war nämlich nicht nur archäologisch, es war auch die Idee für einen alternativen Lebensentwurf. Die Etrusker waren ganz anders als die

Römer, nicht wahr. Die Römer waren Marsianer, aber die Etrusker waren Venusier. Wir wollten Venusier sein, *all you need is love* und der Rest wird sich ergeben.

Und es ergab sich, dass wir nach San Vito kamen. Und hier in der Gegend alternativ herumbuddelten. Und ein wunderschön gelegenes Haus fanden und es tatsächlich kaufen konnten, denn es war so baufällig, dass es niemand mehr renovieren wollte – das könne man, hieß es, nur mehr abreißen … Aber wir verhinderten das und renovierten das Haus, nur wir zwei und ein Maurer namens Marino, und liebten einander sehr.

Aber als das Haus fertig war, wollte mein Mann, Jürgen hieß er, lieber weiterziehen. Nach Mexiko, denn er interessierte sich inzwischen mehr für die Azteken als für die Etrusker. Komm doch mit, sagte er, Mexiko ist toll – also gerade das wollte ich ihm nicht glauben. Er ließ sich Mexiko nicht ausreden. Ich ließ mir Mexiko nicht einreden. Er fuhr dorthin. Ich blieb hier.

So war das. Und jetzt lebe ich seit mehr als zwanzig Jahren hier. Die zwei Jahre ausgenommen, die ich in Riace mitgeholfen habe.

Riace?, fragte ich.

Ja, sagte sie. Riace, der Ort, von dem man damals, so um 2010, einiges in den Zeitungen gelesen und im Fernsehen gesehen hat … Auch in Deutschland. Fällt kein Groschen bei dir? …

Nein, tut mir leid, sagte ich.

In welcher Klause hast du denn gelebt?, fragte sie. Also hör zu: Riace, das ist ein Ort in Kalabrien. Ungefähr so groß wie San Vito. Etwas mehr oder weniger als zweitausend *anime* (hier verwendete sie tatsächlich das italienische Wort für Seelen). Gegen Ende des vorigen Jahrtausends sind es immer weniger geworden. Abwanderung, weil das zwar ganz hübsch in der Gegend lag, aber ein kleiner Arsch der Welt war. Was hat man denn in so einem Ort für Perspektiven? Fremdenverkehr, mäßig – zwar hat Riace Marina einen relativ langen Sandstrand, an dem du dich in der Sonne braten lassen kannst, und dementsprechend ein paar Tourismuseinrichtungen. Aber wie viele Touristen verirren sich so weit hinunter auf dem italienischen Stiefel und wie viele Arbeitsplätze bringt das?

Das war die Lage. Bis dort Ende der Neunzigerjahre ein Boot mit kurdischen Flüchtlingen aus dem Irak landete. Die Leute, die dort, aus Riace, noch nicht weggezogen waren, haben sie freundlich aufgenommen. Damals war die *cultura d'accoglienza*, die Willkommenskultur, noch nicht so verschrien wie später. Italien ist ja ein im Herzen gastfreundliches Land. Und da war ein Mann namens Lucano, Domenico mit Vornamen, der hat einen Verein gegründet. *Città futura* hat er ihn genannt. Ziel des Vereins war es, Flüchtlinge in Riace anzusiedeln, ihnen eine Perspektive zu bieten und das Dorf dadurch wiederzubeleben.

Ihr braucht ein Dach über dem Kopf, *wir* haben viele leerstehende Häuser, die nicht verfallen sollen, wir machen sie wieder bewohnbar. *Ihr* macht sie wieder bewohnbar, für euch selbst, wenn ihr wollt. Kommt, macht mit, packt zu, kommt und bleibt! Und das hat funktioniert, sie sind gekommen.

Nach den Kurden kamen auch Leute anderer Herkunft. Aus Afghanistan, aus dem Iran, aus Syrien und natürlich aus vielen afrikanischen Staaten, in denen Kriege und Hungersnöte herrschen, über die wir hier nur sehr nebenbei informiert werden. Die arbeiteten nicht nur an der Restaurierung der Häuser, in denen sie dann kostenlos wohnten. Sie brachten auch die verlassenen, von Unkraut überwucherten Olivenhaine und Weinberge wieder in Ordnung.

Das wusste ich damals, als ich dort hinkam, alles noch nicht. Ich kam ja nicht gleich als Helferin dorthin, die mit Hand anlegte, nein, ich kam als Archäologin. Als Archäologin und Abenteurerin. Das war, kurz nachdem mir Jürgen abhandengekommen war.

Also das war so: Ich ließ mir damals ein paar Zähne reparieren, eine Brücke einsetzen, wollte wieder etwas schöner lächeln können. Und da las ich in einer Zeitschrift, die im Wartezimmer des Zahnarztes auflag, dass dort, in Riace, etliche Jahre vorher, also noch in den Siebzigerjahren des vorigen Jahrhunderts, zwei großartige griechisch-etruskische Bronzestatuen gefunden worden waren. Rein zufällig gefunden, von einem Amateurtaucher, der nur ein bisschen was von der Welt unter Wasser sehen wollte, ungefähr 300 Meter vom flachen Ufer entfernt, in einer Wassertiefe von bloß sieben Metern. Da musste im 5. Jahrhundert vor Christus ein Schiff gesunken sein, das diese Statuen transportiert hatte. Zwei fast ein Meter neunzig hohe Statuen, wunderschön sahen die aus auf den Hochglanzfotos. Jede Locke der Haare und Bärte fein ziseliert, Körper von einer Haltung, die du heute nicht mehr findest. Nicht diese Gorillahaltung der Boys, die aus den Fitnesscentern kommen, nein, ganz was anderes, vielleicht das, was der alte Schiller mit Anmut und Würde beschrieben hat. Also ich konnte nicht anders, ich ließ das Magazin aus dem Wartezimmer des Zahnarztes mitgehen und vertiefte mich und verliebte mich in diese Bilder.

Und eine Woche später fuhr ich mit dem Bus nach Chiusi. Und von dort mit dem Zug nach Reggio Calabria.

Das ist eine lange Bahnfahrt, aber schön und unterhaltend. Italien ist ja ein pittoreskes Land, die Leute im Zug sind gesprächig und erzählen die schönsten Geschichten, also allein das wäre schon die Reise wert gewesen.

Aber dann in Reggio bin ich schnurstracks ins *Museo Nazionale della Magna Grecia*, wo diese schönen, bronzenen Männer nun auf Sockeln standen, auf elegante Weise sexy. Und siehst du, was für eine Verrückte ich war – ich kaufte mir eine einfache Taucherausrüstung und fuhr damit nach Riace, an den Strand, vor dem diese wunderbaren Statuen gefunden worden waren. In bloß sieben Meter Tiefe wohlgemerkt. Das würde ich doch auch noch schaffen, dachte ich, und dann grundelte ich ein paar Wochen dort herum und fand natürlich nichts.

Aber ich fand Riace Borgo, den Ortsteil oberhalb von Riace Marina. Und sah, was dort vorging. Und sah, wie viel Freude und Optimismus da am Werk war. Und ich hatte ja, ehedem in Dortmund, als Sozialarbeiterin gejobbt, da hatte ich also eine gewisse Erfahrung, die hier vielleicht nützlich sein konnte. Vor allem aber hatte ich zwei Hände, mit denen ich zupacken konnte, das war doch das Wichtigste. Und ich lernte Domenico Lucano kennen, der inzwischen zum Bürgermeister gewählt worden war. *Mimmo*, sagten seine Freunde zu ihm, Mimmo durfte auch ich bald zu ihm sagen. Und ich war glücklich, weißt du, es war eine tägliche Freude, dort aufzuwachen. Dort zeitig früh aufzuwachen und mitzumachen.

Natürlich gab es auch dort Probleme, aber wir, die Helfer und die Migranten, waren doch imstande, sie gemeinsam zu lösen. *Stadt der Zukunft* hatte Mimmo das Projekt genannt, genau, das war eine Perspektive. Aber dann wurde Matteo Salvini Innenminister. Und kurz darauf kamen die Typen von der *Guardia Finanza* und nur wenige Tage später die *carabinieri* …

Und dann?

Stell dir vor, dann gab es Hausarrest für Lucano! Und seine Schützlinge wurden aus Riace weggeholt, in irgendwelche Lager verteilt. Und dann, nach ein paar Monaten, war Mimmo wieder auf freiem Fuß, das heißt, im Umkreis von lächerlichen fünf Kilometern durfte er sich frei bewegen. Doch in den Ortsteil Borgo zurückkehren durfte er nicht, das war ihm gerichtlich untersagt.

Aber das war vielleicht sogar besser so. Denn wenn er zurückgekehrt wäre, mein Gott, wer weiß … Der Anblick der verlassenen Häuser und Gassen hätte ihn schwer getroffen … Womöglich wäre er dann zusammengebrochen.

So steht er immer noch aufrecht, wenn auch gebeugt.

Er schreibt. Er versucht, die Sachverhalte klarzustellen. Aber ich weiß nicht, ob er es schaffen wird … Es ist verdammt schwer, in so einer Lage nicht den Mut zu verlieren.

Hast du noch Kontakt mit ihm?

Ja, ich war einmal dort, wo er jetzt wohnt. Aber er ist verändert. So wie ich ihn gekannt habe, war er ein heiterer Mensch. Jetzt hat er nicht mehr lachen können, er hat viel geschwiegen. Als ich aus seiner Tür draußen war, auf der Treppe, da habe ich geweint.

Und jetzt?

Jetzt wartet er auf seinen Prozess.

Was wirft man ihm vor?

Beihilfe zu illegaler Migration, Betrug, Veruntreuung, Amtsmissbrauch … Bildung einer kriminellen Vereinigung – ist das nicht absurd? … Da unten in Kalabrien gibt es ganz andere kriminelle Vereinigungen …

Aber natürlich ist er gerade denen ins Gehege geraten … Unter anderem wirft man ihm ja vor, Aufträge zur Müllabfuhr aus Riace nicht öffentlich ausgeschrieben, sondern einfach an seine Leute vergeben zu haben … Korruption? – Unter Brüdern gilt das als Kavaliersdelikt … Aber Korruption, wenn man es wirklich so nennen will, zugunsten von Fremden, von Migranten, also nein, das darf nicht sein …

Organisation von Kooperativen, nicht ordnungsgemäß bewilligter Kooperativen, heißt es, an die dieser Gutmensch dann Aufträge vergeben hat … Nach eigenem Gutdünken, ohne Rücksprache mit bedeutenden Leuten … Leuten, ohne deren Einverständnis in seiner Region einfach keine Geschäfte gemacht werden … *Madonna putana*, also so etwas geht dort gar nicht.

Man wirft ihm auch vor, Ehen zwischen italienischen Männern und ausländischen Frauen arrangiert zu haben. Und das stimmt ja, das hat er getan, um diesen Frauen zu helfen. Dafür haben sie das Aufenthaltsrecht in Italien bekommen. Aber das sei Kuppelei. Das sei Betrug. Das sei Vortäuschung falscher Tatsachen und Irreführung der Behörden.

Außerdem soll Lucano Gelder unterschlagen haben. Gelder, die er angeblich für die Unterstützung wohlgemerkt legaler Migranten bekommen hat. Diese Gelder seien in privaten Taschen verschwunden … Himmelherrgott! Das ist doch alles Lüge und Verleumdung!

Es wurde natürlich demonstriert für ihn. Etliche Male. Aber mit der Zeit geht auch den engagiertesten Menschen die Energie aus. Und die Polemik, die gegen ihn entfacht wurde, tut ihre Wirkung – irgendwas wird schon dran sein. Und auf jeden Fall – das ist ja inzwischen fast *common sense* – gehört das Gesindel, das er buchstäblich eingeladen hat zu kommen und zu bleiben, einfach nicht hierher nach Italien.

Aber lassen wir das, sagte Valeria, reden wir lieber von etwas anderem. Du hast doch zuvor angedeutet, dass du noch eine Flasche Grappa hast.

Nur mehr eine halbvolle Flasche, sagte ich.

Besser als nichts, sagte sie. Jetzt würde mir ein Schluck Grappa guttun.

Du hast Marcos Jacke an, sagte sie.

Ja, sagte ich, durch Zufall bin ich hineingeschlüpft. Gleich am ersten Tag, nachdem ich hier angekommen bin. Inzwischen hab ich mich an sie gewöhnt.

Sie passt dir gut, sagte sie. Du siehst ihm ohnehin ein bisschen ähnlich.

Ich erinnerte mich daran, dass auch Guido das gesagt hatte.

Marco ist ein lieber Mann, sagte sie, aber er liebt Julia.

Ich auch, hätte ich beinahe gesagt.

Weißt du was?, sagte sie. Wir könnten noch einen Sprung in meinen Garten gehen. Ich möchte dir die Skulptur zeigen, an der ich gerade arbeite. Komm, sagte sie, sei kein Langweiler, es ist gar nicht weit von hier. Dort hätte ich auch noch ein Fläschchen Korn. Aus Hamburg importiert.

Ich weiß nicht, sagte ich. Ich habe ohnehin schon ein bisschen zu viel getrunken.

Ach was, sagte sie. Korn macht klar. Ich habe auch *cipollini sotto agro dolce*, süßsauer eingelegte Zwiebelchen …

Und *cetriolini sott'aceto*, saure Gürkchen … Komm schon. Ein bisschen Gras sollte ich auch noch haben.

Und sie nahm mich an der Hand und zog mich hinter sich her. Und schon waren wir draußen unter dem Glasdach, darüber stand der Mond, dottergelb und so groß, dass ich mich fragte, ob ihn das Glas vergrößerte. Aber jetzt sei kein Hans-guck-in-die-Luft, sagte Valeria, schaltete das Dreiminutenlicht ein und nahm mich um die Taille – gib acht auf die Stufen! Derart von ihr gestützt und beschützt, zählte ich ohnehin nur 32 Stufen, statt wie zuletzt 34.

Und draußen waren wir – hier fühlte sich der Abend noch lauer an als oben. Fast ein bisschen *zu* lau für mein Empfinden. Aber wir überquerten die Via Boccaccio und dann schlüpften wir durch einen schmalen Gang. Und am anderen Ende dieses Durchschlupfs kamen wir in die Via degli Horti. Dieser Name bezog sich jedoch nicht etwa auf die *Horti Leonini*, sondern auf eine Zeile von kleinen Gärten hinter einer Mauer. Einer Natursteinmauer, an der ich bei Tag schon öfter vorbeigekommen war. Von den Gärten dahinter hatte ich da allerdings immer nur Baumwipfel gesehen. Zypressen, Pinien, Fichten, irgendwo sogar Palmen.

Hier war die Luft gleich frischer, aber auch süßer. Das kam wahrscheinlich vom Jasmin, der da jenseits der Mauer offenbar blühte. Genau, dieser Jasmin duftete wie Honig, manchmal reichte er bis an die Mauerkrone. Und die Zweige mit den weißen Blüten hingen ein Stück in die Via degli Horti hinein.

Hier summten nachtaktive Insekten, hier zirpten hunderte, tausende Grillen. Und der Mond war wirklich so groß und genauso dottergelb, wie er mir schon im Stiegenhaus erschienen war. Und dann sperrte Valeria eine schmale Tür auf. Tritt ein, sagte sie, bring Glück herein.

Somit waren wir wirklich da. In Valerias Garten.

Und da stand tatsächlich die Skulptur, an der sie arbeitete.

Groß. Aus Olivenholz. Mit zwei Gesichtern.

Konkurrenz für den Januskopf im *giardino*?, fragte ich.

Ach der, sagte sie, der mit seinen zwei abgeschlagenen Nasen!

Keine Konkurrenz, sagte sie, gar kein Vergleich! Meiner hier ist ein *etruskischer* Januskopf – siehst du? Nicht zwei männliche Gesichter, ein junges und ein altes, sondern ein männliches und ein weibliches.

Stimmt, das hatte ich nicht gleich erkannt im Mondlicht.

Doch Valeria hatte auch eine Laterne. Die schaltete sie ein.

Ein weibliches Gesicht und ein männliches, sagte sie, aus *einem* Holz, aus *einem* alten Stamm! Mann / und Frau / und Frau / und Mann / reichen an den Himmel ran – oder wie war das?

DANN KAM also meine Zeit mit Valeria. Es war eine schöne Zeit, obwohl ich, wenn wir miteinander schliefen, immer ein bisschen das Gefühl hatte, Julia zu betrügen. Hast du gut geschlafen?, fragte Valeria am Vormittag nach unserer Nacht in ihrem Garten. Die Liege in ihrer Hütte war hart und zu zweit hatten wir es ein bisschen eng gehabt.

Trotzdem sagte ich, dass ich gut geschlafen habe. Ich stand auf, trat hinaus an die frische Luft, streckte mich. Da war der Kirschbaum, da war auch ein Apfelbaum. Da war ein Gemüsebeet und ein kleines, durch wilden Fenchel getarntes Beet mit Marihuana.

Der etruskische Januskopf sah auch bei Tageslicht gut aus. Mann und Frau / und Frau und Mann – sowohl als auch. Valeria hatte auch Skulpturen aus Travertin und Marmor in ihrem Garten stehen. Du bist ja eine beachtliche Bildhauerin, sagte ich.

Ja, sagte sie, ich weiß. Aber außer mir wissen das wenige. Und davon kann ich leider nicht leben. Vom New Yorker Museum of Modern Art hat mich merkwürdigerweise noch niemand angerufen. Banausen! Die wissen nicht, was in ihren Sammlungen noch fehlt.

Um Geld zu verdienen, schnitze sie Kitsch für Touristen. Sie habe einen kleinen Laden in Pienza, das sei nur sieben Kilometer von hier entfernt. Dort kämen für gewöhnlich noch mehr ästhetisch unbedarfte Menschen vorbei als hier. Obwohl … Wer weiß … San Vito wird immer beliebter.

Durch Covid sei der Laden jedoch in die Krise geraten. Sie habe bereits erwogen, ihn zuzusperren. Aber sie habe es nicht übers Herz gebracht. Es ist so ein hübscher Laden, sagte sie, weißt du. Hätte ich ihn zugesperrt, hätte es mir nachher leidgetan. Geld hab ich damit zwar nicht mehr gescheffelt. Aber das habe ich mir halt anders beschafft. Hab ich eben etwas mehr schreiben müssen.

Was schreibst du denn?, fragte ich.

Artikel, sagte sie. Meist für deutsche Zeitungen, die TAZ zum Beispiel. Momentan arbeite sie an einer Serie über die Umweltschutzbewegungen in Umbrien. Dort fahre sie morgen wieder hin, um zu recherchieren.

Kannst mich begleiten, sagte sie. Na? Was meinst du?

Auf einem Campingkocher briet sie Eier mit Speck.

Im Apfelbaum zwitscherten grüne und gelbe Finken.

Na, was ist?, sagte sie. Kommst du mit oder nicht?

Die Tage und Nächte flogen dahin. Dann war auf einmal August. *La notte di San Lorenzo.* Da fuhr die Erde durch die Perseiden. Aus Umbrien zurückgekehrt, saßen wir auf der Terrasse und fuhren mit.

Ein Regen von Meteoriten war angekündigt. Aber der ließ geraume Zeit auf sich warten. Ein böiger Wind trieb graue Wolkenfetzen vor sich her. Nur manchmal tauchte der Mond auf, fahl, und war gleich wieder weg.

Und dann fiel endlich so ein Meteorit aus dem Himmel. Zerriss den Himmel, erst weiß, dann orange, dann rot, und war schon verglüht.

Da waren wir fast erschrocken:

Hast du dir was gewünscht? – Rechtzeitig?

Ja, schon, sagte ich. Ich glaube schon. Doch ich war nicht ganz überzeugt davon.

Am nächsten Tag fuhr Valeria nach Berlin. Es gab dort einen Etruskologen-Kongress. Sie werde auch Freunde besuchen, sagte sie. Sie werde wohl einige Wochen in Deutschland bleiben.

Aber du sei nicht traurig, sagte sie. Mach was Gescheites. Fotografier schön. Und komponier auch was, ich bitte dich. Wozu steht denn sonst dieses Klavier hier?

5

Abends ging ich im Ort herum, um zu sehen, ob sich irgendetwas verändert hatte. Da kam ich an der Wand mit den Todesanzeigen vorbei. Und da las ich den Namen Achille Gufone. Verstorben im 91. Lebensjahr.

Das würde doch nicht *der* Achille sein! Ich sah ihn noch vor mir, wie er zwischen den trapezförmigen Beeten im *giardino* stand (zwischen dem Beet mit dem Buchsbaum, der den Planeten Uranus darstellte, und dem buchsbaumlosen Beet für den Planeten Neptun), schmal, grau, alt, aber durchaus lebendig ... Jetzt bin ich müde, hatte er zwar gesagt, aber beim nächsten Mal ... Er hatte mit doch noch etwas über den Planeten Pluto und dessen Zurückstufung unter die Planetoiden erzählen wollen ... Der Verstorbene da – war das *der* Achille? ... Ich ging ins Café *Tartaruga*, um zu fragen ... Natürlich war das *der* Achille, sagte Serafino ... Es gab sonst keinen Achille in San Vito ... Gufone war sein Familienname gewesen. Also ungefähr *Euler.* Oder *Kauz.* Ein Name, fand ich, der gut zu ihm gepasst hatte. Ja, sagte Serafino, *d'appunto*, genau.

Ich setzte mich in den Garten zu den Schildkröten. Mussolini vögelte unverdrossen. Ich fand das pietätlos und trennte ihn von dem Schildkrötenweibchen, das er gerade drangsalierte. Vielleicht war es auch ein Männchen, das war ihm egal.

Ich wunderte mich über mich selbst, aber ich war traurig ... So wenig sympathisch mir Achille damals, am ersten Tag unserer Bekanntschaft, hier, in diesem Lokal, gewesen war … Auch bei unserem Treffen im Park waren meine Gefühle ihm gegenüber noch ambivalent gewesen … Aber jetzt, da ich erfahren hatte, dass es ihn nicht mehr gab, tat es mir leid um ihn.

Mein schlechtes Gewissen Julia gegenüber. Absurd, aber real. Ich empfand es einfach so. Ob Julia etwas von meinem Verhältnis mit Valeria bemerkt hatte. Ich hatte ihr schon lang keine Fotos geschickt, aber sie hatte auch keine urgiert.

Jetzt schickte ich also wieder einige Fotos. Zum Beispiel dieses, mit der Kaktusblüte. Sie war über Nacht erblüht. In jener Nacht war wieder Vollmond gewesen. Strahlend gelb hatten sich die Blütenblätter entfaltet. Und dann bereits die zweite. Die war womöglich noch schöner als die erste. Die erste war abgeblüht, die Blütenblätter rostig, in sich zurückgerollt. Aber die zweite hatte sich weit geöffnet. Hummeln und Bienen flogen und krabbelten aus und ein.

Und hier, diese kleine Spinne, wie sie ihr Netz spannt. Schau, wie die Fäden in der Sonne glitzern. Übersät von winzigen Tautröpfchen, in denen sich der Himmel spiegelt. Nichts als Himmel – oder? Nichts als Himmel.

Waren diese Fotos nicht schön genug? – Julia reagierte nicht. Ich schickte ihr noch ein Bild von meinem Schatten, dem Schatten eines fotografierenden Menschen – man sieht bloß die angewinkelten Arme, aber die Kamera ist nur zu ahnen. Es könnte auch der Schatten eines Menschen sein, der sich die Hände an die Schläfen presst.

Aber jetzt: Das Liebesspiel der Tauben auf der Balustrade! Eine Fotoserie in fünfzehn Bildern. Eine Dokumentation, die gewisse Vorurteile bezüglich der Geschlechterrollen widerlegt. Bevor ich das fotografiert habe, war ja auch ich der Meinung, dass beim Flirten und beim Sex besonders der Tauben das Männchen die aktive Rolle spielt, geradezu exemplarisch.

Eine etwas lächerliche Rolle. Wie sie ihren Hals aufblasen, diese Tauber! Wie sie gurren und sich plump an das Weibchen heranmachen! Und das Weibchen versucht vorerst einfach auszuweichen. Geht mit raschen Schrittchen davon. Was *er* da im Sinn hat, scheint *sie* überhaupt nicht zu interessieren.

Sie geht weg, er geht ihr nach, immer schneller, immer schneller. Manchmal flattert sie ein Stück, er flattert ihr nach. Manchmal fliegt sie eine Strecke, setzt sich auf ein anderes Dach, aber da ist er schon wieder neben ihr. Und tanzt um sie herum, und wenn kein Konkurrent dazwischenkommt, der seine Kreise stört, behüpft er sie endlich, sie lässt es über sich ergehen, er schlägt mit den Flügeln, um die Balance zu halten, der Akt dauert ein paar Sekunden, kaum begonnen, ist er schon wieder vorbei, sie trennen sich, *sie* geht weiter, als wäre nichts geschehen, und es war ja auch nichts Bemerkenswertes, *er* fliegt davon, sie gehen oder fliegen ihrer Wege.

Ganz anders die Tauben auf meiner Terrasse. Du musst dir ein Bild nach dem anderen anschauen.

Bild 1: Da sitzen sie nebeneinander auf der Balustrade, nett anzusehen. Ihr hellgraues Gefieder, die braunen Streifen an ihren Hälsen. Ich sehe sie von hinten, sie sitzen da wie gemalt, sie schauen hinunter in den blauen Abend.

Bild 2: *Sie* ist ein Stückchen näher an *ihn* herangerückt. Hat ihr Köpfchen vertraulich an seinen Hals gelegt.

Bild 3: Sie haben die Position verändert. Jetzt sitzt *er* auf *ihr*, sie flattern alle beide.

Bild 4: Aber jetzt fliegen sie nicht ihrer Wege. Nein, sie bleiben auf der Balustrade sitzen. Wenngleich mit etwas größerer Distanz als zuvor.

Bild 5: Aber schau, jetzt nähert *sie* sich *ihm* schon wieder.

Bilder 6a, 6b, und 6c: *Sie* rückt wieder Stückchen um Stückchen an *ihn* heran.

Bild 7a und 7b: Und jetzt legt *sie* wieder ihr Köpfchen an seinen Hals. Stößt *ihn* ein bisschen an: Na, was ist, mein Lieber?

Bild 8: Er wirkt noch immer etwas unentschlossen.

Bild 9: Aber auf diesem Bild vögeln sie schon wieder.

Bild 10: Jetzt sitzen sie wieder ein wenig distanziert. Er putzt sich. Blickt in die Gegend. Vielleicht könnte man hinüber aufs Dach des Mauerhauses fliegen?

Bild 11: Aber da ist *sie* schon wieder neben ihm. Zärtlich. Köpfchen an seinem Hals. Na – das wird doch nicht alles gewesen sein?!

Bild 12: *Sie* breitet den Hinterleib aus. Schau bitte! Hier bitte! Regt dich das nicht an, Mann? Da kommt doch Freude auf – oder?

Bild 13: Und da hat *er* sich überzeugen lassen. Vielleicht flattert er allerdings schon eine Nuance müder.

Bild 14: Aber das war doch nicht schlecht, oder? Sie sitzen wieder beisammen und schauen in den blauen Abend.

Bild 15: Dunkelblauer Abend. Jetzt sieht man sie kaum mehr. Vielleicht bilde ich mir auch nur ein, dass ich sie noch sehe. Vielleicht sind sie doch schon fortgeflogen.

Sind die Schwalben wirklich schon weg? Es ist doch noch gar nicht so spät in diesem Jahr. Wir sind doch noch mitten im Sommer, Hochsommer, nicht wahr? Die Tage sind doch noch schön, auch wenn es ab und zu gewittert. Das kann doch kein Grund sein, gleich davonzufliegen. Die letzten paar Tage habe ich noch gehofft, dass die Schwalben nicht wirklich weg sind. Vielleicht, habe ich gedacht, schwärmen die Mücken, hinter denen sie her sind, jetzt nicht mehr über dem Park, sondern woanders. Ich bin im ganzen Ort umhergegangen, auf der Suche nach den Schwalben, aber schließlich habe ich mich damit abgefunden: Sie sind auf und davon.

Wie ist das bei euch in Wien? Sind die Schwalben noch da? Wart ihr wieder einmal in der Wachau? Sind die Schwalben noch dort? Liebe Julia, so rühr dich doch bitte. Womöglich sind die Schwalben schon in Afrika.

Mitte August erreichte das Gewimmel in San Vito seinen Höhepunkt. Nach und nach hatten sich immer mehr *stranieri* unter die Italiener gemischt. Europa hatte noch rechtzeitig vor Beginn der großen Ferien fast alle Fesseln gelockert, die das Tourismusgeschäft behinderten. Auf der Piazza hörte man nun fast schon mehr Englisch, Deutsch, Niederländisch, Französisch und Japanisch als Italienisch.

Doch Italien war natürlich auch da. Die Stimmung war großartig. Es war Ferragosto, um diese Zeit machten hierzulande alle Ferien. Zwar fuhr man da traditioneller Weise ans Meer – schon der Kaiser Augustus, hieß es, sei just am 15. August ans Meer gefahren. Aber angeblich waren die meisten heimischen Strände heuer noch überfüllter als sonst, also fuhren viele lieber in die pittoresken Orte im Binnenland, und da war man nun, zum Beispiel im Centro storico von San Vito, in der wogenden Menschenmenge, und wogte mit.

So fing ich mir also doch noch mein Virus ein. Obwohl ich drei Mal geimpft war. Vielleicht war es ein Virus der neuen Variante. Der Arzt, in dessen Wartezimmer ich mich erst recht hätte anstecken können (auch wenn die Wartenden hier alle brav Masken trugen, aber wir saßen eben dicht an dicht), dieser Arzt verschrieb mir nichts.

Sicher, das sei Corona, aber ehrlich gesagt gebe es kein Mittel dagegen. Da ich geimpft sei, würde der Krankheitsverlauf wahrscheinlich halb so schlimm sein. Jetzt gehen

Sie schnell nach Hause und legen sich ins Bett. Und Sie wissen ja – zwei Wochen Quarantäne.

Ich rief Marco an und fragte ihn, was ich tun sollte. Vor allem Tee trinken und möglichst im Bett bleiben. Interessante Bücher lesen, sagte er, gute Musik hören, möglichst angenehm träumen. *Fai un bel sogno*, sagte er. Auf Italienisch macht man seine Träume selbst. Also mach dir einen schönen Traum.

Ich werde mich bemühen, sagte ich. Ist Julia da?

Nein, Julia sei nicht da. Sie sei in einem Strandbad an der Alten Donau. Du kannst ja versuchen, sie auf ihrem Handy zu erreichen, sagte Marco. Aber sie wird dich nicht hören, es wird dort recht laut sein.

Ständig im Bett zu bleiben, hielt ich nicht aus. Dass mir die Terrasse zur Verfügung stand, war ja ein Segen. Aber bei Tag war es jetzt einfach zu heiß da draußen. Und drinnen? Unter dem Dach hatte es mindestens 38 Grad. Oder war das meine Körpertemperatur? – 38:3, 38:5, 38:7, 38:9 … Zu lesen fiel mir schwer, auch wenn das Buch (die Bibel) noch so gut war. Nach ein paar Absätzen tanzten die Zeilen vor meinen Augen.

Da war es besser, gute CDs zu hören. Wiederholt hörte ich Schuberts Chor *Gesang der Geister über den Wassern.* Acht Männerstimmen und Streichorchester, Text von Goethe. *Des Menschen Seele / gleicht dem Wasser / vom Himmel kommt es / zum Himmel steigt es* und so weiter.

Das ist zweifellos schön. Das ist wunderschön. Das mit 39 Grad Fieber zu hören ist wunderschön, aber Wahnsinn. *Zum Himmel steigt es / und wieder nieder / zur Erde muss es, / ewig wechselnd.* Das toste in meinem Kopf. Das war kaum zu ertragen.

Nachts taumelte ich hinaus auf die Terrasse, da tat mir die Luft gut. Vom Park unten wehte es jetzt kühl und ein bisschen feucht. Ich legte mich auf die Luftmatratze, die ich im Abstellraum gefunden hatte, und schaute in den Sternenhimmel. Merkwürdigerweise drehte er sich. Ja, ich bin sicher, dass er sich drehte.

Die Milchstraße. Ja, siehst du, sagte ich zu mir selbst. Warum hast du das Buch über die Milchstraße, das du in der Trafik gesehen hast, nicht gekauft? Der Himmel über dir dreht sich. Und angeblich dreht sich unsere Galaxis ja wirklich – aber so schnell? Jetzt könntest du dieses Buch über die Milchstraße lesen, dann würdest du erfahren, was man durch die schärfsten Teleskope sieht, dann würdest du dich besser auskennen.

In meinem Kopf war noch immer das Echo des Schubert-Chors. *Vom Himmel kommt es / zum Himmel steigt es*, sangen acht Stimmen, Baritone, Bässe, Tenöre. Aber da kam eine andere Stimme dazwischen. Und das war … ja, das war doch die Stimme Jim Morrisons. *Five to one*, sang er, *one in five*, was immer diese Zahlenangaben bedeuten sollten. Und diese Musik kam von der Piazza, von der Bar Centrale. *Five to one, baby, one in five*, sang der tote Jim Morrison, *no one here get's out alive.* Und das war eine der Nummern, die wir in unserem Programm gehabt hätten, meine Musikerfreunde und ich, für unseren Auftritt im *House of Jazz*, aus dem leider nichts geworden war.

Natürlich hätte ich sie nicht so gesungen wie Morrison. Ich hätte sie gesungen wie Morrison als Gespenst. Mit Falsettstimme, aber leise, leise, hintergründig begleitet von tropfenden Bass- und Piano-Tönen. Bis die E-Gitarre einsetzt wie ein Blitz, der den Himmel auseinanderreißt.

Wir hatten das wochenlang geprobt. Es wäre gut geworden. Aber dann war Covid gekommen. Da war das alles für die Katz gewesen. Apropos Katz: Da saß eine auf der Balustrade. Nicht die Glückskatze von unten im Park, sondern ein dunkel getigertes Tier, schwarze Streifen auf rostbraunem Fell, zerfetztes Ohr, wahrscheinlich ein Kater, ein Streuner.

Geduckt saß er da und schaute mich an, aus senfgelben Augen.

Ich setzte mich auf, da fauchte er. Ich stand auf, da war er mit einem Sprung auf dem Dach.

Dann saß er dort oben auf dem First, Triumph im Blick.

Siehst du, da bin ich jetzt! Komm mir nach, wenn du kannst!

Ich ging wieder unters Dach und versuchte den Fernseher einzuschalten, den Guidos Freund saniert hatte. Zuerst sah ich nichts als graues Regenwetter, dann eine Weile dichtes Schneetreiben. Dann kamen Bilder aus Afghanistan. Der Flughafen von Kabul. Menschenmassen, die sich drängten, um die letzten Flugzeuge zu erreichen, die von dort abflogen.

Gitter, an denen die meisten zurückgewiesen, zurückgestoßen wurden. Eine Frau, die ihr Baby einem US-Soldaten, der eine Etage höher stand, hinaufzureichen versuchte. Ich begriff die räumlichen Verhältnisse nicht, nur so viel, dass sie unten war und er oben, das Kind dazwischen. Und hoffentlich würde er es richtig erwischen und nicht fallen lassen.

Unten und oben war alles in chaotischer Bewegung. Das machte mich schwindlig. Ich wollte es nicht länger ansehen. Ich schaltete ein anderes Programm ein. Da lief anscheinend eine Quizsendung. Lauter lachende Gesichter (Larven), die Kandidaten sollten irgendetwas erraten, aber ich begriff nicht, was.

Nachher (oder war das vorher?) klingelte mein Telefonino. Wo war es bloß? Ich brauchte eine Weile, bis ich es fand. Julia. Marco hat mir erst jetzt gesagt, dass du krank bist, sagte sie. Hoffentlich geht es dir nicht allzu schlecht.

Wenn ich deine Stimme höre, sagte ich, geht es mir gleich besser.

Du Schmeichler, sagte sie, du Heuchler. Aber Scherz beiseite. Du musst auf dich aufpassen. Nicht leichtsinnig werden, abwarten, Tee trinken. Wenn ich bei dir wäre, würd ich dir Essigsocken machen – essiggetränkte Handtücher um die Fußknöchel.

Aber du bist nicht bei mir, sagte ich. Warum bist du nicht bei mir?

Ach komm, sagte sie. Du weißt doch, dass das nicht geht.

Und warum nicht?, fragte ich. Es wäre das einzig Richtige.

Ich schick dir gute Energien, sagte sie. Sie sind schon unterwegs.

Heftiger Diskurs im *Café Tartaruga.* Wogendes Gedränge an der Theke. Hier wird natürlich schon gar kein Abstand gehalten. Aber vielleicht habe ich nach drei Tagen mit hohem Fieber und zwei Wochen Quarantäne fürs erste genug Antikörper entwickelt.

Auch die Masken, die ja in Innenräumen immer noch getragen werden sollen, bleiben nicht vor den Gesichtern. Schließlich muss man seiner Empörung Luft machen.

Die meisten, die sich hier drängen, sind offenbar empört. *Peró* … Jedoch … Anscheinend gibt es auch einige, die den Fall anders sehen.

Sie versuchen, die anderen zu überschreien, und werden ihrerseits überschrien.

Worum geht es? Ein Urteil. Anscheinend ist jemand verurteilt worden.

Ich schnappe vorerst nur einzelne Wörter auf:

Una vergogna – eine Schande. *Al contrario* – im Gegenteil.

Che cos'è successo? Was ist geschehen?

Ich muss schreien, damit mich Serafino hört. Serafino, der mit versteinerter Miene, als hätte er eine Gesichtslähmung, einen Espresso nach dem anderen herunterlädt. Er hat jetzt keine Zeit und sehr deutlich auch keine Lust auf Auskünfte oder Kommentare.

Aber er schiebt mir die *Repubblica* über die Theke.

Und ich nehme die Zeitung und meinen Caffè und gehe damit hinaus aus dem Lärm in den Hofgarten. Und setz mich an den Tisch in der schattigen Ecke, neben dem Rosmarinstrauch. Und schlage die Zeitung auf und beginne zu lesen –

EIN SCHANDURTEIL. VERNICHTUNG EINES MENSCHEN GUTEN WILLENS.

Che paese è questo? schreibt der Herausgeber. Was ist das für ein Land? Und was ist das für eine Zeit, in der die Bereitschaft zur *accoglienza*, zur freundlichen Aufnahme von Menschen in Not, die uns früher fast selbstverständlich war, immer geringer wird. Seit ein paar Jahren ist eine Umkehrung der Worte, der Werte im Gang. Schande über jene, die sie betreiben! – Was gestern noch gut gewesen ist, heißt heute böse. Wer Schiffbrüchige aus dem Meer rettet, muss mit Gefängnisstrafe rechnen, wer sie an Land bringt, wird wegen Schlepperei verurteilt. Wer ihnen Quartier gibt und weiterhilft, macht sich der Beihilfe zur illegalen Migration schuldig. Ich erkenne mein Land nicht mehr. Sein Gesicht ist verzerrt.

DIE STAATSANWALTSCHAFT HAT SIEBEN JAHRE HAFT GEFORDERT, DAS GERICHT HAT DEN ANGEKLAGTEN ZU 13 JAHREN VERURTEILT.

Der Angeklagte: Domenico Lucano. Ehemals Sindaco von Riace, Provincia di Calabria.

Und das ist doch … ja, das ist der Bürgermeister, von dem Valeria erzählt hat! Sie hat erwähnt, dass er auf seinen Prozess wartet. Aber was war das nun für ein Prozess?! Und was ist das für ein Urteil?

Ich stehe auf, dränge mich noch einmal an die Theke, brauche jetzt einen Schluck Alkohol. Hab ich das richtig verstanden oder habe ich mich verlesen? Dreizehn Jahre statt sieben? *Com'è possibile*, wie ist denn das möglich?, frage ich Serafino. *Tutto è possibile*, alles ist möglich, antwortet er grimmig.

Serafino ist vor Jahren, hat Julia erzählt, ein politisch sehr engagierter Mensch gewesen. Einer, der leidenschaftlich über Gerechtigkeit diskutiert hat. Aber das hat nichts gebracht. Meistens waren die Falschen an der Macht. Darüber will er nun nicht mehr diskutieren.

Ich bestelle mir einen doppelten Schnaps, obwohl es noch früh am Vormittag ist. Und kehre damit zurück auf meinen Platz neben dem Rosmarinstrauch, in dem inzwischen die Bienen und Hummeln summen. *Sono distrutto*, habe der Angeklagte gesagt. Ich bin zerstört. Da ist ein Foto von ihm: nach der Urteilsverkündung. Seine Hand, die nur unscharf zu sehen ist, war nicht rasch genug, um die Augen mit den Tränen zu verdecken.

Aber jetzt wollen wir doch nicht sentimental werden, sagte Achille. In Zeiten wie diesen kann eine Haft sehr schnell verkürzt werden … Vielleicht wird das Strafausmaß nach der Berufung ohnehin noch etwas verringert … Aber wenn dieser Gutmensch Glück hat, braucht er auch die zehn Jahre, die er dann vielleicht ausfasst, nicht zu Ende absitzen.

Achille – ich hatte ihn nicht kommen gesehen oder gehört. Aber nun saß er ganz einfach auf dem Sessel neben mir. Durfte er das? Hatte ich nicht das Plakat mit der Anzeige seines Ablebens gesehen, war er nicht auf den Friedhof gebracht und begraben worden? Ein bisschen blass sah er aus, aber das war er auch schon früher gewesen.

Es stimmt, sagte er, was in dieser Welt vorgeht, ist *sempre piu sciffoso*. Immer ekelhafter. Wohin man auch schaut. Man weiß gar nicht mehr, wohin man zuerst schauen, wovon man zuerst wegschauen soll, nicht wahr? Aber *pazienza*. Geduld. Es kann nicht mehr lang dauern.

Wer weiß, wie bald schon das Ende da ist. Ob wir bis dahin wirklich noch zehn Jahre haben? Es sieht ganz so aus, als könnte es früher kommen. Und dann erspart sich Ihr Bürgermeister zwei oder drei Jahre Haft.

Auf jeden Fall hat er eine schöne Zukunft vor sich. Denn wenn die Heiligen einmarschieren, *when the saints go marchin' in* – den Text kennen Sie doch ganz gut, nicht wahr? – *Lord, I want to be in this number* … Da wird der Signore Lucano sicher dabei sein.

Es LAG etwas in der Luft. Etwas, das mich nervös machte. Ich wusste nicht, was es war, aber ich spürte es. Ich erwartete es, aber ich hatte Angst davor. Die Tauben flatterten vor mir davon.

6

Im Licht der tief stehenden Sonne halte ich ihn zuerst für einen Rauchfangkehrer oder für einen Dachdecker. Aber der Mann, der da übers Dach kommt, ist weder das eine noch das andere. Mit einem weiten Sprung ist er auf der Terrasse. Und schon huscht er auf mich zu, geduckt, um von unten, vom *giardino* aus, nicht gesehen zu werden.

Was hat er da in der Hand? Ist das wirklich eine Pistole? *Nessuna parola!*, raunt er, kein Wort! Ich hätte ohnehin keine Worte. Dann ein paar Sätze in einer Sprache, die ich nicht kenne. Schließlich wieder Italienisch: das Wort *sete* (Durst) und das Wort *fame* (Hunger).

Endlich drei Worte auf englisch: *Give me shelter.* Okay, okay, sage ich. Meine Stimme klingt eine Oktave zu hoch und zittert. *Come on*, *come in,* sage ich, mit einer Geste, die der unerwartete Gast hoffentlich richtig verstehen wird. *But please stop pointing at me with this gun.*

Ich gehe nach innen voraus und der Mann geht mir nach. *Attention, attenti* … Was heißt Dachschräge auf Englisch oder Italienisch? … Er ist gut zehn Zentimeter größer als ich. Hoffentlich schlägt er sich nicht den Kopf an.

Hat er noch immer die Waffe auf mich gerichtet? … Die Pistole im Rücken, ein blödes Gefühl … Wir gehen vorbei an Julias Schreibtisch, biegen dann ab in Marcos Bibliothek … Hindurch zwischen den Bücherhaufen, hoffentlich stolpert der Typ nicht.

Und dann sind wir in der Küche. Und da ist der große Tisch. Setz dich hin, sage ich nun auf Deutsch. Und der Mann setzt sich hin. Setzt sich unter das Bild mit der schwangeren Madonna, von diesem Platz aus hat er den ganzen Raum im Blick. Legt die Pistole rechts neben sich, griffbereit, auf seiner dunklen Stirn glitzern Schweißtröpfchen.

Und ich gehe zur Wasserleitung und fülle Wasser in einen Krug. Und stelle den Krug mit zwei Gläsern auf den Tisch. Und will Brot abschneiden, aber dazu brauche ich ein Messer. Doch da richtet der Gast gleich wieder die Pistole auf mich.

Na schön, dann schneidest halt du für uns beide Brot ab! Und das macht er, der Überraschungsgast, legt die Pistole wieder neben sich auf den Tisch und schenkt Wasser ein. Trinkt sein Glas gleich leer und schenkt sich zwei Mal nach. Inzwischen habe ich ein Häufchen Salz auf eine Untertasse gestreut und mich dem Mann gegenüber hingesetzt.

Brot und Salz zum Willkommen. Ein vertrauensbildender Brauch.

Der andere nickt. Das hat er zur Kenntnis genommen.

Sono Paolo, sage ich, *I'm Paul.*

I'm Abdallah, sagt mein Gegenüber.

Abdallah also. Ein schöner Name. Hunger, hat er gesagt. Um diesen Hunger zu stillen, wird Brot und Salz nicht reichen. *Attenti un attimo*, sage ich oder *wait a moment.* Mir ist noch immer nicht klar, ob ich mit diesem Mann italienisch sprechen soll oder englisch.

Ich steh vom Tisch auf und gehe die paar Schritte zum Kühlschrank. Da muss doch noch etwas vom Aufschnitt sein, den ich mir gestern zum Abendessen gegönnt habe. Genau, hier! Ich gehe damit zur Anrichte, arrangiere Salami, Prosciutto und Salsicce auf einem Teller. Als ich mit dem Teller zum Tisch zurückkehre, merke ich, dass meine Hände zittern.

Schnell stelle ich den Teller in die Mitte zwischen den Gast und mich. Mit einer Geste, die einladend wirken soll. Doch Abdallah, falls er wirklich so heißt, greift nicht zu. Schenkt sich nur Wasser aus dem Krug nach und bricht sich ein großes Stück Brot ab.

Ach du lieber Gott, jetzt kapiere ich – was ich dem da anbiete, so gut es ist, Schinken und Wurstzeug, ist alles andere als *halal*! Wahrscheinlich ist er Moslem. Fast sicher ist er Moslem … *Scusi*, sage ich, *sorry*, und nehme den Wurstteller wieder weg … Zurück zum Kühlschrank. Da muss doch noch irgendwo ein Stück *pecorino* sein?! … Hier, im Käsefach, wo er hingehört … Ob ich Milch dazu anbieten soll? Ja, warum nicht? … So, denke ich, das ist doch jetzt hoffentlich richtig. Und kehre mit dem Käseteller und der Milchflasche zurück an den Tisch.

Aber inzwischen hat der Hungrige den Rest des Brotweckens vertilgt. Und den Wasserkrug an den Mund gesetzt und bis zum letzten Tropfen leergetrunken. Und nun steht er vom Tisch auf – wohlgemerkt ohne die Pistole zu vergessen – und geht mit langen Schritten – wohin? … Nicht ins Gästezimmer, das ich ihm, würde er mich nach einem Schlafplatz fragen, gern zeigen würde, sondern in Marcos und Julias Zimmer, in den Raum, den ich doch für mich adaptiert habe, lässt sich, schwer, wie er ist, aufs Bett fallen, ohne dabei die Pistole loszulassen, und schläft schon.

Ich setzte mich in den Sessel neben dem Bett. Da saß ich dann und schaute ihn lange an. Dann schlief ich ein wenig. Später erwachte er und weckte auch mich. Er schrak auf. Ich auch. Er griff sofort nach der Waffe.

Die Bewegung seiner Augäpfel, sein Blick, die Decke über ihm, die Wände des Raums. Mein Eindruck, dass er ein paar Sekunden lang noch nicht wusste, wo er war. Du bist hier bei mir, kam ich ihm zu Hilfe, ich bin Paul. Du bist übers Dach gekommen. Du hast mich um Hilfe gebeten. Ich habe dich hereingelassen. Ich sagte das auf Italienisch und Englisch. Er nahm es zur Kenntnis. Oder auch nicht. Ich weiß nicht. Er stand auf. Er fand das Badezimmer. Er ließ es plätschern. Er betätigte die Wasserspülung.

Dann duschte er hörbar. Er duschte unverschämt lang. Kam endlich zurück, in Julias Bademantel. Ich verspürte eine Aufwallung von Zorn, unterdrückte ihn aber (was blieb mir übrig). Mit der Kapuze auf dem Kopf sah er aus wie ein Beduine.

Der Kontrast zwischen dem weißen Frotteestoff und seiner braunen Haut. Goldbraun, dachte ich unwillkürlich, wie schön! Er bemerkte meinen Blick und schnürte die Kordel um seine Taille fester. In der Tasche auf der linken Seite zeichneten sich die Konturen der Pistole ab.

Dann ein rüttelndes Geräusch, das mich im ersten Moment erschreckte. Ein Geräusch, das ich natürlich kannte, aber das ich in diesem Moment nicht erwartet hätte. Es kam aus dem Badezimmer, dessen Tür er nicht geschlossen hatte. *I've put my dirty things in the washing-machine*, sagte er.

Ich öffnete den Kasten. Da hingen Julias Kleider. *Clothes of your wife*?, fragte er. Und sah sich um, nervös, gehetzt. War etwa eine dritte Person in der Wohnung, die er bisher nicht bemerkt hatte? *Your wife, were is she*?!

She is not my wife, sagte ich. *And she is not here.*

Im anderen Abteil des Kastens hingen Marcos Klamotten. *Choose*, sagte ich, such dir etwas aus.

Er wählte eine blaue Jogginghose und ein rotes T-Shirt. Die Hose war ein bisschen zu kurz und das T-Shirt ein bisschen zu eng.

Er ging voraus in die Küche, ich ging hinterher. Er setzte sich wieder an den Tisch unter das Bild der schwangeren Madonna. *Have you got some more pieces of pecorino*?, fragte er. Nachmittags sei er zu müde gewesen, um den Käse noch zu essen, aber jetzt sei er erst recht hungrig.

Okay, ich stellte zwei Teller mit *pecorino* und einen Krug Wasser auf den Tisch. Auch einen Rest Brot hatte ich noch zu bieten. Dass ich nach dem Brotmesser griff, schien ihn jetzt nicht mehr zu beunruhigen, er hielt mich vermutlich für harmlos. Das fand ich einerseits gut, andererseits fand ich es ärgerlich.

Als er quer über den Tisch nach einem Stück Käse griff, das ich auf meinen Teller gelegt hatte, schlug ich ihn auf die Hand.

Hey!, sagte er.

Hey!, sagte ich.

Er sah mich lang an und nickte.

Sorry, sagte er.

Sorry, sagte ich.

Questo formaggio è così buono, sagte er.

Si, sagte ich.

Si, nickte er.

Dann saßen wir lang, sahen einander an und schwiegen.

E allora?, sagte ich schließlich. Und nun? Was hast du jetzt vor?

To stay here for a while, sagte er. *With you. If you don't mind.*

And why?, fragte ich. Was verschafft mir das Vergnügen? – Ich sagte das auf deutsch, weil ich in dieser Situation weder auf englisch noch auf italienisch ein Pendant für diese schöne Wendung fand.

They are after me, sagte er. *Mi stanno dietro.* Sie sind hinter mir her.

Ich sagte ihm, dass er bis auf weiteres bleiben könne. Vorausgesetzt, dass wir eine akzeptable Form des Zusammenlebens fänden. Zuallererst müsste folgendes klar sein: *Ich* sei der Gastgeber, *er* sei der Gast. Es sei also angemessen, dass er sich im Gästezimmer einrichte, das ich ihm gleich zeigen würde, daneben gebe es auch ein zweites Bad.

Das Bett im Schlafzimmer, in das er sich zuvor einfach habe fallen lassen, sei meins, das habe er gefälligst zur Kenntnis zu nehmen. Überhaupt seien das Schlafzimmer und das Bad dort drüben Bereiche, in denen er nichts zu suchen habe. Genau genommen sei auch ich ein Gast, aber ich sei früher angekommen. Ich bemühe mich, alle Einrichtungsgegenstände schonend und respektvoll zu behandeln, und erwartete das nun auch von ihm.

Wenn ich ihn recht verstanden hätte, sei es in seinem Interesse, dass seine Anwesenheit hier bei mir von außen nicht bemerkt würde. Glück für ihn, dass es hier oben im dritten Stock keine weitere Wohnung gebe, wir hätten keine unmittelbaren Nachbarn. Die im zweiten Stock aber, direkt unter uns, die sich im Lauf der paar Monate, die ich jetzt schon hier sei, an den Rhythmus meiner Schritte und meines Tagesablaufs gewöhnt haben dürften, sollten möglichst wenig, am besten nichts, von seinen, Abdallahs Schritten hören. Er sei größer und schwerer als ich, also müsse er sich bemühen, möglichst sanft aufzutreten.

Have you got it?, fragte ich. *Hai capito?* Ich wunderte mich selbst über meine nüchterne Besonnenheit. Ich kam mir jetzt vor, als hätte man mir eine Spritze verpasst, die den Schreck und die Angst, die ich eigentlich hätte empfinden müssen, betäubte. Von dem Moment an, als er gesagt hatte, dass sie hinter ihm her seien – ich fragte nicht, warum, ich fragte nicht, wer.

Ich stand vom Tisch auf und ging ihm zum Gästezimmer voraus. Es war klein und er war groß, die Dachschräge hier war extrem, er musste sich bücken, als er eintrat. In der Truhe da ist Bettwäsche, sagte ich. Er nickte. Na dann, gute Nacht, sagte ich. Im Schlafzimmer drüben fiel ich ins Doppelbett und war sofort weg.

Am Morgen fand ich ihn auf der Terrasse, betend. In der Gebetshaltung konnte man ihn von unten nicht sehen. Die Gefahr bestand aber ohnehin kaum. Dass der *giardino* bis auf weiteres gesperrt war, erwies sich jetzt als Glück.

Er betete oder sang etwas, am ehesten auf Arabisch. Ich verstand nur das immer wiederholte oder variierte Wort Allah. *Allah – ill Allah – La Illah* usf. Er richtete sich auf, schaute mich an, als ob er mich erst jetzt bemerkt hätte: *God bless you,* sagte er, *you are a good man.*

Let's have breakfast, sagte ich und ging voraus in die Küche. Er nahm wieder unter dem Bild der Madonna Platz. *Coffee or tea?*, fragte ich. Kaffee war ihm recht. Frisches Brot war noch nicht da, das würde ich später erst holen, aber Knäckebrot und Butter, dachte ich, würden fürs Erste reichen.

Dann saß ich ihm gegenüber und bemühte mich, ihn nicht auf eine Weise anzusehen, die ihm unangenehm sein mochte. Etwas verhalten schaute ich ihn trotzdem an. Ich wollte mir seine Züge einprägen, damit hatte ich ja schon in der Nacht begonnen. Er hatte lange Augenlider, die zu denen der Madonna über ihm passten, er hatte volle Lippen und schöne Hände.

Als er die Kaffeetasse an den Mund führte, begann seine Hand auf einmal zu zittern. Etwas Kaffee befleckte Marcos T-Shirt, das ihm zu eng war, aber gut zu seinem Teint passte. Er hatte das Folgetonhorn des Polizeiautos ein paar Sekunden früher gehört als ich. Er schob die Kaffetasse weg und rutschte vom Sessel unter den Tisch.

Wie er am ganzen Leib zitterte. Das mitanzusehen tat mir weh. Ich ging in die Knie und kauerte mich neben ihn. Berührte ihn vorsichtig an der Schulter, *calmati, calm down*, flüsterte ich, beruhig dich, aber das war nicht so einfach. Als das nervenpeitschende Geräusch ganz nah war, unten auf der Höhe unseres Hauseingangs in der Via Boccaccio, erreichte das Zittern seine Klimax – erst als das Signal sich entfernte, ließ es allmählich nach.

Siehst du, sie sind vorbei, sagte ich. Die sind gar nicht wegen dir unterwegs. *This time maybe not*, sagte er. *But maybe the next time.*

Was hast du denn getan?, fragte ich. Weswegen sollen sie hinter dir her sein?

I ran away from prison, sagte er. *Maybe I've shot a man.*

Er habe den Mann gewürgt und ihm die Pistole abgenommen. Dann sei er davongerannt, aber der Idiot sei ihm nachgerannt. Der Mann sei schneller gelaufen als er (er nämlich hatte sich beim Sprung von der Mauer des Knasts den linken Fuß verstaucht). Der Mann hätte ihn sicher eingeholt. Da habe er die Waffe entsichert und geschossen.

Der Mann sei umgefallen wie ein mit einem Axthieb gefällter Baum. Abdallah sei weitergelaufen und habe sich nicht mehr umgedreht. *Maybe he's dead. I don't know. I don't mind … If he' s dead it's allright. He was a bad man.*

Wie sich unser Zusammenleben einspielte. Vorerst gab es noch gewisse Probleme. Gleich am zweiten Tag das Problem unserer Versorgung mit Lebensmitteln. Pass auf, sagte ich, schlüpfte in Marcos Jacke und griff nach dem Einkaufskorb, ich geh jetzt ein bisschen Proviant besorgen. Du verhalt dich inzwischen ruhig und mach ja niemandem die Tür auf.

Ich hatte mich schon gefragt, wo er die Pistole abgelegt hatte, nun hatte er sie gleich wieder zur Hand. *Stop*, sagte er – *wie* solle er wissen, ob ich nicht, statt in irgendwelche *Alimentari*-Läden, geradewegs zur Polizei gehe und ihn verrate?

Das würde ich nicht tun, sagte ich.

Das könne er glauben oder nicht, sagte er.

So what can we do? – Ich sei ja nicht auf seinen Besuch vorbereitet gewesen. In den Laden und im Kühlschrank seien allenfalls noch Vorräte für zwei Tage.

Die Pistole nach wie vor auf mich gerichtet, sah er nach, ob das zutraf. Die Brotdose war leer, im Schrank fand er eine bereits geöffnete Packung Makkaroni, ein Glas mit *sugo al pomodoro* sowie eine von Marco und Julia hinterlassene Büchse mit Bohnen, aber längst verstrichenem Ablaufdatum. Und im Kühlschrank sah es noch karger aus. Im mittleren Fach war zwar noch immer ein Rest *prosciutto* (aber den würde er nicht essen), im Käsefach nichts (vom *pecorino* hatte er gestern Nacht nichts übriggelassen) – und im Gemüsefach ein verwelkter Salatkopf.

Siehst du, sagte ich. Das ist die Lage. Wenn du bloß bis morgen oder längstens bis übermorgen bleiben willst, kommen wir vielleicht mit diesen Resten aus. *But if you prefer to stay a little bit longer* (und ich glaubte mich daran zu erinnern, dass er etwas in diesem Sinne angekündigt hatte), also in diesem Fall … Wenn er mir nicht traue und mich nicht zur Tür hinausließe, so würden wir nach und nach einträchtig verhungern.

Shut up, sagte er, *don't crack these silly jokes*, mach nicht so blöde Witze. Und dann, nach einigem Nachdenken: *What about your religion – do you believe in god*?

Was für eine Frage! Mit vorgehaltener Pistole.

Sollte ich da Nein sagen? Besser wohl nicht.

Weißt du, hatte ich zu Julia gesagt, die mich das auch schon gefragt hatte (nur aus therapeutischem Interesse, wie sie vorsichtshalber gleich hinzufügte), weißt du, manchmal bete ich. Dann bete ich zu Gott, dass er mir Kraft gibt, trotz allem an ihn zu glauben. An *ihn*. Und das in einer Zeit, in der das Patriarchat zusammenbricht wie ein Koloss auf tönernen Füßen. Wenn's wahr ist. Was ja schön wär. Aber vielleicht sollten wir uns nicht zu früh freuen.

Sich Gott als alten weißen Mann vorzustellen, Gott behüte! Obwohl, hatte Julia gesagt, so ein Typ wie Sigmund Freud – der hatte schon seinen Charme.

Also Gott als Frau, hatte ich gesagt – diesen Verdacht habe ich ohnehin immer schon gehabt.

Dann würde ich also *zu ihr* beten. Dass sie mir Kraft gibt, an *sie* zu glauben.

Aber wahrscheinlich ist Gott / Göttin, seiner / ihrer Zeit schon längst voraus … Will nicht Mann sein, nicht Frau, sondern keins von beiden, sowohl als auch … Ich bin, der ich bin, soll er zu Moses gesagt haben (Stimme aus dem brennenden Dornbusch) – vielleicht gehört das korrigiert … ich bin, *der / die / das ich bin*, alle Geschlechter und keins, nicht fixierbar, nicht fassbar, über all das hinaus.

So weit holte ich aber in jener Situation (ich mit dem Einkaufskorb an der Tür, Abdallah mit der Pistole vor mir) lieber nicht aus.

I think I believe in god, sagte ich. *E allora*?

Than swear, sagte er, *swear, that you will not betray me* – schwör, dass du mich nicht verraten wirst. Sonst wird Gott dich strafen.

Ich schwor.

Okay, sagte er. Jetzt geh einkaufen.

Es durfte ja niemandem auffallen, dass ich einen Gast hatte. Nämlich *so* einen Gast: einen *clandestino*. Einen im Untergrund Lebenden, oben im letzten Stock. Und nicht nur einen gewöhnlichen *clandestino*, sondern einen, nach dem wahrscheinlich gesucht wurde. Daran musste ich nun beim Einkaufen von Lebensmitteln denken.

Tatsächlich musste ich ja nun etwa doppelt so viel Essbares besorgen wie zuvor. Ich ging also vorerst nicht einfach zum Bäcker in der Via Boccaccio und verlangte *zwei* Stangen Brot statt wie sonst *eine* – nein, ich ging zuerst zum Bäcker in der Via Boccaccio, kaufte die Menge Brot und Gebäck, die ich sonst gekauft hätte, und dann stellte ich den Einkaufskorb in den Hausflur und ging zum anderen Bäcker, jenseits der Porta Nuova, wo ich noch einmal das Gleiche kaufte.

Ebenso verfuhr ich mit Fleisch, Gemüse etc. Zum Glück gab es auch dafür je zwei Geschäfte in Gehweite. Natürlich hätte ich auch ins Auto steigen und in einen der benachbarten Orte fahren können, um in einem der Läden, in denen man mich noch nicht kannte, gleich die doppelte Menge einzukaufen. Aber ich wollte Abdallah nicht so lang allein lassen.

Ich hatte ihm eingeschärft, meine Anweisungen zu befolgen und sich möglichst nicht aus dem ihm zugewiesenen Wohnbereich zu rühren.

In den ersten Tagen befolgte er diese Ratschläge, jedenfalls bemerkte ich, wenn ich vom Einkaufen für uns beide zurückkam, nichts, das darauf hindeutete, dass er sie nicht befolgt hätte. Aber nach und nach wurde er leichtsinnig und sogar übermütig. Die Szene, als ich nach meiner Rückkehr mit den guten, aber schweren Sachen, die in den letzten Stock hinaufzutragen für einen Menschen wie mich, also einen Menschen mit Wirbelsäulenproblemen, nicht ganz leicht ist, leise und freundlich nach ihm rufe – Schau, Abdallah, was ich alles mitgebracht habe! – und nach wiederholtem Rufen keine Antwort bekomme, diese Szene wiederholt sich in meinen Albträumen.

Als ich ihn, nachdem ich das Einkaufsnetz an eine Sessellehne beim Küchentisch gehängt habe, nirgends sehe, im Gästezimmer nicht, in der Küche nicht, im Bücherzimmer nicht, im Korridor mit Julias Schreibtisch nicht, im Schlafzimmer mit dem Doppelbett nicht, das für ihn zwar tabu sein sollte, aber wahrscheinlich hält er sich in meiner Abwesenheit ohnehin nicht daran, da ist er jetzt jedenfalls auch nicht, und weder im einen noch im anderen Bad oder Klo – in einer von Sekunde zu Sekunde grelleren Panik überwinde ich die Hemmung, da einfach die Türen zu öffnen und hineinzuschauen – Abdallah!, um Himmels willen wo bist du!? –, auf der Terrasse, auf die ich gleich anfangs einen Blick geworfen habe, war er doch auch nicht, oder? – und so ich trete noch einmal hinaus und dreh mich um und schau aufs Dach, und da hockt er oben neben dem Rauchfang wie ein Gnom und kichert, dieses Kichern ist kaum zu bremsen, auch als er heruntersteigt / herunter*springt* und vor mir steht und dann mit Lachtränen in den Augen das Wort *Scherz* herausbringt, *scherzo*, da möchte ich ihn am liebsten ohrfeigen.

Darüber hinaus dann seine nächtlichen Ausflüge. Ich glaube, die unternahm er ab der zweiten Woche seines Aufenthalts bei mir. Er schlief damals im Gästezimmer, das ich ihm zugewiesen hatte ... Was mich betrifft, so war ich erschöpft von der Anstrengung des Tages und der Abwehr meiner mit seiner Anwesenheit zusammenhängenden Ängste.

Ich hörte ihn also nicht, als er zu diesem ersten nächtlichen Ausflug aufbrach. Ich hörte ihn erst, als er von diesem Ausflug zurückkam. Ein Geräusch auf dem Dach über mir, nein, das waren keine Pfoten, keine Krallen, kein Tier, kein Kater, kein Marder, das waren, wenn auch sehr behutsam gesetzte, menschliche Schritte. Und ich springe auf und bin auch schon auf der Terrasse und sehe im schwachen, von dunkelgrauen Wolken gefilterten Mondlicht, den Schatten, der mein Gast ist, Abdallah, im Abstieg vom Dachfirst zur Dachkante, leichtfüßig trotz der Last, die er über der Schulter trägt, was ist das um Himmels willen, sieht aus wie eine der großen Tragtaschen, die man im Supermarkt bekommt, kein Plastik, sondern Jute, recyclebar, und da steht er schon neben mir auf den Bodenfliesen, barfuß, noch etwas rasch atmend, wie einer, der weit gelaufen ist, und huscht auch schon hinein, unters Dach, mit der Beute.

Und ich hinter ihm her, und er, in der Küche angelangt, breitet die Lebensmittel auf dem Tisch aus, etliche Packungen Spaghetti, Tagliatelle, Reis, einen Kopf Weißkraut, einen Kopf Schwarzkohl, gelbe und grüne Äpfel, Bananen, Mangold, Stangensellerie, rote und weiße Zwiebel und: Abdallah, sage ich, woher hast du das, und er sagt, natürlich aus dem Supermarkt, die haben nicht mehr offen gehabt, aber er habe einen Zugang gefunden – er hat, sagt er, nur genommen, was wir brauchen, er hat eben auch einen kleinen Beitrag leisten wollen zu unserem Haushalt.

Und: Bist du verrückt, sage ich, Ladendiebstahl, das ist doch das Dümmste, du ziehst dir die Polizei zu, statt froh zu sein, dass sie nicht wegen ganz anderer Sachen nach dir suchen, riskierst du so etwas – hat dort übrigens keine Alarmanlage geläutet? Und er meint, die *hätte* wahrscheinlich geläutet, wenn er durch die Tür gekommen wäre, aber er ist ja übers Dach gekommen, und lacht und schlägt mir, seinem Kumpel (und für die Polizei wahrscheinlich seinem Hehler), freundschaftlich auf die Schulter.

Die Tauben mögen ihn nicht so sehr. An mich haben sie sich gewöhnt. Mit mir haben sie sich abgefunden. Mit mir sind sie ganz zufrieden. Ich tu ihnen nichts Böses. Aber jetzt *er*. Jetzt *der*. Er ist unberechenbar, das spüren sie.

Einmal, Ende September oder schon Anfang Oktober, schlüpft er mitten in der Nacht zu mir ins Bett. Was fällt dir ein?, sage ich. Mir ist kalt, sagt er. Und schmiegt sich an mich. Ihm ist schrecklich kalt dort drüben. *A nice guestroom, really! Rather an ice-box.*

Dort drüben im Gästezimmer ist doch die Truhe, sage ich. Da drin müssen noch Decken sein, darunter sogar eine Steppdecke. Die habe ich schon ausgegraben, sagt er. Aber sie ist voller Motten. Lass mich bei dir liegen. Bitte. *Give me shelter.*

Und lehnt seinen Kopf an meine Brust. Und schläft schon oder tut zumindest so. Hey, sage ich, was soll das, steh auf, hau ab! Sein Kopf ist schwer. Seine Schlafatmung ist laut. Aber nach und nach stelle ich mich auf die Frequenz dieser Atmung ein und atme in seinem Rhythmus.

Woher er kam, darauf ließ er sich nicht festlegen. *Where do you come from? – I'm coming from nowhere*, hatte er anfangs gesagt.

So *you are a nowhere-man*? – Dazu fiel mir natürlich der Song der Beatles ein. Aber den Nowhere-Man, von dem die sangen, hatte ich mir anders vorgestellt.

And your nowhere land? –

Somewhere in Africa

East or West?

Das käme darauf an, von welcher Seite man hinschaue.

Anglophon oder frankophon?

Afrophon, sagte er. Sein Land habe mehr als tausend eigene Sprachen.

Englisch und Französisch seien dort Fremdsprachen, aber man spreche sie … Hier in Italien habe er eine dritte Fremdsprache dazugelernt … Notgedrungen … *naufragato*, schiffbrüchig … In Italien gelandet, das heißt in Italien gestrandet.

Er musste jünger sein, als ich ihn anfangs geschätzt

hatte. Jedenfalls sprach er von einem *centro di accoglienza per minori non accompagnati.* Es brauchte eine Weile, bis ich diese Worte aus seinem Mund verstand. Ein Aufnahmezentrum für unbegleitete Minderjährige in Agrigent, Sizilien, war seine erste Station in Italien gewesen.

Er hatte Julias Schreibtischlade geöffnet (ich war zu spät gekommen, um das zu verhindern) und einen Zeichenblock gefunden. Einen Zeichenblock und ein Pennal mit Buntstiften. Wenn er zeichnete, konnte er besser reden. Zeichnend redete er, redend zeichnete er.

Er mag also damals, als er in jenem Aufnahmezentrum ankam, noch keine achtzehn gewesen sein. Aber unbegleitet – *non accompagnato* – war er ursprünglich nicht. Er sei mit seinem *fratello maggiore* unterwegs gewesen, seinem älteren Bruder – auf der ersten der Zeichnungen, die er mir hinterlassen hat, sehe ich sie zu zweit, der eine etwas kleiner, der andere etwas größer. Rundherum nichts als Wüste, die sie dennoch überlebt haben.

Auch in einem Lager hinter Stacheldraht (vermutlich in Libyen) sind sie noch beisammen. Der Größere beugt sich über den Kleineren und versucht ihn vor einem Knüppel zu schützen, der auf sie einschlägt. *Bad people* – höre ich Abdallahs Stimme – *very bad people.* Aber offenbar ist es ihnen gelungen zu fliehen.

We've cut the wire, sagt er, wir haben den Draht durchgeschnitten. Doch dann ist da das Meer und ein sehr kleines Boot. Und ein Arm, der noch aus den Wellen ragt, unverhältnismäßig groß die Hand, mit gespreizten Fingern. *L'ho visto morire in mare – he was my brother.*

Also doch unbegleitet in Agrigento. Das Aufnahmezentrum – ist das eine alte Schule oder eine Kaserne, die er gezeichnet hat? – *afollato*, überfüllt, *a place for 200 or 300 persons, but when I arrived, we were about 1000. And the welfare workers and red cross-nurses, who helped us, they were good men and women, but we were too much for them – it was too much for them and us.* Es habe Tumulte und Schlägereien gegeben, nicht nur um die kargen Essensrationen – *there were boys and girls of different tribes, you know, who did not like each other.*

Dann wurde ein Teil von ihnen in ein Kloster verlegt, er hatte Glück, da dabei zu sein. *It was a fine place*, fast mit Liebe hat er diesen Ort gezeichnet. Erst Außenansicht: das Kloster auf einem kegelförmigen Berg, dann Innenansicht: eine Menge dünner Männlein an einem langen Tisch, Mönche und Nonnen mit Smiley-Gesichtern im Hintergrund. *Very good people, very good vegetable-soup.*

Im Hof durften die Jugendlichen Fußball und Basketball spielen, im Refektorium Tischtennis und diverse Brettspiele. Dort wäre er, sagt er, gern noch länger geblieben. Aber dann kamen die *carabinieri*, die ließen sie antreten wie Rekruten, fragten nach ihren Geburtsdaten, wollten Dokumente sehen, die natürlich die wenigsten hatten. *And even when we realized what they had in mind, and did not say the truth about our age, some of us were sorted out.*

So war das. Da wurden einige von ihnen ausgesondert. Wahrscheinlich, weil sie schon achtzehn waren oder demnächst achtzehn wurden. Weil sie also nicht mehr oder nicht mehr lang als *migranti minori* gelten konnten, sondern als Volljährige behandelt werden mussten, für die andere Bestimmungen galten. Und die Behandlung aufgrund dieser Bestimmungen war wesentlich unfreundlicher.

Da ein Zug mit vielen schwarzen Gesichtern an den Waggonfenstern – *they put us in trains to Messina.* Und dann ein großes, flaches Deck, auf dem sie stehen und über die Reling schauen. *We crossed the strait by ferry-boat* – oben über der Meerenge ein messerscharfer Sichelmond. *And when we arrived at Reggio Calabria and should get on another train* (diesen Zug hat er nicht gezeichnet) *some of us escaped* – ein paar Strichmännchen, Arme und Beine gewinkelt, wie sie rennen, da war er dabei.

But Reggio Calabria is a weird place and we lived there come fantasmi urbani – auf einem kreuz und quer fast zugestrichelten Blatt kann ich sie nur ahnen, nachtaktive Stadtgespenster, die sich ihr Geld als Drogenboten verdienten oder als Strichjungen oder als beides –

Und er soll endlich Geld nach Hause schicken, die Mutter und die Verwandten, die ihre Ersparnisse geopfert haben, um die Schlepper zu bezahlen, die seinen Bruder und ihn nach Europa hätten bringen sollen, erwarten das mit Recht –

Und er zeichnet die Telefonzelle, in der er fast alle Münzen, die er hat, in den Automaten wirft, um seine Mama anzurufen, die noch gar nicht weiß, dass ihr älterer Sohn tot ist, und er sagt es ihr nicht, er wird ihr das lieber schreiben, und auf die Frage, ob es ihnen gut geht und ob sie gutes Geld verdienen, Ibrahim und er, sagt er, ja, Mama, es geht uns gut. Und er zeichnet das Gesicht seiner Mutter in eine Denkblase, ein Gesicht, das aus lauter Falten besteht, aber Augen, die lachen, weil sie nicht sehen müssen, wie es ihnen wirklich geht, Ibrahim dort unten, auf dem Grund des Meeres, und ihm, Abdallah, da oben, in dieser bösen Stadt.

With drugs, sagt er, *you can make much money*, viel Geld kannst du verdienen, wenn du clever und fix bist. Aber es ist böses Geld und es bringt dich um, sie bringen dich um, wenn du nicht rechtzeitig davonkommst.

Aber das hat er geschafft mit Allahs Hilfe und hat dann ein paar *stagioni* lang auf den Äckern geschuftet, gesät, geerntet, das hat er wieder gezeichnet, lauter schwarze Menschen mit gebeugtem Rücken, es gibt ja keine Weißen mehr, die das noch machen wollen, nur der, der hinter ihnen steht, der mit dem großen Hut und dem langen Stock, es könnte auch eine Peitsche sein, siehst du, sagt Abdallah – und wenn ich genau hinschaue, sehe ich, dass er unter dem Hut kein Gesicht, sondern einen Arsch gezeichnet hat – dieser Arsch war sehr weiß.

Natürlich war diese Arbeit sehr schlecht bezahlt. Und die Firma, die das Obst und das Gemüse, das wir ernteten, auf den Ladeflächen ihrer Lastautos weit weg führen ließ, bezahlte oft zu spät und manchmal gar nicht. Aber was kannst du tun als schwarzer Schwarzarbeiter? Kuschen und nehmen, was du kriegst!, sagt Abdallah.

Aber dann hörte er eines Tages von Riace.

Es war gar nicht so weit entfernt von dem *campo*, dem Feld, auf dem er sich damals die Seele aus dem Leib schwitzte. Kaum mehr als 100 Kilometer, eher weniger. *Questo paese di buona volontà, di benvenuto.* Ort des guten Willens, Willkommensdorf – was für eine schöne Aussicht!

Aber erst einmal muss man dorthin kommen. Er zeichnet sich wieder als dünnes schwarzes Männchen, in einer zerklüfteten Gegend … Die Bäume am Rand der Straße schräg, weil der *scirocco* weht … Wie er am Rand der Straße steht, im Staub der vorbeifahrenden Autos …

Die meisten Lenker fahren an ihm vorbei, als ob er Luft wäre … Manche zeigen ihm den Stinkefinger … Ach was, brecht euch doch den Hals, ihr herzlosen Teufel! … Wenn Flüche noch helfen und es hinter der nächsten Kurve krachen würde, lächelnd würde er an den brennenden Wracks vorbeigehen …

Dutzende Kilometer geht er zu Fuß … Doch dann nimmt ihn doch einer mit, ein Mann mit weißem Schnauzbart – später wird er ihn wiedersehen, denn das ist der Doktor von Riace … Nach Riace willst du, sagt der, klar, steig ein, ich bring dich hin … Und als er ihn dort am Ortsrand aussteigen lässt, sagt er: Grüß mir Mimmo.

Dann kamen gute Zeiten für Abdallah. Er zeichnet das Dorf auf dem Hügel, er zeichnet die Menschen darin. Er zeichnet sie in verschiedenen Farben, aber sie scheinen sich zu vertragen. Er zeichnet sie, wie sie arbeiten, ich erkenne Maurer und Tischler, er zeichnet sie, wie sie an langen Tischen essen und trinken, er zeichnet sie, wie sie feiern.

Er sei dort beinahe glücklich gewesen, sagt er. Er habe Freunde gefunden, Freunde aus allen Himmelsrichtungen. Sie hätten einander nicht immer wortwörtlich verstanden, aber sie hätten viel miteinander gescherzt und gelacht. Nur manchmal war er traurig, weil das Geld, das er seiner Mutter schicken konnte, so spärlich war, denn das dort war ja eher eine Tauschwirtschaft als eine Geldwirtschaft. Warum so wenig, wollte sie wissen, und warum schickt dein Bruder nichts?

Und da habe er gegrübelt, ob er nicht doch wieder weggehen sollte aus Riace und in irgendeiner großen Stadt sein Glück versuchen. Vielleicht Napoli. Ja, am ehesten Napoli.

In Napoli, hatte er gehört, geht vieles, was anderswo nicht geht. So war das, er überlegte, ob er gehen sollte, so gern er eigentlich geblieben wäre. Aber diese Entscheidung wurde ihm durch das Unheil, das dann über Riace hereinbrach, abgenommen.

Der *sindaco*, hieß es, sei verhaftet worden. Und danach sei ja alles sehr schnell gegangen. Am nächsten Tag schon waren die *carabinieri* da, die Häuser, in denen wir glaubten, Wohnrecht zu haben, weil wir sie ja mit unseren eigenen Händen wieder bewohnbar gemacht hatten, mussten schleunigst geräumt werden. Und wir, die daraus Vertriebenen, sollten in irgendwelche Camps gebracht werden, da standen auch schon die Busse, die uns dorthin bringen sollten, *avanti*, *avanti*, gleich fahren sie ab, aber ohne mich, sagt Abdallah, da war genug Tumult, da schlug ich mich in die Büsche.

Über die Zeit danach brachte Abdallah keine Zeichnungen zustande. Wohl begann er einige Skizzen, aber die mochte er nicht, die machten ihn wütend. Kaum hatte er ein paar Striche gezeichnet, strich er sie durch. Riss die Blätter aus dem Block, warf sie in den Papierkorb.

Allmählich war Abdallah nicht mehr so ganz überzeugt davon, dass sie hinter ihm her waren. Vielleicht hatte er ja den Cop, dem er die Waffe abgenommen hatte – und der dann trotzdem hinter ihm hergelaufen war, der Trottel –, gar nicht getroffen. Er hatte ja nicht genau zielen können, im Davonrennen hatte er sich auch nur halb nach dem Verfolger umgedreht. Allerdings sei das Echo des Schusses noch immer in seinem Kopf, manchmal nur mehr ganz leise, aber dann auf einmal wieder fast unerträglich laut – auch durch heftiges Kopfschütteln werde er es nicht los.

Ich weiß nicht, was ich ihm glauben soll. Einmal ist das Gefängnis, aus dem er ausgebrochen sein will, in Neapel, ein anderes Mal in Bari, dann sogar in Ancona.

Come è possibile?, frage ich. Wie ist das möglich?

Molto semplice, sagt er, wir sind ein paar Mal verlegt worden.

Wir? – Die *borsaiolini*, die kleinen Taschendiebe. Und die *truffatorini*, die kleinen Trickbetrüger. Und die *piccoli barini*, die kleinen Falschspieler. Und die *spacciatorini*, die kleinen Dealer (interessant, dass er, wenn er vom Gefängnis redet, der *galeera*, fast durchgehend italienisch spricht).

Noi un gruppo di piccoli birboni, eine Gruppe von kleinen Schlingeln. Eine Gruppe von all jenen, die ein *piccolo mestiere criminale*, ein kleinkriminelles Handwerk betrieben hatten, um zu überleben. Was sie verband, war die von der Norm abweichende Hautfarbe. *Weiß* musst du sein, dann gehörst du auch im Gefängnis irgendwie dazu, *schwarz* signalisiert, dass du hier fehl am Platz bist.

Für uns haben sie eigentlich gar nicht genug Platz gehabt, also wohin mit uns? Am liebsten hätten sie uns ja in den Laderaum eines Schiffs gepfercht und zurück nach Nirgendwo geschickt. Aber dazu hätte es noch irgendwelche Verordnungen gebraucht, irgendwelche Papiere, die irgendein Provinzboss hätte unterschreiben müssen. Und das wollte anscheinend keiner. So haben sie uns von einem zum anderen Gefängnis geschickt.

Ja, sagt Abdallah. Er habe etliche Gefängnisse kennengelernt. Und natürlich sähen alle Gefängnisse einander ähnlich. Napoli oder Bari oder Ancona, alles gleich. Hauptsache, er sei davongekommen.

Manchmal kochte ich, manchmal kochte Abdallah. Wir teilten uns das fair auf. Er kochte gut. Er bereitete wunderbare Suppen und Eintöpfe zu. Und er kochte gern. Es machte ihm sichtlich Freude. Ich brauchte bloß die erforderlichen Ingredienzen zu besorgen. Rote Paprikaschoten, Zwiebeln, Reis, das war kein Problem. Fisch – *siluro* (Wels), der war auf dem Markt in San Vito nicht so leicht zu bekommen, ich nahm *persico* (Flussbarsch). Okay, sagte Abdallah, der geht auch. Aber eine Reihe von Gewürzen, die ich hier beim besten Willen nicht bekam, fehlten seinem Geschmack nach ganz einfach.

Und dann hatte er eines Tages die Idee, etwas ganz Besonderes zu kochen. *Mir* etwas Besonderes zu kochen. Aus Dankbarkeit für meine Gastfreundschaft. In der Gegend, aus der er komme, bereite man das als Festtagsmahl, eigentlich sei es ein Hochzeitsmahl. Aber man dürfe es auch essen, wenn man etwas anderes, sehr Schönes, feiere.

Aber dazu brauche er nun wirklich ganz spezielle Gewürze. Die italienische Küche in Ehren, aber was die Gewürze betreffe, sei sie eher arm. Rosmarin, Basilikum, Oregano, Salbei, okay, okay. Aber es gebe Geschmäcker, von denen sich die hiesige Küchentradition nichts träumen lasse.

Also für die Hochzeits- oder Festtagsspeise, die er mir zu Ehren kochen wolle, brauche er einfach folgende

Gewürze. Und er nannte Namen, die ich wahrscheinlich nicht behalten würde, also schrieb er sie mir auf. Du müsstest bloß, sagte er, irgendwohin fahren, wo es diese Gewürze gibt. Nach Afrika?, sagte ich. Nein, sagte er. Aber in eine etwas größere Stadt.

In Napoli, sagte er, habe es etliche Geschäfte mit *cibo africano* gegeben. Du spinnst doch, sagte ich, wegen ein paar Gewürzen fahr ich doch nicht nach Neapel. Aber vielleicht nach Rom, sagte er. Rom ist doch etwas näher, oder? Nicht nah genug, sagte ich. Nach Rom fahre ich mindestens drei Stunden. Und um ins Zentrum zu kommen, brauch ich wahrscheinlich noch eine Stunde dazu. Also vier Stunden und dann eine Stunde, um einen passenden Laden zu finden. Und dann weitere vier Stunden zurück. Rom und retour, das wäre eine Tagesreise.

Das wäre ja verrückt, sagte ich. Abgesehen von der übertriebenen Strapaz, die ich mir damit antun würde, wurde mir mulmig bei dem Gedanken, ihn so lang allein zu lassen. Denn wer weiß, was ihm in meiner Abwesenheit einfiele oder zustieße. Dann halt nicht, sagte er. Ohne diese Gewürze könne er das Gericht, mit dem er mir eine Freude habe machen wollen, eben nicht komponieren. Ohne diese Gewürze wäre es eine Enttäuschung, da lasse er die Kocherei lieber bleiben.

Was ist die nächste größere Stadt?, fragte er. Siena, sagte ich. Wie weit?, fragte er. Ungefähr vierzig Kilometer. Nicht weit, sagte er. Aber da könne ja *er* fahren, wenn mir auch das zu weit sei. Wenn ich ihm den Autoschlüssel gäbe und sagte, wo mein Wagen stehe … Nein, sagte ich. Da hätte ich zu viel Angst um dich. Dass ich auch Angst um mein Auto hätte, wäre möglich, aber sekundär. Wie spät ist es? Es war vier Uhr Nachmittag. Wenn ich jetzt gleich zum Parkplatz ging, würde ich gegen halb sechs in Siena sein.

In Siena parkte ich mein Auto an der Porta Romana und ging dann zu Fuß durch die Via Roma und die Via Pantaneto Richtung Piazza del Campo. Das war ein Weg, an den ich mich noch erinnerte, ich war ja vor Jahren mit Karin in Siena gewesen. Das war zu ihrem siebenundzwanzigsten Geburtstag, sie hatte unbedingt den *Palio* sehen wollen. Wir hatten uns für diese Tage in einer kleinen Pension in der Nähe der Piazza San Franzesco eingemietet. Aber das Quartier hatte Karin nicht gefallen (kaum hatte uns der Padrone das Zimmer aufgesperrt, war sie zum Fenster gestürzt und hatte die hölzernen Läden aufgerissen, so dunkel, so stickig, das sei ja nicht auszuhalten, dann knallte allerdings das Licht herein, in dem die Staubkörnchen tanzten). Und der *Palio* hatte ihr erst recht nicht gefallen, die armen Pferde, die da über das Kopfsteinpflaster rennen mussten, das sei ja Tierschinderei, prompt stürzte eins und das Rennen musste unterbrochen werden, die Plätze, die wir noch bekommen hatten, waren auf der Sonnenseite des Campo, nachher war ihr schlecht usw. Die Schönheiten von Siena, die wir noch hätten sehen können, wollte sie nicht mehr sehen. Ich war damals noch ein bisschen allein herumgestreift, ich erinnerte mich an einen Platz mit einem Markt, den ich jetzt suchte, weil ich einen Laden mit afrikanischen Gewürzen am ehesten dort vermutete, aber ich fand ihn nicht.

Dann irrte ich noch eine Weile durch die Gassen, und da hörte ich das Pfeifen einer Tonanlage, die offenbar gerade adjustiert wurde, und dann die kehlige Stimme einer Frau, *uno, due, tre*, das war also eine Tonprobe, und diese Stimme, eine relativ tiefe Frauenstimme, erinnerte mich an eine Stimme, die ich von Marcos CDs kannte. Und jetzt fiel mir noch dazu ein, dass Gianna Nannini aus Siena war und irgendwann demnächst, das hatte ich im Kulturteil der *Repubblica* gelesen, wieder hier auftreten wollte, nach jahrelanger Pause. *Uno, due, tre – sono comprensibile*? Versteht man mich? Auch in den hinteren Reihen? Das sind die wichtigsten!

Dann kam Musik, aber das waren nicht die ersten Takte irgendeiner Nannini-Nummer, sondern das war – ja, tatsächlich, das war der Anfang der italienischen Hymne, deren Melodie ich seit den Fernsehübertragungen der Fußball-Europameisterschaften (von denen ich dann doch noch einiges mitbekommen hatte, bis zum triumphalen Finalsieg der Azzurri) schon ganz gut kannte.

Fratelli d'Italia! – nicht alle Spieler hatten mitgesungen. Manche hatten nur zum Schein die Lippen bewegt, einer hatte sogar demonstrativ geschwiegen, wofür er auf den Sportseiten der Zeitungen gerügt worden war. *Fratelli d'Italia!* Brüder Italiens! – Ein etwas ungewöhnlicher Auftakt für einen Auftritt der Nannini.

Und dann war die Musik weg und nur mehr die Stimme war da, diese kehlige Stimme: *Io sono una donna! Io sono una madre! Io sono Italiana!*

Und ich kam aus meiner Seitengasse und drängte mich ein Stück hinaus auf den Platz, auf dem diese Kundgebung stattfand. Und die Frau stand auf einem Podium, eine kompakte, noch jung wirkende Frau, mit offenen, blond gefärbten Haaren – von weitem hätte man sie tatsächlich für die Nannini halten können, aber sie war's nicht.

Und sie sang nicht, sie redete allerdings sehr artikuliert, mit einem spürbaren Gefühl für Rhythmus und Sprachmelodie. Leidenschaftlich sprach sie von etwas, das so nicht weitergehen dürfe, und von etwas, das bald anders werden würde. Italien sollte das Italien der Italiener bleiben und nicht das Italien der Afrikaner werden! Ein seiner guten Tradition entsprechend *europäisches* Italien, aber nicht ein Land, das sich von den Herrschaften da oben in Brüssel kommandieren ließe.

No! *Non affatto*! Ein selbstbewusstes Italien, ein Italien, auf das man wieder stolz sein könne! *Si! Di sicuro!* Hier legte sie eine kleine Pause ein und warf einen Blick auf die Turmuhr der Kirche nebenan. Der große Zeiger rückte vor, gleich würde es sieben sein, und – ja! – jetzt läuteten die Glocken. *Io sono Giorgia!,* rief sie. *Io sono italiana! Io sono Cristiana!*

Etliche der Maskierten, die ihr zuhörten, applaudierten, andere schoben die Masken beiseite und pfiffen. *Ma chi era*?, fragte ich den Mann am Marktstand, bei dem ich dann wirklich die von Abdallah gewünschten Gewürze bekam, wer war die? Was, das wissen Sie nicht?, sagte er. Das war die Meloni! Die macht jetzt viel Wind um sich. *Ma a che pro*, was solls?

Sie ist Italienerin, sagt er, ich bin auch Italiener. *Un Italiano di colore un po piu scuro* / ein Italiener etwas dunklerer Hautfarbe. *Ebbene*? Na und? Ich bin hier in Siena geboren. *Viva la diversità* / Es lebe der Unterschied!

Er packte mir die Säckchen mit den Gewürzen in eine regenbogenfarbene Tragtasche. Sie rochen schon im Auto gut. Ich war neugierig auf ihren Geschmack. Es war ein gutes Gefühl, erfolgreich nach San Vito zurückzukehren. Abdallah würde sich freuen. Ich freute mich auf ihn.

Ich fand ihn allerdings in einer Verfassung vor, die meine Freude vorerst stark trübte. Abdallah, wo bist du? Schon wieder fürchtete ich, er sei auf Abwege geraten. Aber für einen Ausflug (Raubzug) über die Dächer wäre es doch zu früh am Abend gewesen, so verrückt konnte er doch nicht sein. Schließlich fand ich ihn im Gästezimmer, im Bett liegend, bis über den Kopf zugedeckt.

Ich glaube nicht, dass er schlief. Er hatte sich nur verkrochen.

Ich rüttelte ihn. Hey, was ist los mit dir, bist du krank?

Sein Gesicht kam unter der Decke hervor. Er hatte Schweißperlen auf der Stirn.

Nein, er sei nicht krank. Es sei denn, die Angst wäre eine Krankheit.

Und die hatte ihn wieder erfasst, die Angst. Nicht lang nachdem ich weggegangen sei, habe es nämlich an der Tür geklingelt. Er habe zuerst gedacht, das sei vielleicht ich, der etwas vergessen habe, aber warum sperrte ich denn die Tür nicht einfach auf? Hatte ich vielleicht meine Schlüssel vergessen?

Sollte er fragen? He, Paolo, bist du es? Aber nein, wenn ich das Haustor unten aufgesperrt hätte und schon hier oben vor der Tür gestanden wäre, dann hätte ich doch auch hier aufgesperrt. Stand ich also unten vor dem Tor? Sollte er den Hörer zur Gegensprechanlage abheben und fragen? Nein, denn wenn es dann jemand anderer wäre, der da unten stand, was sollte er dann sagen?

Und es läutete noch einmal. Und noch einmal. Sein Schrecken wuchs. Was, wenn die Person, die da klingelte, zwar nicht ich wäre, aber trotzdem nicht unten vor dem Haustor, sondern schon hier oben vor der Türe wartete? Er horchte, er hörte sein Herz klopfen. Er bildete sich ein, den Atem dieser Person zu hören. Wer konnte das sein? Jemand, der auch einen Hausschlüssel hatte. Jemand, der also in diesem Haus wohnte?

Oder jemand, der einen Nachschlüssel hatte, der überall sperrte. Die Polizei!? Aber die Polizei hätte wahrscheinlich noch fester geklingelt. Und brutal an die Tür gepocht. Und sie letzten Endes eingetreten. Also eher nicht die Polizei. Allah sei Dank, nicht die Polizei.

Es habe insgesamt drei- oder viermal geklingelt. Dann war es vorbei. Ging da jemand die Treppe hinunter? Kam das von außen, was er da hörte, oder von innen? Vielleicht war es nur sein Blut, das pochte. Er floh unter die Dachschräge des kleinen Zimmers, er tauchte unter die Bettdecke.

So etwa musste es gewesen sein. Komm, sagte ich, das war ja offenbar nichts Böses. Vielleicht die Post – es war allerdings recht unwahrscheinlich, dass die Post, die sonst vormittags ausgetragen wurde, erst spätnachmittags kam. Egal. Jetzt beruhig dich. Ich nahm ihn in den Arm. Ja, ich nahm ihn in den Arm.

Am nächsten Nachmittag – Abdallah saß am großen Küchentisch und zeichnete, ich saß am Klavier und versuchte eine Tonfolge zu finden, die mich überzeugte, an diesem grauen Nachmittag klingelte es wieder. Ich schlug keinen Ton mehr an, verhielt mich ruhig. Es klingelte aber noch einmal. Und dann noch einmal. Dann eine Stimme. Eine weibliche Stimme.

Hallo Paul! Ich bin's, Valeria! Ich bin zurück aus Deutschland … Wollte sehen, wie's dir geht … Warum machst du mir nicht auf? … Na komm schon, stell dich nicht tot … Paul, was ist los? Ich hab dich doch klimpern hören.

Abdallahs Augen, fragend. Meine Handbewegung, beruhigend.

Er nickte und huschte davon. Hinaus auf die Terrasse.

Valeria draußen vor der Tür. Paul?, sagte sie. Was soll das Theater? Ich hab dir was mitgebracht. Soll ich es ganz einfach auf den Fußabstreifer legen?

Ich ging zur Tür und machte auf. Und da stand sie, Valeria. Ihr strohgelbes Haar mit den grauen Strähnen war draußen etwas nass geworden. Die Lachfältchen um ihre Augen. Darf ich eintreten, fragte sie, oder soll ich an der Schwelle stehen bleiben? Falls du ein Mädel bei dir hast, will ich euch nicht stören.

Nur das da, sagte sie, würde ich gern loswerden. Sie hatte ein in Packpapier eingewickeltes Paket unter dem Arm.

Komm herein, sagte ich und nahm ihr das Paket ab.

Ich legte es auf den Küchentisch. Und da stand noch ein Glas, aus dem Abdallah Tee getrunken hatte. Und da lag der Zeichenblock.

Ich hab dein Klingeln nicht gleich gehört, sagte ich. Ich war so versunken. Weißt du, ich hab gerade ein paar Ideen für neue Songs.

Wie schön, sagte sie. Du bist also wieder produktiv.

Ja, sagte ich und machte mich daran, das Paket zu öffnen.

Es war gut verschnürt. Ich holte eine Schere aus der Besteckslade.

Inzwischen stand Valeria über den Zeichenblock gebeugt.

Sieh mal an, sagte sie. Du hast ja offenbar einen grenzüberschreitenden Kreativitätsschub. Komponierst nicht nur, sondern zeichnest auch – gratuliere!

Ich schnitt den Spagat auf, der das Paket zusammenhielt, das Packpapier ging ich etwas zu forsch an und schnitt mich in den Finger.

Das da, sagte Valeria, immer noch über den Zeichenblock gebeugt, ist gar nicht schlecht. Ein bisschen *art brut*, würde ich sagen, ja tatsächlich. Hätt ich dir gar nicht zugetraut. Erstaunlich, wie du das hinkriegst!

Und sie blätterte zurück zu Abdallahs früheren Zeichnungen. Spannend, sagte sie. Aber woher nimmst du die Motive? Wie kommen die in deinen Kopf?

Nun hatte ich das Paket endlich geöffnet. Und das waren sechs Bände Pasolini auf Deutsch.

Ja, sagte Valeria, die habe sie zufällig in einer Berliner Buchhandlung gefunden. Jetzt kannst du Pasolini parallel lesen – italienisch und deutsch. Aber hoppla, was hast du getan? Du hast dich ja verletzt!

Ein bisschen Blut tropfte aufs Cover der *Gedichte in Form einer Rose.*

Nicht der Rede wert, sagte ich.

Aber man sollte ein Pflaster drauftun, sagte sie.

Und ging schon voraus ins Bad neben dem Gästezimmer. Was blieb mir übrig, als hinter ihr herzugehen?

Sie fand eine Packung mit Pflastern im Spiegelschrank, konnte aber dabei kaum die blaue Zahnbürste übersehen, die im weißen Zahnputzbecher steckte. Und die Rasierklingen, die ich für Abdallah gekauft hatte.

Schläfst du jetzt im Gästezimmer?, fragte sie mich, während sie das Pflaster auf meinen verletzten Finger klebte.

Nein, sagte ich. Es ist nur …

Du hast also einen Gast, sagte sie.

Nur vorübergehend, sagte ich.

Wie die meisten Gäste, sagte sie. Warum stellst du ihn mir nicht vor?

Ich weiß nicht, wie er reagieren wird, wenn ich das versuche, sagte ich. Ich kann für nichts garantieren.

Ich hab keine Angst, sagte sie. Und vor mir muss man doch auch keine Angst haben.

Und was sollte ich jetzt tun? Ich ging also vorsichtig durchs Bücherzimmer und von da unter die Dachschräge. Vorbei an Julias Schreibtisch, leise rufend. Abdallah!, rief ich. Abdallah, bist du da? Siehst du, das ist Valeria. *A good friend. We can trust her.*

Und dann kommt er von der Terrasse herein, triefend nass. Und dann stehen sie einander gegenüber. Und seine Lippen zittern. Valeria!, sagt er.

Abi, sagt sie. Und dann, zu mir gewandt: *Wir kennen uns.*

7

Von diesem Moment an war alles anders.

Abdallah verhielt sich anders als bisher, er hielt, so mein Eindruck, ein bisschen Abstand von mir, er vermied es, mich zu berühren. Und auch Valeria verhielt sich anders als die paar Wochen vorher, bevor sie nach Berlin gefahren war. Aber auch ich verhielt mich ja anders, sowohl ihr als auch ihm gegenüber.

Die beiden kannten sich aus Riace. Er hatte dort als Zimmermann gearbeitet, für sie hatte er manchmal ein Stück Holz abgezweigt. Sie habe ja auch dort ein paar Skulpturen geschaffen. Sie habe sich mit ihm über die Qualitäten verschiedener Holzsorten unterhalten.

Auf Haussa, sagte sie. Das habe ihm Freude gemacht. Haussa?, fragte ich. Ja, sagte sie, seine Sprache. Und wieso kennst du die? Weil ich sie gelernt habe, sagte sie. Was man halt so lernt im Vorbeileben und im Vorbeilieben.

Ich hab eine Zeitlang einen Freund aus Afrika gehabt. Der war zwar aus einer etwas anderen Gegend als Abi, daher klingt mein Haussa ein bisschen anders als seins. Meins ist das südliche Haussa, seins das nördliche. Aber wir verstehen einander, das ist ja das Wichtigste.

Sie verstanden einander. Wie schön! Und wo blieb ich? Es wäre ja halb so schlimm gewesen, wenn sie nur ab und zu ein paar Worte Haussa miteinander gewechselt hätten. Und anfangs, kommt mir vor, anfangs war das auch so. Doch sie verstanden einander immer besser.

Manchmal kamen sie richtig in Schwung und lachten.

Nie hatte Abdallah mit mir so gelacht. Wenn sie so miteinander redeten, fühlte ich mich ausgeschlossen. Manchmal tuschelten sie und dann lachten sie erst recht.

Manches verstand ich doch. Und wir saßen ja auch zu dritt beisammen. Bei einem gemeinsamen Abendessen trank Abdallah, der mit mir immer nur Wasser getrunken hatte, jetzt auch ganz gern einmal ein Schlückchen Wein. Valeria erzählte, dass sie in Deutschland gewesen war und demnächst wieder dorthin fahren würde. Das brachte Abdallah auf die Idee, dass sie ihn mitnehmen könnte.

Auf einmal fiel ihm ein, dass er dort Verwandte hätte (davon hatte er bis dahin nie erzählt). *Yes, in Germany,* sagte er, *an uncle and a cousin.* An den Ort oder die Stadt, in der diese Verwandten lebten, konnte er sich allerdings nicht erinnern. Aber er würde nachdenken, es würde ihm noch einfallen.

Ich hörte das alles ungern, obwohl die Perspektive, Abdallah wieder loszusein, etwas für sich hatte. Aber andererseits sträubte sich etwas in mir dagegen. Ich finde das nicht gut, sagte ich, nachdem Abdallah zu Bett gegangen war (der ungewohnte Alkohol tat rasch seine Wirkung). Dass sich Abdallah so locker von mir trennen wollte, fand ich enttäuschend.

Ich finde das nicht gut, sagte ich, dass du ihm so einen Floh ins Ohr setzt. Das macht man doch nicht einfach so, mir nichts, dir nichts. Das will doch alles sehr reiflich überlegt sein. Im Übrigen finde ich nicht gut, dass ihr zwei miteinander so laut seid – ich habe ihm eingeschärft, leise zu sein, damit es um Gottes Willen niemandem auffällt, dass ich ihn hier verstecke –, diese neue Unbefangenheit wird uns noch verraten.

Aber was hast du dir denn vorgestellt? sagte sie. Er kann doch nicht einfach hier bei dir bleiben! Das geht doch nicht auf die Dauer! Irgendwann fliegt das doch in jedem Fall auf. Außerdem ist das doch Marcos und Julias Wohnung – was machst du, wenn die beiden auf einmal hier auftauchen?

Die würden vorher mailen oder telefonieren, sagte ich. Und außerdem würden sie Verständnis haben.

Wofür? Dass du hier mit einem möglicherweise schwer straffällig gewordenen *clandestino* zusammenlebst? Ich glaube zwar nicht, dass die Geschichte mit dem erschossenen Justizwachebeamten stimmt, aber irgendwas hat unser lieber Freund ausgefressen.

Und Julia und Marco sollen Verständnis dafür haben, dass du sie, als die Wohnungseigentümer, somit als Quartiergeber, womöglich mit den hier herrschenden, immer schlimmer xenophoben Gesetzen in Konflikt bringst?

Die sind ja bei uns in Österreich auch kaum besser, sagte ich.

Kann sein, sagte sie. Vielleicht sind sie auch in Deutschland nicht wirklich humaner. Aber hier spitzt sich alles zu. Außerdem ist das nicht das Thema, *caro mio.* Du kannst ihn nicht hier einsperren.

Er *will* ja weg, sagte sie. Und ich könnte ihm dabei helfen.

Das würdest du riskieren?, fragte ich.

Aber ja, sagte sie. Ich setze ihn in mein Auto und wir fahren. Ich hab schon ziemlich große Skulpturen geschmuggelt, da werde ich so einen – zugegeben auch nicht ganz kleinen – Nigerianer doch auch noch über die Grenze bringen.

Und wenn sie euch erwischen?

Dann haben wir Pech gehabt, sagte sie. Aber man soll den Teufel nicht an die Wand malen. Sie *werden* uns nicht erwischen. Er wird beten. Und du wirst uns vielleicht die Daumen halten.

Und – vorausgesetzt, ihr schafft es – wo willst du in Deutschland mit ihm hin?

Ich habe liebe, alte Freunde in Bochum, sagte sie. Mit denen habe ich früher Theater gespielt. Das heißt, eigentlich nur Theater geprobt, leider. Denn auch die Aufführung ist dann nicht zustande gekommen.

Brecht. *Dreigroschenoper.* Ich wäre die Seeräuber-Jenny gewesen. Kannst du dir das vorstellen?

Ja, sagte ich, das kann ich mir ganz gut vorstellen.

Ich war damals auch gar nicht schlecht als Sängerin, sagte sie. Mit einer Stimme ein bisschen wie die Knef. Also das wäre ein Hit gewesen.

Meine Herren / heute sehn Sie mich / Gläser abwaschen / und ich mache das Bett für jeden, raunte sie. Und so weiter und so weiter. Aber dann kommt die entscheidende Zeile: Dass diese Idioten, diese Grapscher und Vergewaltiger in diesem lumpigen Hotel, in dem sie jobbt, nicht wissen, mit wem sie reden. Denn die Jenny wartet darauf, dass das Schiff kommt, dieses Schiff mit acht Segeln und mit fünfzig Kanonen an Bord.

Die Piraten darauf sind nämlich ihre Leute und die werden die ganze Scheißstadt flachmachen … Aber das Hotel, ausgerechnet dieses lumpige Hotel, werden sie stehenlassen … Weil nämlich sie, ihre geheime Chefin, darin wohnt … Und sie wird im Triumph abgeholt werden, denn sie ist mächtig, und die Piraten werden sie fragen, wen von der Bagage, die sie in der Stadt zusammengefangen haben, sie jetzt töten sollen, und sie wird sagen: alle. Eine wunderschöne Rachefantasie, nicht wahr?

Aber entschuldige, das war eine Abschweifung. Meine Theatergruppenkumpels in Bochum, die werden sich fürs Erste um Abdallah kümmern. Und es trifft sich, dass *sie* inzwischen Anwältin ist und *er* Stadtrat, zwar nur für Kultur, aber immerhin. Die werden versuchen, erst einmal eine vorläufige Aufenthaltsbewilligung für Abdallah zu erwirken und dann vielleicht humanitäres Bleiberecht, das wird man schon sehen.

Und jetzt sind sie abgefahren. Jetzt ist Abdallah weg. Ich werde ihn wohlbehalten nach Bochum bringen, hat Valeria gesagt. Aber zuerst muss sie ihn über die Grenzen bringen. Über die Grenze zwischen Italien und Österreich, über die Grenze zwischen Österreich und Deutschland.

Die Grenze am Brenner und dann die Grenze bei Kufstein. Vielleicht verpacke ich dich für jeweils eine halbe Stunde im Kofferraum, hat sie zu ihm gesagt. Hoffentlich geht das gut. Bekomme ich da genug Luft?, hat er gefragt. Aber ja, hat sie gesagt. Nachher kannst du dann besonders frei atmen.

Keine Angst, hat sie gesagt, es wird schon klappen. Du und ich, hat sie gesagt. Wir schaffen das. Abdallah und sie. Ich wünsche ihnen viel Glück. Von Abdallah und mir ist nicht mehr die Rede.

Ich geh eine Zeitung kaufen. Jetzt hab ich Sie aber schon lang nicht gesehen, sagt die Trafikantin.

Ja, sage ich. Ich war ein bisschen weg. Aber jetzt bin ich wieder da.

Der Hund Massimo bellt. *Ma chè!,* sagt die Trafikantin.

Stai zito! Was soll das, sei still. Diesen Signore kennst du doch schon.

Haben Sie noch diesen *National Geographic*-Band über die Milchstraße?, frage ich.

Muss ich nachsehen, sagt sie. Sie trägt einen Buch- und Zeitungsstapel ab.

Ich werfe inzwischen einen Blick in die *Repubblica.*

Auf der ersten Seite steht etwas über verschärfte Grenzkontrollen.

Ecco: La Via Lattea, die Milchstraße, sagt die Trafikantin. Da hätte ich übrigens auch den neuen Band: *Su bucchi neri.*

Über Schwarze Löcher. Okay. Den nehme ich auch.

Dem Schlepperwesen, steht in der Zeitung, muss Einhalt geboten werden.

8

Ich habe noch ein paar Fotos von Abdallah.

Ich habe ihn im Schlaf fotografiert. Das war nur möglich, weil er sehr tief schlief. Angesichts dessen, was er hinter sich hatte. Er war immer noch erschöpft, auch als er schon seit Wochen bei mir war.

Wäre er aufgewacht und hätte die Kamera auf sich gerichtet gesehen, so hätte er das, fürchte ich, als Angriff aufgefasst – oder, noch schlimmer, als Verrat. Ganz war mir ja doch nicht zu trauen – vielleicht würde ich sein Foto den *carabinieri* zukommen lassen. Dann hätte er mich vielleicht erschossen – die Pistole hatte er damals noch immer stets griffbereit neben sich liegen. Aber ich habe es riskiert, ich habe ihn fotografiert.

Warum? Wahrscheinlich weil ich das Gefühl hatte, dass er mir nicht bleiben würde. Dass er mir *natürlich* nicht bleiben würde, das war ja völlig unmöglich. Dass er mir nicht bleiben würde, obwohl ich mir absurderweise wünschte, dass er bliebe, obgleich unser Zusammenleben unter dem undichten Dach in der Via Boccaccio 33 ein einziger Stress war. Diese Fotos sind Erinnerungsfotos. Zum Beweis, dass er wirklich hier gewesen ist. Zum Beweis, dass ich ihn nicht geträumt habe.

Was hast / DU? fragen die Tauben
Was geht sie das an?
Was hast / DU? wiederholen sie.
Nichts, sage ich.
Was hast / DU? Was hast / DU?
Es hat nichts zu bedeuten.
Wer bist / DU? Wer bist / DU?
Lasst mich in Ruhe, sage ich.

Ich habe die Fotos gesichtet und einige davon an Julia geschickt.

Himmel mit aufgehender Sonne. Himmel mit untergehender Sonne.

Himmel mit Wolken. Wolkenloser Himmel.

Himmel mit Vögeln. Vogelloser Himmel.

Himmel mit zunehmendem Mond. Himmel mit abnehmendem Mond.

Himmel mit Sternen. Himmel ohne Sterne.

Schwarzer Himmel. Vollkommen schwarzer Himmel.

Weißer Himmel. Total weißer Himmel.

Himmel mit hellgrauen Streifen. Himmel mit dunkelgrauen Streifen.

Himmel mit schwefelgelben Streifen. Himmel mit feuerroten Streifen.

Ein Himmel völlig vom Wind verwischt.

Wolken am unteren Rand des Bildes wie heftig strömendes Wasser.

Peter Henisch

Der Jahrhundertroman

320 Seiten

€ 28,00

ISBN: 9783701717316

Peter Henischs neues Buch ist eine Literaturhommage, ein politischer Roman und eine Krisendiagnose in einem.

Alexander Kluy, Wiener Zeitung

Peter Henischs »Jahrhundertroman« ist ein leichtfüßiges Stück Literatur, ein gefälliges und heiteres Spiel mit Texten und Metatexten.

Günter Kaindlstorfer, Ö1

Ein Plädoyer für die Widerspenstigkeit.

Anton Thuswaldner, Salzburger Nachrichten

So oder so liefert dieser sympathische Roman eine bei aller Ironie und erzählerischen Leichtigkeit ausgesprochen hellsichtige Gegenwartsdiagnose.

Oliver Pfohlmann, WDR

Für alle, die Literatur lieben, insbesondere die österreichische Literatur des 20. Jahrhunderts, ist dieser Roman nicht nur ein Must-have, sondern vor allem ein Heidenspaß.

Margarita Kinstner, Radio Helsinki

Peter Henisch

Die schwangere Madonna

352 Seiten
€ 24,00
ISBN: 9783701714230

Lest Peter Henisch! Seine Schwangere Madonna ist leicht und luftig und schmeckt, obwohl der Roman im November spielt, nach Sommer.

Hubert Winkels, Die Zeit

Ein Roman, der den Leser nie unter Niveau ergötzt.

Sigrid Löffler, Literaturen

… ein Roman, der die Mythen der Kunst spielerisch inszeniert und den zu lesen ein einziges Vergnügen ist.

Der Spiegel

Was eine Josefsehe ist, kann Peter Henischs Figur nach Wochen voller hinhaltender Erotik immerhin ahnen. Wenn der kunstvolle Roman Triviales mit Geheiligtem mischt, dann beruft sich diese leise Blasphemie auf einen «höheren Humor». So kann man's auch sehen. Unbedingt muss Peter Henischs Gott eine Art lächelnder Hippie sein. Dafür spricht schliesslich auch die hohe Musikalität seiner Prosa

Paul Jandl, NZZ

Das Bezwingende an diesem Roman ist die Leichtigkeit raffinierter Prosa. Mit souveräner Eleganz verknüpft der Erzähler die Handlungsstränge, jedes Motiv greift ins andere – so perfekt und leise wie Zahnrädchen in einem Uhrwerk von Meisterhand. Intelligente, genaue Beobachtungen verstehen sich bei Peter Henisch von selbst, sie sind sozusagen gratis. Wir haben ihm allerdings für noch mehr zu danken: für das Geschenk höheren Humors.

Ulrich Weinzierl, Die Welt

Peter Henisch

Die kleine Figur meines Vaters

Aktualisierte Neuausgabe mit Fotos

Hardcover, 272 Seiten

€ 15,00

ISBN 9783701713806

»Die kleine Figur meines Vaters« ist ein bei aller Unerbittlichkeit sehr menschenfreundliches Buch. Es ist versöhnlich ohne Schulterklopfen. Es hat mehr Fragen als Antworten. Es ist diskret, ohne etwas zu verschweigen. (…) Noch etwas möchte ich an Peter Henisch, nicht nur an diesem Roman, rühmen. Es ist die Selbstverständlichkeit, mit der er das so genannte Volksleben annimmt. Er betreibt nicht Milieustudien, man spürt weder trotzige Ablehnung noch bemühte Nähe. Kein Kokettieren, kein Anbiedern, keine Verachtung.

Erich Hackl, Die Presse

Längst ein Klassiker…

Karl-Markus Gauß

»Die kleine Figur meines Vaters« ist ein ebenso intelligent wie verständlich geschriebenes Buch, das geschickt die Balance hält zwischen der engagierten Anteilnahme des Sohnes am Schicksal seines Vaters und der notwendigen kühlen Distanz des Autors gegenüber seinem Material.

Jürgen P. Wallmann, Tagesspiegel

Peter Henisch

Vom Wunsch, Indianer zu werden

**Wie Franz Kafka
Karl May traf
und trotzdem nicht
in Amerika landete**

Hardcover, 160 Seiten

€ 19,90

ISBN 9783701715855

Henischs Buch über eine unmögliche Begegnung ist in der Tat ein Wunschbuch. Ein gleichermaßen lockeres wie raffiniertes Geflecht von Szenen und Zitaten, Pointen und Imaginationen, das zum Vergnüglichsten gehört, was in letzter Zeit zu lesen war.

Konrad Paul Liessmann, Der Standard.

So dürfen wir hoffen, dass dieses feine und witzige Buch seine Nachfolger findet. Ein bisschen beginnt man bei der Lektüre wieder an Zeiten zu glauben, wo das Wünschen noch geholfen hat. Und das waren seit je poetische Zeiten.

Andrea Köhler, Neue Zürcher Zeitung.

Eins der schönsten Bücher der Saison.

Jürg Laederach, Wochenpost.

Peter Henisch

Großes Finale für Novak

Hardcover, 304 Seiten

€ 22,90

ISBN 9783701715473

Dass man dem Durchschnittsmenschen Franz Novak Interesse abgewinnt, verdankt sich der Kunstfertigkeit seines Erfinders. Peter Henisch folgt dem unglücklichen Pantoffelhelden mit Sympathie, kehrt das Innerste des tumben Toren nach außen, bis er keineswegs nur noch stumpf und dumpf wirkt. Seine lakonischen Einsichten haben Witz, sind bisweilen regelrecht komisch.

Jan Koneffke, NZZ

Peter Henisch, der seit Jahren leichthändig und hintersinnig mit akribischem Blick für die Verästelungen der Psyche seiner Figuren erzählt, erspart diesem Paar nichts. (…) Aufgeräumt wird auch mit Vorurteilen gegen die Oper, die am Ende den einzigen Sieg davonträgt. Immer mehr Verschüttetes holt sie aus Novak hervor, wirkt be- und entzaubernd. Über diese Erlebnisse geht die wundersame Wirkung unweigerlich auch auf den Leser über.

Beate Tröger, FAZ

Im Grunde will Peter Henisch die erstaunliche Geschichte eines Menschen erzählen, der sich unverhofft von »hoher Kunst« tief in seinem Innersten angesprochen fühlt und seinem Leben eine neue Richtung geben möchte. Der »treue Ehekrüppel« Novak merkt, dass seine Rückkehr in die alten Gewissheiten nicht mehr möglich ist … Wo es Peter Henisch gelingt, Wehmut und Komik derart zu mischen, erweist sich sein Roman als intelligente, anregende Lektüre.

Rainer Moritz, Die Presse

Peter Henisch erweist sich wieder einmal als genauer Menschenbeobachter, der seine Romanfiguren, ihr Verhalten, ihre Sprache, ihr Verhängnis überzeugend aus ihren realen Lebensverhältnissen heraus kreiert …

Christian Schacherreiter, OÖ Nachrichten

Peter Henisch

Steins Paranoia

Hardcover, 112 Seiten
€ 14,90
ISBN 9783701705238

Henischs subtile Momentaufnahme einer antisemitischen Aufbruchsstimmung ist die bisher eindringlichste Antwort eines österreichischen Autors auf die unrühmlichen Ereignisse, mit denen die »Insel der Seligen« kürzlich weltweit auf sich aufmerksam machte.

Basler Zeitung

Die Erzählung ist nichts weniger als spekulativ, sie blendet eine aktuelle Diskussion, die die Nation bewegt, nicht aus, spielt nicht mit billigen Wiedererkennungstricks, sondern gestaltet literarisch, was die politische Situation Österreichs im Subjekt auslöst, im Subjekt des Autors zunächst, und dann, vermittelt, gebrochen, im Subjekt des Protagonisten …
Henisch geht mit erstaunlicher Sensibilität, mit bemerkenswertem psychologischen Feingefühl auf seine Figur ein, aber auch auf die ihn umgebenden Menschen, die der Leser aus Steins Perspektive wahrnimmt.

Thomas Rothschild, Frankfurter Rundschau.

Ein politisch brisantes Buch, das politische Entwicklungen der Gegenwart unverhohlen ausspricht, ohne Namen zu nennen, und dem es dabei gelingt, eine hohe literarische, ja poetische Qualität beizubehalten.

Anna Mitgutsch, Österreichischer Rundfunk.